W0372980

metro

Mitra Devi

Seelensplitter

Ein Fall für Nora Tabani

metro wurde
begründet von
Thomas Wörtche

Zu diesem Buch

Schreiend und gerötet vor innerer Hitze springt ein Firmenboss von einem Hochhaus in die Tiefe. Die Polizei geht von einem Unfall im Alkoholrausch aus, doch seine Sekretärin glaubt nicht daran. Sie engagiert Privatdetektivin Nora Tabani, die die Todesursache entdeckt: eine Überdosis der Giftpflanze Alraune, die im Mittelalter als Teufelsdroge bekannt war und das Gefühl vermittelt, fliegen zu können.

Keiner der Mitarbeitenden trauert dem cholerischen Chef nach. Etliche haben ein Mordmotiv. Die Detektivin und ihr Partner Jan Berger kommen einem Waffenhandel in der Firma auf die Spur. Da stürzt sich erneut ein Opfer in den Tod. Währenddessen braut eine Frau, die sich für eine Hexe hält, in einem abgelegenen Bauernhaus weitere Gifttränke. Hat einer der Angestellten sie als Auftragskillerin angeheuert? Nora Tabani jagt die Mörderin und stößt dabei auf seelische Abgründe.

»Abgründig, düster und psychologisch gut durchdacht: Mitra Devi baut ihre Geschichten sorgfältig auf und hat ein besonderes Gespür für Menschen in psychischen Ausnahmesituationen.« *Migros Magazin*

Die Autorin

Mitra Devi, 1963 geboren, wuchs in Zürich auf und arbeitet als freie Künstlerin und Journalistin. 2001 erschienen ihre ersten Kurzgeschichten. Inzwischen ist sie Autorin von zahlreichen Büchern, darunter eine Krimiserie und schwarzhumorige Short Storys. Für ihren Roman *Der Blutsfeind* erhielt sie den Zürcher Krimipreis 2012.

Mehr über Buch und Autorin im Anhang
und auf *www.unionsverlag.com*

1

Vollmond. Mitternacht. Die Kirchturmuhr des falschen Gottes schlug zwölf. Vom Dorf her hörte sie die Glocken läuten, bronzene Klänge, die übers Feld wehten. Sie beleidigten ihr Ohr, waren für andere gedacht, nicht für sie. Niemals würde sie einem männlichen Wesen huldigen, sie verehrte die dunkle Göttin. Die Weise, die Grausame. Sie liebte und fürchtete sie. Brachte ihr Opfer. Tötete für sie.

Ein Ruck ging durch ihren Körper, als der letzte Schlag verhallt war. Sie löste sich aus der Starre. Einen Augenblick reflektierte die Fensterscheibe ihre Gestalt. Ihre wirren, langen Haare verdeckten die Hälfte des Gesichts. Sie wirkte um Jahre älter als siebenundzwanzig, das wusste sie. Doch Äußerlichkeiten hatten für sie noch nie eine Rolle gespielt. Ihre Seele war uralt, abgrundtief, nur noch spinnwebendünn mit ihrem Leib verbunden und würde sich bald von ihrer fleischlichen Hülle lösen. Die Dämonen, die seit ihrer Kindheit nach ihr gierten, würden bald ins Leere greifen.

Sie öffnete das Fenster, ließ ihren Blick über den Garten schweifen. Das fahle Licht erhellte die Beete, die die Form von Gräbern hatten. Die Salatköpfe waren bedeckt mit Tausenden von Tautropfen, in denen sich der Mond spiegelte. Drum herum ragten die Holzzacken des Zauns wie Zähne eines riesigen Krokodils in den nächtlichen Himmel.

Sie wandte sich ab und schritt mit bauschendem Rock durch den Korridor. Heute würde sie die Ernte verarbeiten, Wein und Gift zu einem tödlichen Trunk mischen. Ein böser Mensch musste sterben. Noch ein letztes Mal sollte er im Feuertanz zucken, bevor die allmächtige Mutter ihn mit Haut und Haar verschlänge. Zurück in die Erde mit seinem schändlichen Körper! Zurück in den Boden, wo Würmer, Käfer und anderes Getier darauf warteten, seine Überreste zu zersetzen. Wo seine Gedärme faulten und rotteten, bis sie sich in ihre Bestandteile auflösten, wieder zu Staub wurden und neues Leben daraus entstand. Der ewige Kreislauf der Natur.

Ihre Lippen zuckten, die Rache loderte in ihr. Es war richtig, was sie tat, es war der einzige Weg zum Frieden. Die Stimmen in ihrem Kopf würden endlich zum Schweigen gebracht werden.

Als sie in den Dachstock emporstieg, knarrten die Stufen. In der Hand trug sie eine brennende schwarze Kerze. Kein elektrisches Licht durfte in dieser geweihten Nacht leuchten, ihre todbringenden Geschöpfe reagierten empfindlich auf Helligkeit. Sie öffnete die Tür, trat in den abgeschrägten Raum. Staubfusseln wirbelten auf. Der Mond schien bleich durch die Dachfenster. Die mit Leintüchern abgedeckten Möbel ihrer Großmutter warfen bizarre Schatten an die Wände. Es roch nach Holz und altem Stoff.

Quer durch den Estrich des Bauernhauses war eine Schnur gespannt. Daran hingen sie, die Zauberkräftigen. Sie hatte die Wurzeln im Herbst ausgegraben und zum Trocknen an der Leine befestigt. In Reih und Glied, wie eine Armee verhutzelter Gnome, warteten sie darauf, zum Einsatz zu kommen. Galgenmännlein hatten die kräuterkundigen Frauen im Mittelalter die Pflanzen genannt, Henkerswurz, Folterknecht- und Drachenpuppe.

Die magische Alraune.

Ihre Kräfte konnten Wundbrand lindern, Rheuma kurieren und Unfruchtbarkeit heilen. Ihre Beeren, eingenommen mit Zimt und Wacholderschnaps, ließen einem Flügel wachsen, mit denen man über die Äcker fliegen und die Wolkendecke durchstoßen konnte. Sie machte reich und glücklich, die

Alraune, steigerte die Lust und den Rausch, ließ Weichteile anschwellen und Körpersäfte pulsieren, auf dass sich die heißen Leiber im rituellen Tanz vereinigten.

Aber die Pflanze war auch erbarmungslos. Schon immer hatte ihre menschenähnliche Form Angst und Schrecken verbreitet. Pflückte man sie ohne Respekt, blies sie einem den Hauch des Todes ins Gesicht, bestrafte die Frevler mit Albträumen, Herzrasen und Irrsinn. Sie, die hier stand, wusste das. Sie behandelte ihre magischen Freunde mit gebührender Ehrfurcht. Vor einigen Vollmonden hatte sie sie geerntet. Zwischen Mitternacht und ein Uhr morgens. Mit abgewandtem Blick hatte sie in der Erde gegraben und auf den grauenhaften Schrei des Pflanzengeistes gewartet, der einen zu Stein erstarren ließ, doch er war ausgeblieben. Die Alraunen vertrauten ihr. Willig ließen sie sich aus dem Boden ziehen und raunten ihr zu: »Deine Stunde ist gekommen. Tu es, Kind der dunklen Göttin, tu es!«

Sie stellte die Kerze auf den Boden. Vorsichtig löste sie dreizehn Galgenmännlein mit verschrumpelten Beinchen und Ärmchen von der Schnur. Dann raffte sie den Rock, legte die Wurzeln hinein und stieg die Treppe hinunter. In der Küche entzündete sie weitere Kerzen und stellte sie im Halbkreis auf den Tisch. Das Messer lag bereit. Rotwein, Vanilleschoten, Zucker und eine Prise Safran hatte sie daneben platziert. Sie schüttete den Inhalt der Flasche in eine Schale und gab die Gewürze dazu. Dann schnitt sie die Alraunen in dünne Scheiben. Sie rochen wild und feurig. Die Stückchen schaufelte sie in die Flüssigkeit und vermischte sie. Mit dem Mörser zerquetschte sie alles zu einem bräunlichen Brei, drückte das Gift in den Wein, der es in sich aufnahm.

Jetzt brauchte der Trank Zeit, um seine volle Wirksamkeit zu erreichen. Er musste ziehen und sich entwickeln. In ein paar Tagen war er so weit. Dann würde sie die dicke Masse absieben, den Saft in ein Fläschchen füllen, es zustöpseln und nach Zürich bringen. Und der Mann würde das Gebräu trinken, würde von dieser Welt gefegt werden, nicht wissend, wie ihm geschieht.

Ihr Mund verzog sich zu einem schiefen Lächeln. Sie hörte ein Krächzen aus ihrer Kehle kommen und wusste nicht, ob es Gelächter oder Weinen war. Die Dämonen griffen wieder nach ihr, wisperten hässliche Worte. Sie sah ihre lidlosen Augen mit den roten Pupillen, fühlte die knochigen Finger, die sie würgten und ihr den Atem nahmen. Während ihr die Tränen über die Wangen liefen, breitete sie die Arme aus, die wuchsen und wuchtiger wurden, als wären sie Raubvogelschwingen, die sich bis zum Ende des Firmaments erstreckten. »Ich bin Alruna«, flüsterte sie, »Tochter der Finsternis. Alruna, Rächerin der Blutzeugen.«

Jan Berger wischte sich den Schweiß vom Gesicht. »Ich kann nicht mehr«, stöhnte er.

»Du hast dein Soll noch nicht erfüllt.« Nora Tabani warf ihm einen aufmunternden Blick zu, was ihr etwas schwerfiel, da sie sich gerade die Lunge aus dem Leib strampelte. Auf der zweithöchsten Stufe des Fitnessclub-Velos zu radeln war eine Plackerei. Und dabei bewegte man sich keinen Zentimeter vom Fleck. Psychologisch ganz schlecht. Aber sie musste mit gutem Vorbild vorangehen, immerhin war er mitgekommen. Lang genug hatte sie ihm in den Ohren gelegen, etwas für seine Figur zu tun. In den letzten Wochen hatte er vier Kilo zugenommen und sich immer wieder argwöhnisch von der Seite im Spiegel betrachtet. Aus seinem netten Bäuchlein drohte ein üppiges zu werden. Seine ganzkörperliche Verliebtheit verleite ihn dazu, mehr zu essen, behauptete er. Es musste ihn heftig erwischt haben.

»Wie lang noch?«, keuchte Jan und trat etwas verhaltener in die Pedale.

Nora hatte gemerkt, dass er jedes Mal einen Zacken zulegte, wenn sie ihn beobachtete, um gleich wieder zu verlangsamen, sobald sie zur Aerobic-Lehrerin auf dem Bildschirm schaute. Die Dame in glänzendem Pink auf dem Sportsender schien über unerschöpfliche Kräfte zu verfügen, tanzte, sprang und hüpfte im Takt und schaffte es dabei, ein immerwährendes Lächeln auf ihren aufgespritzten Lippen zur Schau zu tragen. Und das Ganze in mannigfacher Ausführung. Acht Fernseher hingen nebeneinander vor den Ausdauergeräten an der Wand, auf jedem trieb die Unermüdliche ihr Unwesen und motivierte ihre Schäfchen zu Höchstleistungen.

»Noch zehn Minuten«, sagte Nora mitleidlos. »Deine Monika möchte dich rank und schlank.«

»Meine Monika liebt mich, wie ich bin.«

»Sei etwas dankbarer. Keine andere Vorgesetzte lässt ihre Angestellten während der Arbeitszeit Fitness betreiben.«

Jan grinste zu ihr hinüber. »Ich dachte, du wolltest nicht, dass ich dich Chef nenne. Du sagst, wir seien ein Team, gleichberechtigt und souverän, und niemals im Leben würdest du den Macker raushängen.«

»Okay, dieser Punkt geht an dich. Aber vergiss nicht: mens sana in corpore sano.« Sie wollte mahnend den Zeigefinger hochstrecken, was sie um ein Haar aus dem Gleichgewicht gebracht hätte. Bevor sie Richtung Lady in Pink stürzte, konnte sie sich an den Griffen festhalten.

»Verlier die Balance nicht, Chef. Ich lebe nach Churchills Motto. Du weißt schon: Sport ist Mord.«

Nora verdrehte theatralisch die Augen. Dann stellte sie den Schweregrad für die letzten Minuten aufs Maximum und gab, was sie konnte. Neben ihnen waren um diese Zeit nur wenige Leute im Fitnessstudio. Dienstagmorgen, kurz nach neun. Yvonne vom Empfang und Mädchen für alles tippte etwas in ihren Computer. Ein paar Frauen machten Yoga auf den Matten, ein Instruktor erklärte einem Neuling die verschiedenen Geräte und Gewichte, eine Hand voll regelmäßiger Besucher absolvierte still die Übungen. Neben Nora radelte ein solariumgebräuntes, hageres Männchen, dessen Verfallsdatum bereits seit einigen Jahren abgelaufen war, vor sich hin. Immer wieder blinzelte er zu ihr hinüber, da er wohl gemerkt hatte, dass sie und Jan kein Paar waren.

»Lass uns aufhören, Schatz«, sagte Nora genüsslich laut zu Jan. Dieser zog verwundert eine Augenbraue hoch. Der alternde Geck zuckte zusammen und wandte sich einer anderen Frau zu.

Als sie das Training auf den Fahrrädern absolviert hatten, kamen die Kraftübungen an die Reihe. Bizeps, Trizeps, Bauch und Beine, dann Dehnen, dann Duschen. Nachdem Nora sich angezogen hatte, brachte sie ihre Haare in Form, wozu zwei, drei Rubbelbewegungen durch ihren dichten, kurzen Schopf genügten. Unter ihren gebleichten Strähnen war der dunkle Haaransatz zu sehen. Die ganze Bleichaktion war ein Reinfall gewesen. Blond passte nicht zu ihr. Und das angespannte Verhältnis zu Gaby, der Coiffeuse im unteren Stock, das Nora versucht hatte, mit der Opferung ihrer ursprünglichen Haarfarbe zu verbessern, war schlecht wie eh und je. Gaby war Kettenraucherin, ihre Kundinnen waren es auch. Der Zigarettengestank zog durchs Treppenhaus an der Seefeldstrasse, machte alle Bewohner verrückt und verpestete Noras Mansarde im Dachgeschoss und ihre Büroräume im ersten Stock.

Noras Arbeit als freie Detektivin lief nach anfänglichen Schwierigkeiten inzwischen recht gut. Die Aufträge trafen nicht gerade im Rudel ein, doch nebst kleineren Überwachungen und Abklärungen hatte sie in letzter Zeit zwei große Fälle gelöst. Was für die Miete, Jans Lohn und ein Olivenbäumchen beim Eingang gereicht hatte. Jan war ein echter Lichtblick. Seit bald einem Jahr arbeiteten sie schon zusammen, und er schaffte es immer wieder, sie zu überraschen. In ihm steckte viel mehr, als auf Anhieb erkennbar war. Vielleicht sogar mehr, als er selber ahnte.

Nora packte ihre Sporttasche und trat aus der Garderobe. Ihr Kollege saß bereits an der Bar und schwatzte mit Yvonne. Nora setzte sich zu ihm und bestellte einen frisch gepressten Orangensaft, wie er einen vor sich stehen hatte.

»Na«, bemerkte sie, »das hat doch wieder mal so richtig gut –«

»Sag jetzt nichts«, gab er zurück. »Du hast ja recht. Ich werde weiterhin Fitness treiben, auch wenn es mein Gemüt angreift.«

»Das hört man gern.« Sie nahm einen Schluck Saft und sah ihn eindringlich an. »Und was wolltest du mir wirklich mitteilen?«

»Wie meinst du das?« Er begann, seine Brille mit dem Ärmel zu putzen.

»Komm schon. Seit ein paar Tagen druckst du herum, und ich hab keine Ahnung, was los sein könnte.«

»He, Chef! Intuition war immer mein Gebiet, fang nicht auch noch damit an.«

»Also?«

»Nun gut.« Er setzte die Brille wieder auf. »Ich wollte dich um zwei Wochen Ferien bitten. Im Mai.«

»Verreist du?«

Er machte eine bedauernde Handbewegung. »Tut mir leid. Ich weiß, wir hatten vor, unsere Homepage zu aktualisieren, die neuen Visitenkarten und Briefumschläge drucken zu lassen und all das.«

»Kein Problem!«, sagte sie. »Damit komm ich auch allein klar. Das heißt, ich werds vor mir herschieben, bis du zurück bist. Wohin fährst du denn?«

Er strich sein spärliches Haar zur Seite und schaute sie so herzerwärmend an, dass sie verstand, was Monika an ihm fand. »In die Flitterwochen nach Madeira. Ich heirate.«

»Was, jetzt? Ich meine, wann? Warum so schnell?«

»Nora! Ich hab gedacht, du freust dich für mich.«

»Natürlich freu ich mich. Ich dachte nur, ihr kennt euch erst fünf Monate –«

»Vier.«

»Na eben. Ist das nicht ein bisschen überstürzt?«

Jan seufzte. »Ich bin neununddreißig. Monika wird im August vierzig. Wir wollten einfach noch in den Dreißigern heiraten. Verstehst du das nicht?«

»Doch, klar, Jan. Ich gönns dir von Herzen, dass du einen Menschen hast, mit dem du den Rest deines Lebens verbringen möchtest.« O Gott, klang das pathetisch. Während sie es sagte, dachte sie an ihre Männergeschichten, die nichts anderes gewesen waren als genau das: Geschichten. Ein paar kurze, heftige Affären und eine längere Beziehung mit Joël aus Genf, der sich als Enttäuschung des Jahrzehnts herausgestellt hatte.

»Hallo? Jemand zu Hause?« Jan wedelte vor ihren Augen herum. »Vertreib Joël aus deinem Hirn. Ein Kerl, der dir seine Frau und Kinder verschwiegen hat, wär eh nichts für dich gewesen.«

»Scheiße, hab ich laut geredet?«

Jan lachte. »Echt, Nora, manchmal bist du so was von durchschaubar. Bekomme ich nun die zwei Wochen im Mai?«

»Aber sicher.« Sie schüttelte die Vergangenheit ab und stürzte den letzten Rest Saft hinunter. »Trink deine Vitaminbombe aus, ein Stapel Arbeit wartet auf uns.«

»Aye, aye, Chef.«

2

Die Dachterrasse der Lagerhausfirma Store & Go neben dem Bahnhof Zürich-Altstetten war mit bunten Lampions dekoriert. Rote, blaue und gelbe Papierkugeln, die in die Nacht hinausleuchteten. Eine Riesengirlande hing am Geländer. Mit Goldbuchstaben waren die Worte »20 Jahre Store & Go« daraufgeschrieben. Sarah Dobler brachte die Bowle heraus und platzierte sie mitten auf dem Tisch. Daneben drapierte sie die Lachshäppchen, Schinkenpastetchen und die Guacamole. Den Wein und die passenden Gläser stellte sie in versetzte Reihen, wie sie es kürzlich bei einer Vernissage gesehen hatte. Zum Schluss streute sie ein paar Rosenblätter auf die weißen Tischdecken, was dem Ganzen eine romantische Note verlieh. Roland und Tim würden sie zwar wieder auslachen, aber schließlich hatte ihr Kowalski freie Hand gelassen. Ausnahmsweise hatte er sich diesmal großzügig gezeigt, sodass sie bei den Delikatessen nicht geizen musste.

Sie trug ihre smaragdgrüne Bluse und hatte die Haare wie immer hochgesteckt. Ihr Make-up war dezent. Als einziger Schmuck schimmerte ein perlmuttfarbener Stein an ihrem Finger. Sie hatte damals auf einem griechischen Markt nur ein paar Euro für den Ring bezahlt, doch er war zu ihrem Lieblingsstück geworden.

Seit dem frühen Morgen hatte sie daran gearbeitet, aus dem heutigen Jubiläum einen ganz besonderen Tag zu machen. Das Wetter war für einen Frühlingsabend viel zu warm, sodass sie die Party draußen feiern konnten. Dennoch sorgten mehrere tragbare Elektroöfen in allen vier Ecken der Terrasse dafür, dass auch später niemandem kalt würde. Es war sternenklar. Obwohl die erleuchteten Häuser der Umgebung den Himmel erhellten, konnte Sarah den Großen Wagen erkennen.

Selten hatte sie Gelegenheit, ihre kreativen Ideen in ihre Arbeit einfließen zu lassen. Wenn es einmal möglich war wie heute, genoss sie das sehr. Es war zwar nicht wirklich die Aufgabe einer Chefsekretärin, ein Büfett anzurichten, doch sie hatte sich auf die Abwechslung gefreut. Sie arbeitete seit fünf Jahren für Store & Go. Kowalski wusste, dass er sich auf sie verlassen konnte. Sie war exakt, gewissenhaft und pflichtbewusst. Was nicht gerade sexy auf Männer wirkte, das war ihr klar, doch in einem so großen Unternehmen waren ihre Fähigkeiten gefragt. Gleich von Anfang an hatte Kowalski ihr viel Verantwortung übergeben, froh, dass er sie nicht selber tragen musste. Gegen außen spielte er den autoritären Boss, doch Sarah hatte mehr als einmal seine Unsicherheit gesehen. Schon oft war es ihr gelungen, Spannungen im Team, die er mit seiner ruppigen Art verursacht hatte, mit Diplomatie zu lösen.

»Mensch, Mädchen, du hast dir ja wieder Mühe gegeben!«, rief Roland Wehr von der Terrassentür her.

Sie hätte schwören können, dass er als Erster auftauchte. Gleich würde er sich wie ein vorwitziger Junge am Büfett bedienen. »Noch nicht!«, bat sie und ging auf ihn zu, sodass er seine Finger, die bereits nach den Chips gegriffen hatten, wieder zurückzog.

»Geht klar«, sagte er lächelnd, »ich soll die schöne Ordnung nicht kaputtmachen. Sorry.« Er schaute sie mit seinen Hundeaugen an, eine blonde Locke hing ihm in die Stirn. Er trug einen weißen, lockeren Anzug und wirkte darin wie ein kalifornischer Beach Boy. Sie wollte nicht, dass er einmal mehr bemerkte, wie sehr er ihr gefiel, und begann etwas verkrampft, die Servietten rechtwinklig zur Tischkante zu stapeln. Natürlich ahnte er längst, was sie für ihn empfand. Er schien es zu genießen, machte ihr zwar nie Hoffnungen, wies sie aber auch nicht ab.

»Nur nicht so steif, Sarah«, meinte er, »das wird ein prächtiger Abend. Du hast das wirklich toll hingekriegt. Außer …« Er nahm die Hände aus seinen Hosentaschen und zeigte neckisch zur Dekoration hinüber.

»Ich weiß«, seufzte sie, »die Rosenblätter.«

»Die Rosenblätter, du sagst es. Das ist das Letzte, was zu unserer Firma passt. Rosendornen – ja. Oder besser noch Distelstacheln. Oder Kakteen. Aber Rosenblätter? Das, liebe Sarah, ist reinstes Wunschdenken.«

Sie wehrte ab. »So schlimm ist es nicht. Kowalski hat sich gebessert. Kürzlich hat er sogar –«

»Ach was, der wird immer ärger! Du bist viel zu nachsichtig. Ich könnte dir auf Anhieb zehn Leute aufzählen, die ihn liebend gern um die Ecke bringen würden. Mich inklusive.« Er grinste sie spitzbübisch an, konnte es nicht lassen, sich eine Olive zu schnappen, dann flüsterte er: »Achtung, wenn man vom Teufel spricht …«

Maximilian Kowalski betrat mit forschem Schritt die Terrasse. Mit bald sechzig verfügte er über eine Energie, die ihresgleichen suchte. Seinen massigen Oberkörper hatte er in einen zu engen Zweireiher gezwängt, was auf einige bestimmt ungewohnt wirkte, die ihn nur hemdsärmelig kannten.

In seinem Schlepptau folgte Cedric Stark in perfekt sitzender Kleidung und glänzenden Lederschuhen. Aufmerksam huschten seine Augen von einem zum anderen, verschafften sich in Sekundenschnelle einen Überblick. Stark wartete schon lang darauf, Kowalskis Job zu übernehmen. Doch dieser dachte nicht im Traum daran, sich zur Ruhe zu setzen. Cedric Stark war geduldig wie eine Zecke, die ohne Nahrung auf einem dürren Ast ausharrt, um sich im richtigen Moment auf ihr Opfer zu stürzen. Sarah fürchtete seine scharfe Zunge, seinen Sarkasmus und seine Fähigkeit, andere mit einem einzigen Wort kleinzumachen.

Hinter ihm ging Tim Stalder, der mit Claudia Campanini in ein Gespräch vertieft war. Sie kicherte etwas schrill und wackelte dabei mit dem Kopf, sodass ihre Ohrringe – zwei große schillernde Delphine – hin und her schaukelten. Wie immer war sie gewagt gekleidet, ihr Ausschnitt war tief, ihre mehrfarbige Halskette zog den Blick unwillkürlich auf ihren Busen. Tim schien ihr etwas zu erklären, dann entdeckte er Sarah und nickte ihr freundlich zu.

Die anderen Mitarbeiter der Administration und aus den Lagerhallen folgten ihnen, dann das Reinigungspersonal. Am Schluss traten die Transportleute auf die Terrasse. Es waren hauptsächlich Türken, Albaner und Serben. Zum Team gehörte auch Chandra, ein Tamile, der so feingliedrig war, dass Sarah sich immer wunderte, wie er all die Lasten schleppen konnte, aber er schien keine Mühe damit zu haben. Die anderen waren kräftige Männer, die sich in ihren Arbeitsoveralls sichtlich wohler fühlten als in den Anzügen, die sie jetzt trugen. Mehmet schaute missbilligend auf die Schinkenstückchen, dann hellte sich sein Blick auf, als er den Lachs entdeckte. Er lächelte Sarah augenzwinkernd zu, sie hatte ihm versprochen, nicht allzu viel »Schweinisches« aufzutischen, wie er es nannte.

Sarah zählte schnell nach. Es waren alle gekommen: zweiunddreißig Personen, darunter sechs Frauen. Anders als in anderen Firmen, in denen sich die weiblichen Angestellten, wenn sie in der Unterzahl waren, mit Vehemenz Gehör verschaffen mussten, wurden sie bei Store & Go ebenbürtig behandelt. Kowalski bestand auf gleichem Lohn für gleiche Arbeit. In Norddeutschland, wo er aufgewachsen war, habe es dieses ganze »Frau-Mann-Zeug« nicht gegeben, behauptete er, da wurde gearbeitet, man war genügsam und zufrieden mit dem, was man hatte.

Tim gesellte sich zu Sarah. »Schön hast dus hergerichtet, wie immer. Sogar Rosenblätter …«

»Ich wusste, dass du dich darüber lustig machen würdest.«

»Mach ich doch gar nicht.« Tim nahm ein Blütenblatt und schnupperte daran. »Sie duften wunderbar. Aber du wirfst Perlen vor die Säue, Sarah. Irgendwann wird er dich ohne Skrupel rausschmeißen und eine andere Sekretärin suchen.«

»Warum sollte er? Ich mach meine Arbeit gut.«

»Das wird dir irgendwann nichts mehr nützen. Bis jetzt hat er noch keine so lang behalten wie dich. Sieben Chefsekretärinnen in zwanzig Jahren. Das ist ein echter Verschleiß.«

»Irgendwie versteh ich das nicht«, murmelte sie.

»Nicht?« Tim schien überrascht. »Das ist doch glasklar. Er will Frischfleisch. Hast du denn nie bemerkt, wie er euch anstarrt?«

»Ruth nicht.«

»Ruth ist ihm zu alt, logisch. Aber Claudia und dich. Das fällt sogar mir als Mann auf. Ich hoffe, er ist nie zudringlich geworden.« Er schaute sie mit einem besorgten Ausdruck an.

Sarah hatte von Anfang an gespürt, dass Tim völlig in Ordnung war. Ein integrer Mann, der tat, was er sagte. »Mach dir keine Gedanken. Ich ignoriere solche Dinge.«

»Und falls doch. Du weißt, du kannst dich an mich wenden.«

»Ich weiß. Danke. Aber es ist nicht nötig.«

Tim schien es ihr nicht ganz zu glauben, sagte aber nichts mehr. Er schaute zu Kowalski hinüber, der gerade seine Angestellten im Halbkreis um sich scharte und zu einer Ansprache ansetzte. Augenblicklich verstummten die Gespräche ringsum.

»Liebe Mitarbeiterinnen und Mitarbeiter«, begann er in astreinem Hochdeutsch, »ich möchte Sie heute am 1. April – und das ist kein Scherz! – alle ganz herzlich zu unserem 20-Jahr-Jubiläum begrüßen. Store & Go wurde von mir, wie Sie wissen, als kleine Firma buchstäblich aus dem Dreck gezogen.

Inzwischen ist sie eins der bedeutendsten Lager- und Transportunternehmen der Stadt.« Er schaute in die Runde, dann zeigte er mit dem Finger auf Gerhard Furrer. »Sie!«

»Ja?« Gerhard schien überrumpelt.

»Sie gehörten zu den Ersten, die damals durch diese Tore gingen. Erzählen Sie, was sich in all den Jahren verändert hat.« Kowalski nickte ihm auffordernd zu.

»Ähm …«

»Na los, machen Sie schon! Als Sie hier anfingen, waren wir noch zu dritt. Mickrige Räume, harte Arbeitsbedingungen. Sie erinnern sich. Dann die ganze Umstellung auf Digital und Computer. Die neuen Sicherheitsschlösser in den Lagerhallen. Die besseren Hygienemaßnahmen. Der Umbau. Vor vier Jahren der Artikel in der NZZ, der einen wahren Ansturm von Mietern nach sich zog.«

»Genau«, murmelte Gerhard.

»Danke, Furrer. Sie sehen also«, Kowalski ließ seinen Blick in die Runde schweifen, schien zufrieden mit der Aufmerksamkeit, die ihm entgegengebracht wurde, und fuhr fort: »Sie sehen also, es lohnt sich, für Store & Go zu arbeiten. Den ersten Interessenten, die damals Lagerräume bei uns mieteten, standen ganze neun Kubikmeter zur Verfügung. Heute bieten wir ihnen Kleinsträume von sechs bis zu Lagerhallen von sechshundert Kubikmetern zur Auswahl.«

»Das wissen wir doch alles«, flüsterte Roland entnervt in Sarahs Richtung. »Bis der fertig ist, verschimmeln die Lachsbrötchen.«

»Nebst Möbeln«, fuhr Kowalski fort, »lagern unsere Kunden Kleider, Ordner, Sportartikel, ganze Wohnungseinrichtungen und Restposten von Geschäftsauflösungen bei Store & Go. Manchmal nur wenige Tage, manchmal über Jahre. Und das für sage und schreibe …« Er schaute erwartungsvoll auf die Anwesenden und hob seine Arme wie ein Dirigent in die Höhe. »Nun, meine Damen und Herren?«

Alle murmelten: »Zwölf Franken pro Kubikmeter!«
»Korrekt!« Kowalski strahlte übers ganze Gesicht.
»Er zieht immer die gleiche Show ab«, zischte Claudia leise. »Langsam ist es nur noch peinlich.«
Roland pflichtete ihr bei.
»Darum, werte Mitarbeiter, der langen Rede kurzer Sinn: Ich bedanke mich für Ihr Engagement. Ich fordere weiterhin einen vortrefflichen Einsatz. Das Büfett ist eröffnet!«
»Das ging ja flotter als erwartet«, murmelte Tim.
Sarah lächelte. »Er wird durstig sein.«
»Das ist das Stichwort«, meinte Roland, »lasst uns anstoßen!« Er nahm die Schöpfkelle, tauchte sie in die Früchtebowle und füllte mehrere Gläser. »Zum Wohl, Sarah! Tim! Gerhard!«
Sie prosteten sich zu, Kowalski schenkte sich bereits zum zweiten Mal ein, und sogar Ruth, die älteste der Angestellten, sonst maßvoll und zurückhaltend, trank mit sichtlichem Genuss.
»Ausgezeichnet!«, meinte Cedric Stark. »Fast wie selbst gemacht.«
»Sie ist auch selbst gemacht«, sagte Sarah mit Nachdruck. »Von mir.«
»Tatsächlich? Nur nicht so empfindlich, ›Fräulein‹ Dobler. Schmeckt trotzdem gut.«
Sarah kam sich blöd vor. Stark hatte es wieder einmal geschafft. Zum Glück hatte sie nicht viel mit ihm zu tun. Sein Büro lag am anderen Ende des Gangs, er war für die PR zuständig.
Der Abend schritt voran, angeregte Gespräche entstanden, wenngleich die Teams sich kaum mischten. Das Reinigungspersonal blieb unter sich. Die türkischen und albanischen Umzugsleute unterhielten sich in ihrer eigenen Sprache. Cedric Stark schleimte sich bei Kowalski ein, der ihn jedoch links liegen ließ. Man aß, trank und gab Anekdoten zum Besten.

Wo immer Kowalski auftauchte, versandeten die Gespräche, da er endlose Monologe an sein Gegenüber richtete.

Sarah sorgte dafür, dass das Büfett immer appetitlich aussah, und brachte mit Ruths Hilfe Nachschub von unten herauf. Gegen zehn tauchte die mexikanische Musikgruppe auf, die Sarah als Überraschung engagiert hatte. Sie war ein voller Erfolg. Fünf Männer mit Sombreros spielten Gitarre, Trommeln und Mandoline, sangen temperamentvolle Lieder auf Spanisch und forderten die Frauen und Männer zum Tanzen auf. Nach anfänglichem Zögern wagten es die Ersten, sich zu den feurigen Klängen zu bewegen. Kowalski zog Claudia zu sich heran und schwang das Tanzbein. Sie ließ es mit angewidertem Gesichtsausdruck geschehen. Gerhard Furrer wippte unsicher mit dem Fuß im Takt. Sarah betrachtete sein Geierprofil. Gerhard hatte etwas Unheimliches und Düsteres an sich. Vielleicht kam das daher, dass er seit Jahren in den unterirdischen Lagerhallen arbeitete.

Sarah wandte sich wieder ab und beobachtete die anderen. Tim bat gerade eine portugiesische Dame der Reinigung um einen Tanz, diese stimmte mit kokettem Lächeln zu. Die Stimmung wurde ausgelassener. Sarah plauderte ein bisschen mit Mehmet, konnte ihn wegen der lauten Klänge aber kaum verstehen. Roland in seinem weißen Anzug wirbelte allein zu den südamerikanischen Rhythmen herum, seine Hand balancierte ein halb volles Glas. Ruth stand am Rand bei einem der Öfen und schien sich auf ihre eigene stille Art über den gelungenen Abend zu freuen.

Gläser klirrten. Das Büfett war nach einer Weile ein weinbekleckertes und ölverschmiertes Schlachtfeld. Oliven, Brosamen und Teigreste waren überall verstreut, was Sarah leider nicht hatte verhindern können. Die Mexikaner trieben mit ihrer Musik auf den Höhepunkt zu. Roland lächelte beschwipst vor sich hin. Tim kippte die Portugiesin im Tangostil nach hinten, was diese mit begeistertem Quietschen quittierte.

»Was hat er denn?«, hörte Sarah Marco Benedetto neben sich sagen. Sie hatte heute noch kein Wort mit ihm wechseln können.

»Was meinst du?«

»Der ist ja komplett besoffen«, antwortete Marco und zeigte auf Kowalski, »Madonna mia, jetzt übertreibt er aber!«

Sarah folgte seinem Blick und sah, wie ihr Chef herumtorkelte und Claudia grob von sich stieß. Sie prallte gegen den Tisch und hielt sich an der Tischdecke fest. Tim eilte ihr zu Hilfe. Bevor alle Gläser zu Boden fielen, konnte sie sich wieder aufrappeln. »He!«, machte sie empört zu Kowalski, doch dieser ging gar nicht darauf ein. Sein Gesicht war gerötet, als hätte er einen Sonnenbrand. Er stammelte unverständliche Worte. So hemmungslos hatte Sarah ihn noch nie gesehen. Hoffentlich endete die Party nicht in einem Desaster. Bereits entfernten sich einige Angestellte und starrten aus sicherer Entfernung auf ihren Chef. Der bewegte sich inzwischen mit fast spastischen Bewegungen zur Musik.

»Vengan y bailan!«, schrien die Mexikaner, erfreut über die Wirkung ihrer Lieder, »Bailan! Bailan! Kommt und tanzt!«

Kowalski stolperte, richtete sich wieder auf, rief mit schwerer Zunge: »Es ist heiß!« und fuchtelte mit den Armen.

»Wenn ich so viel intus hätte, wärs mir auch etwas wärmer«, meinte Roland.

In diesem Moment krachte und knallte es in der Ferne. Die Mexikaner spielten wacker weiter, alle anderen schauten Richtung Üetliberg hinüber, wo ein Feuerwerk die ganze Umgebung erhellte und die Musik übertönte. Irgendjemand in Wiedikon oder Albisrieden feierte etwas noch Größeres. Silberpfeile schossen in den Himmel, rote und orange Funken rieselten wie Schneeflocken herab. Unwillkürlich entfuhr vielen ein »Oh!« und »Ah!«.

»Passt ja wie bestellt«, sagte Roland. »Das hast nicht etwa du organisiert, Sarah, oder?«

Sie schüttelte den Kopf und sah beunruhigt zu Kowalski hinüber. Dieser blieb stocksteif stehen, starrte entgeistert auf die farbenprächtigen Formationen am Himmel und rief: »Da sind ja die Rateken ... Raketen ... für unser Jubä ... Jäbilu ... Jubiläum!« Er lachte, grölte, schlug sich auf die Schenkel. Plötzlich krümmte er sich, als würde er von einem Krampf gepackt. Er rang nach Atem. Seine Finger krallten sich um den Kragen. Er lockerte seine Krawatte, riss sie sich vom Hals und warf sie zu Boden. Seine Wangen waren inzwischen feuerrot, seine Halsschlagadern pulsierten in rasendem Tempo. Jetzt war Sarah in Alarmbereitschaft. Wenn sich ihr Chef zum Narren machen wollte, war das eines. Wenn er aber vor aller Augen eine Alkoholvergiftung erlitt, musste man ihm helfen.

»Herr Kowalski«, sagte sie in besänftigendem Ton, der im Geknalle des Feuerwerks völlig unterging, »setzen Sie sich doch, bevor Ihnen übel wird.«

Kowalski wedelte sie weg und brüllte: »Stellt die Musik ab!«, worauf die Mexikaner verstummten. »Stellt die Farben ab!«, schrie er zum Himmel, während die bunten Kracher weiterhin über das nächtliche Zürich stoben. »Es ist viel zu hell! Viel zu heiß!« Er wirkte äußerst aufgeregt, ob freudvoll oder in Panik, konnte Sarah nicht ausmachen. Wie viel Bowle und Wein hatte er bloß getrunken? Sie eilte zu ihm, versuchte ihn zu stützen, doch er befreite sich.

»Ich will fliegen!«, krächzte er.

»Das ist ja so was von peinlich«, murmelte Claudia.

Nun wollte Tim ihm zu Hilfe kommen. Aber Kowalski taumelte am Büfett vorbei, fegte eine Platte mit Brötchen vom Tisch und wankte zur Brüstung. Er ruderte wild mit den Armen, als würde er gleich abheben, und brüllte: »Ich fliege!«

»Kommen Sie zurück!«, rief Tim, packte ihn am Ärmel und versuchte, ihn fortzuzerren. Kowalski stieß ihn zur Seite, machte einen Schritt und schwang sich erstaunlich wendig über das Geländer. Ein Dutzend Hände griffen nach ihm. Er schlug sie alle weg, breitete seine Arme aus.

Und sprang.

»Ich fliege!«, hörten sie ihn ein letztes Mal krächzen, während er in die Tiefe stürzte.

Sarah hastete zum Rand der Terrasse und starrte auf Kowalskis Körper. Der war acht Stockwerke weiter unten auf dem Asphalt aufgeschlagen. Eine dunkle Silhouette mit verdrehten Gliedern. Nur seine Hände und die Glatze waren helle Flecken in der Nacht.

Sarah spürte, wie das Blut aus ihrem Gesicht wich. »Mein Gott!«, flüsterte sie.

3

»Dieser Kerl ist mehr als dreist«, sagte Nora.

Es war halb neun Uhr morgens. Jan und sie brüteten über etlichen Fotos, die ausgebreitet auf dem Schreibtisch lagen. Auf den einen waren Laptops, Stereoanlagen und iPods zu sehen, offensichtlich von der teuren Sorte, auf den anderen Porträts von Männern und Frauen. Der Auftraggeber ihres aktuellen Falles hatte ihnen die Bilder zur Verfügung gestellt. Er war der Ladenbesitzer eines Shops für Unterhaltungselektronik, nannte sich Elektro-Luigi und verdächtigte einen seiner Angestellten, Geräte zu stehlen und zu verhökern. Die Überwachungskamera hatte bei jedem Diebstahl eine vermummte Gestalt mit Kapuze aufgezeichnet. Der Dieb schien genau zu wissen, dass er gefilmt wurde, und wandte den Blick keinen Millimeter Richtung Kamera. Außerdem besaß er einen Schlüssel zum Laden. Zwischen zwei und drei Uhr früh schlich er jeweils zu den Auslagen, packte Handys und Computer in eine mitgebrachte Tasche und flitzte unbehelligt davon.

»Dreist ist der Täter allerdings, doch es könnte auch eine Frau sein«, meinte Jan. »Die Person ist eher schmächtig.«

Nora wiegte skeptisch den Kopf. »Wenn ich mir die Bewegungen ansehe, tippe ich dennoch auf einen Mann.«

Seit einigen Tagen versuchten sie, den Einbrecher dingfest zu machen, bis jetzt ohne Erfolg. Zweimal hatten sie eine ganze Nacht in Jans Auto verbracht und das Geschäft vom gegenüberliegenden Straßenrand aus observiert. Doch ausgerechnet dann war nichts passiert. Das hatte Nora auf den Gedanken gebracht, der Ladenbesitzer könnte die Diebstähle aus irgendeinem Grund inszeniert haben, vielleicht um einen Versicherungsbetrug zu begehen. Machte allerdings auch nicht viel Sinn, auf diesen Fall zwei Ermittler anzusetzen. Das Ganze war etwas verworren und äußerst unergiebig.

»Möchtest du einen Kaffee?«, fragte Jan.

Sie nickte. Jan ging in die Küche. Während er mit der neuen Espressomaschine hantierte, ließ Nora ihren Blick durch das Büro schweifen. Leicht chaotisch sah es aus, wie immer. Nebst all den Fotos von Elektro-Luigi war ihr Pult überhäuft mit diversen Papierstapeln, Heften und Notizen, überall lagen Stifte, Marker und Büroklammern. Neben dem Laptop stand ein Bild ihres Vaters, auf dem er mit verschränkten Armen stolz in die Kamera lächelte – ein junger Kriminalpolizist am Anfang seiner Karriere. Noch immer hoffte sie, dass der Mörder ihres Vaters einmal geschnappt würde und sie ihren Seelenfrieden fand. Es war nicht gut, jahrelang Rache- und Trauergefühle in sich zu tragen.

Das erinnerte sie daran, sich wieder einmal bei ihrer Mutter zu melden. Diese hatte nach dem Schock die Schweiz verlassen und wohnte nun allein in einem Häuschen in der Nähe von Montpellier. Sie lebte vom Erbe ihres ermordeten Mannes, das bestimmt bald zur Neige ging, und interessierte sich für nichts anderes als für ihre Aquarellmalerei. Dass sie eine Tochter hatte, schien sie vergessen zu haben. Jedes Mal, wenn Nora sie anrief, was alle paar Wochen der Fall war, wirkte sie noch eine Spur zurückhaltender und fremder. Ihr Psychiater hatte es endogene Depression genannt, doch für Nora war ihre Mutter der lebende Beweis, dass unterdrückter Schmerz einen Menschen innerlich zerfraß. Ihre Mutter hatte keine Träne geweint, als ihr Vater erschossen worden war, sie war versteinert. Nora hatte sich in Rachefantasien gestürzt und monatelang jede Nacht geträumt, wie sie den Mörder überführte. Welche Methoden sie dabei anwandte, hätte jeden Seelenklempner in Schrecken versetzt. Sie seufzte, dann riss sie sich aus den Erinnerungen und wandte sich wieder den ausgelegten Fotografien zu.

Von der Küche her hörte sie das Zischen der Kaffeemaschine und das Pfeifen des Teekochers.

Ihr Detektivbüro war inzwischen zu einer zweiten Heimat für Jan und sie geworden. Meistens sorgte er für ihrer beider leibliches Wohl. Er achtete darauf, dass der Kühlschrank immer voll und die Früchteschale mit Obst gefüllt war. Doch das würde sich vielleicht bald ändern, wenn Jan verheiratet wäre. Wollte er am Ende noch Kinder? Suchte er sich dann einen sichereren Job mit geregelten Arbeitszeiten?

»Jan, was ich dich fragen wollte –«

Er brachte ihr den Kaffee und stellte einen herb riechenden Tee vor sich hin, der den Duft eines Laubwalds verströmte. Nora schaute ihn stirnrunzelnd an.

»Birkenblättertee«, erklärte er, »gut für die Ausscheidung von Giftstoffen.« Er nahm einen Schluck. »Was wolltest du wissen?«

»Nach deiner Hochzeit – wird sich da beruflich etwas für dich ändern?«

»Nie im Leben«, sagte er ernst. »Monika hat eine gute Stelle, ich muss nur für mich selber aufkommen. Und du bezahlst mich doch großzügig.«

»Ja, aber Abendschichten, Nachteinsätze, Wochenenddienst, du weißt schon. Das ist dem Eheleben nicht so zuträglich.«

»Im Gegenteil.« Er blies auf sein heißes Gebräu, nippte daran und zuckte zusammen, als er sich die Zunge verbrannte. »Unregelmäßige Arbeitszeiten verhindern, dass das Zusammensein selbstverständlich wird. Wir genießen die wenigen gemeinsamen Stunden umso mehr. Monika ist als Pflegefachfrau in der gleichen Situation wie ich. Sie arbeitet oft nachts. Du wirst mich nicht los, bis ich alt und schwabbelig bin.«

Sie winkte ab. »Dagegen tun wir was!«

»Erbarmen, Chef. Ich habe immer noch Muskelkater.«

Sie grinste.

Da klingelte es. Die Tür wurde geöffnet, leise Schritte ertönten.

»Hast du Elektro-Luigi für heute bestellt?«, fragte Jan.

Nora schüttelte den Kopf. »Wir sollten ihm erst Ende der Woche einen neuen Zwischenbericht abliefern.« Sie stand auf und trat in den Empfangsraum mit den roten Sesseln. Eine Frau, zwei, drei Jahre jünger als sie, vielleicht Anfang dreißig, stand unschlüssig herum. Sie hatte ihre Haare hochgesteckt, trug Jeans und unter ihrer dünnen Jacke eine helle Bluse.

»Sind Sie die Detektivin?«, fragte sie.

»Nora Tabani. Und das ist mein Partner Jan Berger.« Nora zeigte auf Jan, der dabei war, die herumliegenden Fotos zusammenzuräumen. »Was können wir für Sie tun?«

Die Frau schien aufgewühlt, unter ihren Augen lagen dunkle Schatten, als hätte sie in den letzten Tagen nicht viel geschlafen. »Es geht um einen Todesfall vor vier Tagen. Mein Vorgesetzter ist … ich kann es fast nicht glauben, es kommt mir alles so irreal vor.«

Nora nahm ihr die Jacke ab und hängte sie auf einen Bügel. »Treten Sie doch bitte ein, und erzählen Sie von Anfang an.«

Die Frau lächelte entschuldigend. »Tut mir leid, ich bin ziemlich durcheinander.« Sie folgte Nora ins Büro, setzte sich auf die andere Seite des Schreibtischs und begann: »Mein Name ist Sarah Dobler. Ich bin … ich war die Chefsekretärin von Maximilian Kowalski, dem Geschäftsführer von Store & Go, einer Lagerhausfirma in Zürich-Altstetten.« Sie machte eine Pause, um sich zu sammeln. »Ich glaube, ich brauche Ihre Dienste.«

Nora nickte ihr aufmunternd zu. »Sie erwähnten etwas von vor vier Tagen.«

»Ja. Am letzten Donnerstag feierten wir das 20-Jahr-Jubiläum auf unserer Dachterrasse.«

»Wir?«

»Alle zweiunddreißig Mitarbeiter. Ich habe das Fest organisiert, eine Bowle gemacht und Wein aufgetischt.« Sie machte eine Pause, dann sagte sie mehr zu sich selbst: »Vielleicht hätte ich das nicht tun sollen. Aber so eine wichtige Veranstaltung ohne Alkohol – das geht schlecht.«

»Die Leute haben zu viel getrunken?«, vermutete Nora.

»Viel zu viel. Vor allem Herr Kowalski hat ein Glas ums andere in sich hineingeschüttet. Er trinkt oft und ist das gewöhnt …« Sie merkte nicht, dass sie in die Gegenwartsform gerutscht war. »… Auch bei anderen Gelegenheiten verhält er sich hemmungslos oder wird ausfällig. Er ist ruppig, hat aber einen weichen Kern. Leider lässt er niemanden an sich heran. Er eckt an …« Sie realisierte, dass sie von ihrem verstorbenen Chef sprach, als lebte er noch, und korrigierte sich: »Ich meine, er eckte an, wo er nur konnte. Doch so hatten wir ihn noch nie erlebt.«

»Was ist genau passiert?«

Jan nahm Block und Stift zur Hand und machte sich Notizen, während Sarah Dobler fortfuhr: »Anfangs war die Stimmung locker, dann wurde Herr Kowalski immer seltsamer.«

»Was meinen Sie damit?«

Sarah Dobler schaute aus dem Fenster, wo eine Taube Brosamen vom Sims pickte und mit dem Schnabel klopfte. »Er schien betrunken, aber irgendwie anders. Aggressiver.« Sie schüttelte den Kopf. »Nein, das ist das falsche Wort. Es war nicht Aggression, es war eine Art Hitze, ein inneres Feuer. Sein Gesicht war knallrot, seine Augen flackerten, als hätte er rasende Kopfschmerzen.«

Die Taube flatterte davon und streifte mit ihrem Flügel die Glasscheibe. Eine Feder löste sich und segelte zu Boden. Jan blickte ihr nach, dann schrieb er »Hitze, Augenflackern, Kopfschmerz« in seinen Rapport.

»Solches Verhalten kann durchaus die Wirkung von Alkohol sein«, meinte Nora.

»Ich weiß«, gab die Sekretärin zurück. »Aber Herr Kowalski benahm sich merkwürdig. Zuerst fand er die Worte nicht. Dann beklagte er sich, ihm sei zu heiß, und schließlich rief er, er könne fliegen. Er stürzte über die Terrasse.«

»Sie meinen, er fiel?«

»Nein. Er sprang.«

Nora hob eine Augenbraue. »Sind Sie ganz sicher?«

Sarah Dobler nickte. »Ich habe es aus nächster Nähe miterlebt. Er sprang über das Geländer. Noch während des Sturzes rief er: ›Ich kann fliegen!‹ Es war grauenhaft, das mit anzusehen.« Sie schlug die Hände vors Gesicht, als könnte sie so die inneren Bilder verscheuchen, dann murmelte sie: »Er war wie getrieben, nicht mehr er selbst. Irgendetwas stimmt hier nicht. Frau Tabani, Herr Berger.« Sie schaute erst zu Nora, dann zu Jan, und ein verletzlicher Ausdruck huschte über ihr Gesicht. »Ich möchte Sie bitten, dem auf den Grund zu gehen.«

»Wenn Sie das möchten, tun wir das gern«, sagte Nora und informierte sie über ihre Honorarsätze. »Bei solch einer Untersuchung können einige Arbeitsstunden zusammenkommen.«

»Geld ist im Moment kein Problem«, antwortete Dobler. »Ich habe etwas gespart. Ich dachte zwar nicht, dass ich es jemals so ausgeben würde, aber das ist es mir wert.«

»In Ordnung. Was, denken Sie, ist tatsächlich vorgefallen?«

Dobler zögerte eine Sekunde, als wage sie das, was sie vermutete, nicht auszusprechen. Dann gab sie sich einen Ruck. »Ich glaube, er wurde umgebracht.«

Eine Weile herrschte Stille. Nora versuchte, die Informationen einzuordnen, was ihr nicht recht gelang. »Das müssen Sie mir genauer erklären. Sie sagen einerseits, er sprang. Und andererseits, er sei umgebracht worden. Wie passt das zusammen?«

»Ich kann mir vorstellen, wie abwegig sich das für Sie anhört. Für mich wirkte es so, als springe er nicht freiwillig.«

Nora betrachtete Sarah Dobler. Sie wirkte wie eine vernünftige, zuverlässige Frau. Nicht unbedingt eine, bei der Vergnügen und Freizeit an erster Stelle standen. Aber keine, die aus einer Mücke einen Elefanten machte.

Die Sekretärin wühlte in ihrer Handtasche und zog ein durchsichtiges Mäppchen hervor. Darin lagen ein paar zusammengeheftete A4-Papierbögen. Die reichte sie über den Tisch. »Hier. Ich habe Ihnen alles aufgeschrieben, woran ich mich an diesem Abend erinnere. Zudem die Namen, die Funktionen all unserer Mitarbeiter und andere Informationen.«

Nora staunte. Dass ihr jemand so viel Arbeit abnahm, war noch nie vorgekommen. Sie warf einen Blick auf das Geschriebene.

»Donnerstag, 1. April, 20.00 Uhr«, las sie. »Als Erster betritt Roland Wehr die Terrasse und nascht vom Büfett. Nach ein paar Minuten kommen Maximilian Kowalski und Cedric Stark dazu …«

Nora überflog die Seiten, erfuhr von Kowalskis Ansprache, der mexikanischen Musikgruppe und las den Schluss: »Zwanzig Minuten nach Herrn Kowalskis Sturz trifft die Polizei ein und befragt alle Anwesenden. Cedric Stark bagatellisiert Herrn Kowalskis Trunkenheit. Claudia Campanini weint, Marco Benedetto tröstet sie. Gerhard Furrer sagt, sie solle sich zusammenreißen. Ruth Mäder räumt das Büfett ab, bis einer der Polizisten sie auffordert, alles so zu lassen, wie es ist. Tim Stalder und Roland Wehr reden auf einen Kriminalpolizisten ein, man müsse Kowalskis Frau benachrichtigen. Um halb eins werden wir schließlich von der Polizei entlassen. Wir sollen uns für weitere Auskünfte bereithalten. Kowalskis Leiche wird in die Gerichtsmedizin gebracht. Am Montagmorgen teilt mir ein Herr Salzmann von der Kriminalpolizei mit, die Obduktion habe ergeben, dass Maximilian Kowalski beim Aufprall auf den Boden an einem Schädelbruch gestorben sei. Er sei sofort tot gewesen. Seine Leiche werde zur Beerdigung freigegeben.«

Nora legte den Bericht zur Seite. »Sind Sie sicher, dass niemand ihn gestoßen hat?«

»Das hätte ich gesehen. Er fiel auch nicht aus Versehen in die Tiefe. Er sprang. Das ist ja das Unverständliche. Aber er sprang aus einem bestimmten Grund, das war keine normale Trunkenheit. Wenn Sie dabei gewesen wären und ihn gesehen hätten, würden Sie mir beipflichten.«

»Sie denken, jemand habe ihn dazu gebracht, das zu tun? Eine Art Selbstmord vor Zeugen?«

Sarah Dobler schienen Noras Zweifel peinlich zu sein. »Ich weiß, es klingt seltsam. Aber ich fürchte, ein Mörder ist unter uns.«

Nora sah auf die Personenliste, die Dobler ihr mitgebracht hatte. »Weshalb sollte jemand von Store & Go Kowalski umbringen wollen?«

»Mir ist bewusst, dass es nicht nett ist, schlecht über Verstorbene zu sprechen. Ich bin wahrscheinlich die Einzige, die sein aufbrausendes Verhalten durchschaut hat. Aber leider muss ich es sagen: Niemand trauert Kowalski nach. Er war ein …« Sie räusperte sich. »Er war kein einfacher Mensch.«

Nora hätte gern gewusst, welches Wort die Frau verschluckt hatte. Was war ihr Chef gewesen? Ein Ekel? Ein Betrüger? Ein Tyrann? »Warum möchten Sie, dass wir den Fall übernehmen?«

Jan saß mit gezücktem Stift da und widmete ihr seine volle Aufmerksamkeit.

Sarah Dobler sah Nora lang an, dann flüsterte sie fast lautlos: »Vielleicht geht es nicht nur um Kowalski. Ich weiß nicht, warum, aber ich glaube, das war erst der Anfang. Es wird mehr Tote geben. Ich spüre das. Ich fürchte um mein Leben.«

Nachdem Sarah Dobler das Büro verlassen hatte, öffnete Jan das Fenster und wischte mit einem Papiertuch den Taubendreck vom Sims. »So was Merkwürdiges habe ich noch nie gehört.«

»Geht mir genauso. Aber sie wirkte auf mich weder verwirrt noch irrational noch sonst wie schräg. Einzig ihre Angst war spürbar.«

Ein Piepsen ertönte. Jan schmiss das schmutzige Tuch in den Papierkorb und griff nach seinem Handy. Als er die Nachricht las, die hereingekommen war, überzogen sich seine Wangen mit einem zarten Rosa.

»Ich nehme an, es ist nicht Frau Dobler«, lachte Nora.

»Nein, ist es nicht.« Er machte Anstalten, sofort zu antworten, dann hielt er inne und sah zu ihr hinüber.

Sie nickte ihm aufmunternd zu. »Na los, schreib Monika schon, dass du sie auch liebst. Frauen hören das gern mehrmals pro Tag.«

Er lachte und begann zu tippen. Nora nahm an, dass er noch ein paar Herzchen mitschickte. Er war um ein Vielfaches romantischer als sie.

Sie nutzte die Zeit, um schnell in ihre Mansarde hochzusteigen und nach Gregor zu sehen. Sie verwöhnte ihr Chamäleon gern mit Grillen und Heuschrecken der Delikatess-Klasse, in der Hoffnung, aus ihm ein beziehungsfähiges Reptil zu machen. Doch nach wie vor ignorierte er sie sträflich. Leise, um ihn nicht zu erschrecken, ging sie zum Terrarium. Er saß stocksteif auf einem Ast, den Schwanz zu einer Spirale gekringelt. Seine Finger umklammerten die Rinde, den Kopf hielt er schräg nach oben, sodass der Höcker hochnäsig zum Himmel ragte. Heute war er grün-gelb mit einem Hauch Türkis.

»Schau mal, Gregor«, flüsterte sie und hielt ihm einen appetitlichen, sechsbeinigen Happen hin. Das schien ihn nicht im Geringsten zu interessieren.

»Komm schon, greif zu, es ist ganz frisch.«

Keine Reaktion.

»Gregor. Bitte. Es zappelt fast noch.«

Er drehte sich zur Wand und zeigte ihr sein Hinterteil. Sie seufzte. Neiderfüllt dachte sie an einen Kollegen, der sich zwei

Echsen hielt und ihr triumphierend geschildert hatte, wie anhänglich und schmusebedürftig sie seien. Sie legte das Insekt neben Gregors Kletterwurzel und füllte den Trog mit frischem Wasser. Dann ging sie wieder hinunter ins Büro. Jan hatte seine Liebesbotschaft inzwischen versandt.

Nora schaute auf die Uhr. Vielleicht hatte sie Glück und erreichte Mike. Kurz entschlossen rief sie ihren ehemaligen Kripo-Kollegen an. Tatsächlich nahm er nach dem zweiten Läuten ab.

»Salzmann, kannst du eine halbe Stunde für mich entbehren?«

Mike polterte am anderen Ende: »Tabani! Hättest du unseren werten Verein vor einem Jahr nicht verlassen, säßest du direkt an der Quelle. Steckst du wieder in Schwierigkeiten?«

»Ganz und gar nicht«, gab sie zurück. »Mich hat nur ein unwiderstehliches Bedürfnis gepackt, dich wieder einmal zu sehen.«

»Natürlich. Und die Erde ist eine Scheibe. Was willst du diesmal aus mir rausquetschen?«

Hinter seiner rauen Art schimmerte eine Fürsorge durch, die Nora vom ersten Tag an gespürt hatte, nachdem ihr Vater getötet worden war. Carlo und er waren mehr als Polizeipartner gewesen, sie waren auch privat durch dick und dünn gegangen. Mit ihren Familien zusammen hatten sie Wanderungen unternommen und die Skiferien verbracht, sodass Nora ihn irgendwann Onkel Mike nannte. Davon wollte er allerdings nichts wissen und behauptete, es würde ihn schlagartig um Jahrzehnte altern lassen.

»Kowalski«, sagte sie nur.

Mike schnaubte. »War ein Unfall, hättest du sogar in der Zeitung lesen können.«

»Ich habe etwas anderes gehört. Treffen wir uns im ›Clipper‹?«

»In Ordnung, Tabani. Aber du schuldest mir was.«

Das sagte er jedes Mal, verhielt sich jedoch seit Jahren so, als sei er ihr etwas schuldig. Nora wusste, dass er sich für Carlos Tod verantwortlich fühlte. Und dass er seine kaputte Kniescheibe als gerechte Strafe für sein Versagen betrachtete. Irgendetwas war damals am Tatort geschehen, über das er niemals sprach, das ihm aber das Leben schwer machte.

»Wir sehen uns«, sagte Nora.

Nachdem sie aufgelegt hatte, meinte sie zu Jan: »Finde so viel wie möglich über die Firma Store & Go heraus. Jahresberichte, Schulden, Umsätze. Wer sie gründete, wer welche Lagerräume mietet. Geh die einzelnen Personen auf Sarah Doblers Liste durch.«

»Okay.«

Nora zog ihre Lederjacke an und verließ das Büro. Ein warmer Wind blies durch die Seefeldstrasse. Zwei junge Mütter schoben ihre Kinderwagen vor sich her. Es roch nebst Autoabgasen ganz leicht nach den Blüten eines Baumes. Nora versuchte, den Duft zu erkennen, doch er war zu schwach. Jetzt, wo die Bauarbeiten endlich beendet waren, war es fast idyllisch in diesem Stadtteil. Der Lärm und der Dreck der letzten Monate waren unerträglich gewesen. Die Läden, die während des Ratterns, Knatterns, Bohrens und Asphaltierens über finanzielle Einbußen geklagt hatten, kamen Nora frisch herausgeputzt vor. Zumindest entstaubt. Der Stadtkreis 8 war vor vielen Jahren Teil des Straßenstrichs gewesen, hatte sich kurzfristig in ein Trendquartier für Künstler und Alternative verwandelt, um vor ein paar Jahren immer mehr zu einer Hochburg für Gutbetuchte zu werden. Junge Familien mit Kindern zogen weg, weil sie die horrenden Mieten nicht mehr bezahlen konnten. Die ehemals lockere Durchmischung von Einheimischen und Zugewanderten, Jung und Alt, Spießern und Ausgeflippten machte einem von Geld dominierten Einheitsbrei Platz. Noras Haus war inzwischen eins der wenigen unrenovierten, das wie ein Bastard in der Reihe der teuren Gebäude stand. Immer mehr Alteingesessenen wurde gekündigt, die Wohnungen wurden danach aufwendig umgebaut und für das Doppelte vermietet. Seefeldisierung wurde das Phänomen bereits genannt und inzwischen sogar für andere Quartiere verwendet, denen Ähnliches drohte.

Nora war bis jetzt noch nicht davon betroffen. Für die tiefe Miete musste sie einen tropfenden Wasserhahn in der Küche und undichte Fenster hinnehmen. Und einen Boiler im Bad, der gerade mal für eine dreiminütige warme Dusche reichte. Nach ihrem Einzug war sie mehrmals mitten in der Haarwäsche von eiskaltem Wasser überrascht worden. Sie hatte sich darauf eingestellt und hoffte, die Immobiliengeier würden ihr Haus noch lang verschonen.

Nora überquerte die Straße und erwischte gerade noch ein 2er-Tram. Sie setzte sich, nahm eine der herumliegenden Gratiszeitungen und blätterte sie durch. Nichts über einen Unfall. Vielleicht war in den letzten Tagen darüber berichtet worden, und sie hatte es verpasst. Sie fuhr am Bellevue und am Paradeplatz vorbei und stieg an der Station »Sihlstrasse« aus. Den Rest ging sie zu Fuß.

Mike saß an seinem gewohnten Tisch vor einem Glas alkoholfreiem Bier und winkte ihr, als er sie entdeckte. Seine Löwenmähne leuchtete silbergrau, sein Schnurrbart war zu Kringeln gezwirbelt. Er stand auf – er überragte sie um Haupteslänge – und schlug ihr zur Begrüßung herzhaft auf die Schulter. »Schön, dich zu sehen, Tabani!«, dröhnte er. »Auch wenn ich weiß, dass dein Interesse nicht dem alten Mike gilt, sondern den Informationen, die du ihm gleich entlocken wirst.«

Nora versuchte, sich zu verteidigen, kam aber nicht zu Wort.

Kaum hatten sie sich gesetzt, legte er los: »Also? Was hast du mit Kowalski am Hut?«

Die Bedienung kam, und Nora bestellte den vierten Kaffee an diesem Tag. »Seine Chefsekretärin hat mich gerade aufgesucht. Sie glaubt, er wurde umgebracht.«

»Unmöglich«, gab er zurück. »Die Autopsie lässt keine Zweifel zu. Schädelbruch, sofort tot. Von seinem Gesicht war nicht mehr allzu viel übrig. Er ist Kopf voran aufs Trottoir gestürzt.«

»Das würde passen«, sagte sie.

»Wozu?«

»Meine Auftraggeberin erzählte mir, Kowalski habe das Gefühl gehabt, fliegen zu können.«

»Das macht aus dem Ganzen noch keinen Mord«, meinte Mike.

Die Kellnerin stellte eine Tasse vor Nora hin, und sie nahm einen Schluck Kaffee.

»Wie siehts mit Alkohol im Blut aus?«, fragte sie weiter. »Haben die Rechtsmediziner den Schnelltest trotz der klaren Todesursache vorgenommen?«

Mike zog seine buschigen Augenbrauen zusammen, sodass er aussah wie ein grimmiger Kosake. »Du weißt, dass wir uns jetzt den Bereichen nähern, über die ich dir keine Auskunft mehr geben darf.«

»Klar, Onkel Mike«, feixte sie. »Ich könnte auch direkt das Institut für Rechtsmedizin anrufen. Ich habe einen ausgezeichneten Kontakt zur Präparatorin. Wir gehen oft zusammen joggen.«

»Du bist eine Landplage, Tabani«, knurrte er, betrachtete sie aber mit väterlichem Blick.

»So sind Detektivinnen. Wenn sie nett sind, erfahren sie nichts. Also, was ist mit Kowalskis Blut?«

»Ich sehe so viel von Carlo in dir«, sagte er mit unerwartet leiser Stimme. »Deine Zielstrebigkeit, deine Hartnäckigkeit. Er wäre stolz auf dich und würde sich gleichzeitig maßlos über dich ärgern.«

Sie lächelte.

Dann beantwortete er ihre Frage: »Der Schnelltest ergab nur für eine Substanz ein positives Ergebnis.«

»Alkohol.«

»Genau. Alles andere – Cannabis, Kokain, Benzodiazepine, Methadon und so weiter – war negativ.«

»Wie viel Promille hatte er intus?«

»Viel«, sagte Mike. »Ich weiß es nicht auswendig, da es für uns keine Rolle spielt. Er starb nicht an einer Alkoholvergiftung, sondern an der Kopfverletzung. Glaub mir, deine Zeit kannst du besser nutzen. Ich habe noch nie einen so eindeutigen Fall gehabt.«

»Wir werden sehen.« Sie stand auf und schob den Stuhl zurück. »Danke, Salzmann. Ich hab mich gefreut, dich zu sehen.«

»Ganz meinerseits, Tabani.« Er trank sein Glas leer, wischte sich über den Mund und sagte: »Wo immer diese Geschichte dich hinführt, ich will dich nicht wieder im Spital besuchen müssen. Versprich mir das.«

Nora hob bedauernd die Schultern. »Das kann ich nicht.«

4

Alruna war zornig. Am Anfang war alles noch gut gegangen, der Unmensch war tot. Sein Kopf war auf dem harten Boden zerschellt, sein Herz hatte aufgehört zu schlagen. Er war der Erste. Weitere würden folgen. Doch dann hatte diese Sekretärin, diese nichtsnutzige Vogelscheuche, eine Frau angeheuert, den Mörder zu finden. Den Mörder! Als wäre Alrunas Tat ein Verbrechen! Eine heilige Handlung war es gewesen. Ein Gebot der Großen Göttin, die nach Vergeltung lechzte. Nach Blut, nach Menschenopfern. Alruna war ihrem Ruf gefolgt, hatte sie besänftigt. Und jetzt das. Eine Person, die ihre Nase in Dinge steckte, von denen sie nichts verstand, ein Eindringling. Alruna war mehr als zornig. Sie loderte vor Wut.

Sie kniete in der Erde und konnte ihr Zittern nur schwer unterdrücken. Sie durfte sich nicht in diesen Gefühlen verlieren, musste ihrer Aufgabe treu bleiben. Langsam gelang es ihr, sich zu beruhigen. Ihre Hände gruben sich in den krümeligen Boden des Gartens, fühlten das millionenfache Leben darin. Unzählige kleinste Lebewesen tummelten sich in einer einzigen Hand voll Erde, das wusste sie. Sie konnte sie beinah riechen, sehen, hören. Es waren Wesen, die sich nicht gegen den Lauf der Natur sträubten, gesegnete Wesen, deren Unschuld niemals angetastet würde.

Alruna betrachtete die Landschaft, die im Abendlicht überirdisch wirkte. Die Sonne war zur Hälfte hinter den Bergen verschwunden, die letzten Strahlen hüllten die Hügel, die Wiesen und ihren Garten in einen goldenen Schein. In gepflegten Reihen wuchsen die magischen Pflanzen. Etwas Unkraut durfte zwischen ihnen gedeihen. Auch Gewächse, die die Menschen wertlos nannten, waren schließlich Geschöpfe der Natur. Nur hatten sie nicht das Recht, die Zauberkräftigen zu überwuchern. Dieses Jahr waren sie früh dran, der warme März hatte ihr Wachstum beschleunigt.

Alruna lockerte mit einem Handrechen den Boden rings um eine der Alraunen. Deren dunkelgrüne Blätter hatten sich nach allen Seiten entfaltet, offen und hingebungsvoll. Aus dem Kern in der Mitte sprossen aus den verwelkten Blüten die ersten Beeren. Alruna vergrub ihre Nase tief im feuchten Grün der Pflanze. Sie sog den Duft ein, eine Mischung aus Herbe und Wildheit.

Inzwischen war die Sonne ganz untergegangen. Der Himmel, durchzogen von weißen Wolkenstreifen, verfärbte sich erst orange, dann rosa. Alruna betrachtete das Schauspiel eine Weile, dann wandte sie sich wieder ihren Alraunen zu. Das Gift war dabei, sich zu sammeln. Am meisten Wirkstoffe waren in den Wurzeln enthalten. Doch auch von den Blättern und Beeren konnte man ernten.

Mit einem Kännchen goss sie jede Pflanze einzeln, ließ sie trinken und sich laben. Vom Dorf her waren entfernte Geräusche zu hören. Die unsäglichen Kirchenglocken, das Gebrumm eines Traktors; einmal flog ein Schwarm Krähen über ihr Haus. Mit den schwarzen Vögeln fühlte sie sich verbunden. Sie sprach mit ihnen. Manchmal antworteten sie. Das war schon immer so gewesen, seit sie denken konnte.

In ihrer Kindheit hatte sie nur Vögel als Freunde gehabt. Damals war ihr Name noch Lisa gewesen. Als Fünfjährige hatte sie einen Raben aus den Klauen einer Nachbarskatze vor dem sicheren Tod gerettet, ihn gefüttert und gezähmt. Sie hatte ihn Abraxas getauft, nach dem Raben in ihrem Lieblingsbuch. Auf ihren Ruf war er herangeflattert und hatte sich auf ihre ausgestreckte Hand gesetzt. Tag für Tag. Er hatte ihren Blick erwidert, mit schräg geneigtem Kopf ihren Worten gelauscht. Bestimmt hatte er alles verstanden. Irgendwann war er von einem Flug nicht mehr zurückgekehrt. Lisa hatte die ganze Nacht nach ihm gesucht, war über die Felder und durch den Wald gelaufen und hatte nach ihm geschrien. Doch sie hatte Abraxas nie wiedergesehen. Ihr Leben war noch einsamer geworden. Sie fühlte sich allein und verloren, obwohl sie ununterbrochen von Menschen umgeben war. Von ihren Eltern und deren Freunden. Mama und Papa hatte sie nicht zu ihnen sagen dürfen, weil das spießig klang. Sondern Rebekka und Ronny.

Die beiden waren selber noch Jugendliche gewesen, als sie Lisa bekamen. Bei einem Open-Air-Konzert sei sie gezeugt worden, erzählten sie ihr, als sie noch keine Ahnung hatte, was das bedeutete. Mit ihren Freunden, langhaarigen Hippies wie sie, lebten sie in diesem Bauernhaus, arbeiteten nicht wie die Eltern anderer Kinder, sondern schliefen bis in den Mittag. Miteinander und übereinander. Katzen und Hunde hatten sie ein halbes Dutzend, dazu eine Schildkröte, deren harte Kotstückchen man in den Teppich trat. Alle rauchten süßlich stinkende Zigaretten, die sie schläfrig machten. Sie trugen wallende indische Gewänder, auf die runde Spiegelchen genäht waren, und pflanzten Marihuana und Schlafmohn im Garten.

Manchmal bemalten sie sich gegenseitig ihre Körper, das war lustig, und Lisa durfte mitmachen. Einmal zeichnete sie einen Feuer speienden Drachen auf Ronnys Rücken. Er lobte sie wegen ihres kreativen Talents und nannte sie »meine kleine Künstlerin«. Dann begann er kichernd, die Brüste einer Frau zu bemalen. Erst grundierte er sie von außen nach innen grellgrün, dann umrundete er ihre Brustwarzen mit roten Kreisen, zog den Pinsel langsam und nachdrücklich immer enger, bis sie vor Entzücken quietschte und mit ihm im Nebenzimmer verschwand. Rebekka warf den beiden einen kurzen verärgerten Blick zu, dann folgte sie ihnen. Bald darauf waren aus dem

Zimmer Gelächter, Stöhnen und begeisterte Schreie zu hören. Lisa blieb in der Stube zurück, mit zwei Männern, die mit halb geschlossenen Augenlidern an einer Wasserpfeife nuckelten und ihre Köpfe zur Musik bewegten.

Am Abend gaben ihr Ronny und Rebekka zum ersten Mal Haschbiskuits und Opiumplätzchen zu essen. Die Wirkung trat erst nach einer Weile ein, dafür mit voller Wucht. Plötzlich, während die Rockmusik aus den Boxen dröhnte, riss es Lisa den Boden unter den Füßen weg. Sie fiel in eine Geisterwelt. Bleiche Gestalten griffen mit blutleeren Fingern nach ihr. Lisa wollte sie abschütteln, da hörte sie die Stimmen zum ersten Mal. Fistelstimmen, die ihr grausige Dinge zuflüsterten. Sie konnte nicht sprechen, alles in ihr war erstarrt. Niemand nahm es wahr. Das Zimmer verschwamm vor ihren Augen, sie bekam keine Luft mehr. Die Lampe drehte sich, die Wände verzogen sich in grellen Mustern, die Gitarrentöne von Jimi Hendrix drangen wie Tentakel eines Tintenfischs in Lisas Ohren. Sie wollte sie zuhalten, aber ihre Arme ließen sich nicht bewegen. Minuten vergingen. Oder Stunden. Lisa wusste es nicht.

Endlich konnte sie schreien, doch die Gesichter ihrer Eltern waren zu dümmlichen Grimassen verzerrt. Ronny und Rebekka boten Lisa noch mehr von dem Zeug an. Lisa wollte nicht. Sie rannte aus dem Haus, in die nächtliche Dunkelheit. Die Gespenster folgten ihr. Packten sie, schlüpften durch ihren Mund in ihren Körper, ihre Seele, ihr Herz. Nisteten sich in ihrem Inneren ein. Seitdem hörte sie die Stimmen immer wieder in ihrem Kopf, spürte die krötenkalten fremden Wesen in sich.

Wo sie in jener Nacht geschlafen hatte, wusste sie nicht. Am Morgen brachte eine Nachbarin sie zu ihren Eltern zurück. Die hatten ihre Abwesenheit gar nicht bemerkt. Noch immer lief Musik. Rolling Stones. Der dumpfe Bass ließ den Raum erbeben. Ronny und Rebekka dösten am Boden. Die

Frau mit den bemalten Brüsten lag daneben, die rote und grüne Farbe bis zum Bauchnabel verschmiert. Ihre Atembewegungen waren zu sehen. Auf und ab, auf und ab. Lisa schaute ihnen lang zu und fühlte eine klaffende Leere in sich. Janis Joplin krächzte ein Lied, die Töne wehten über die schlafenden Körper. Dann sang Jim Morrison. Lisa kannte die Musiker. Es waren die toten Helden ihrer Eltern.

»Tot«, wisperte es in Alrunas Kopf, als sie wieder in der Gegenwart ankam. Noch immer kniete sie in der Erde, die Hände zwischen den Alraunen. »Tot.«

Die Abenddämmerung war einem bedrohlichen Dunkelviolett gewichen. Die Berge, düstere Giganten in der Ferne, waren nur noch undeutlich zu erkennen. Einsam fühlte sie sich, so einsam. Sie meinte, den Flügelschlag von Abraxas zu hören. Doch es war nur eine ganz gewöhnliche Krähe, die sich auf der Eiche neben dem Haus niedergelassen hatte. Alruna blieb lang so sitzen. Lauschte dem Rascheln der Blätter. Spürte die kühle Brise, die über die Gräser strich. Der Anflug von Trauer, die sie vorhin heimgesucht hatte, machte einer Entschlossenheit Platz. Ihre Mission war noch nicht beendet. In weniger als einem Monat würde sie siebenundzwanzig Jahre alt werden. Bis dahin musste es vollbracht sein.

Alruna hob den Kopf und blickte nach vorn. Die letzten hellen Streifen am Firmament waren verschwunden. Der Himmel war schwarz.

Nora ging im Bus Sarah Doblers Liste der Store-&-Go-Mitarbeiter noch mal durch. Dank der ausführlichen Beschreibung hatte sie einen ungefähren Eindruck, was an jenem Abend vorgefallen war. Allerdings hegte sie Zweifel, dass Kowalski tatsächlich einem Verbrechen zum Opfer gefallen war. Vielleicht hatte Mike doch recht. Aber solange sie einen Mord nicht absolut ausschließen konnte, würde sie der Sache nachgehen.

Sie las die Namen:

Maximilian Kowalski, 59, Geschäftsführer, verstorben

Cedric Stark, 45, Leiter PR, wird evtl. Kowalskis Nachfolger

Roland Wehr, 38, Rechnungswesen

Ruth Mäder, 58, Sekretariat

Claudia Campanini, 26, Sekretariat

Marco Benedetto, 27, Empfang

Tim Stalder, 36, Leiter Lagerhallen

Gerhard Furrer, 52, Mitarbeiter Lagerhallen

6 weitere Lagerhallen-Mitarbeiter

13 Männer für Umzüge und Transporte

4 Personen des Reinigungspersonals

Dann fand sie das Gebäude in der Hohlstrasse beim Bahnhof Altstetten. Wie abgemacht würde Sarah Dobler den Mitarbeiterinnen und Mitarbeitern Nora als Versicherungsdetektivin vorstellen. Das war nicht allzu weit von der Wahrheit entfernt und würde Nora die Möglichkeit geben zu ermitteln, ohne dass sich jemand bedrängt fühlte.

Nora nahm den Personenaufzug neben dem Warenlift. Ein Schild gab Auskunft darüber, was wo zu finden war. Das zweite Untergeschoss war mit »Garage« und das erste Untergeschoss mit »Große Lagerhallen« angeschrieben. Zwischen Erdgeschoss und sechstem Stock befanden sich die mittleren und kleinen Lagerräume, im siebten war die Administration. Die Dachterrasse war nicht aufgeführt, anscheinend führten dort Treppen und kein Lift hoch.

Nora fuhr in die siebte Etage und betrat einen großzügigen Empfangsraum. Hinter einer Theke saß ein junger Mann an einem Computer und telefonierte. Er hatte ein Kinnbärtchen, schwarze Haare und trug ein Goldkettchen mit einem Kreuz. Sie warf einen Blick auf die Liste. Das musste Marco Benedetto sein.

Als er sie sah, bedeutete er ihr, er sei gleich für sie da. Während seine Finger über die Tastatur rasten, sprach er ins

Headset: »Kein Problem, Signor Colla, Sie können den Raum jederzeit Ihrer neuen Situation anpassen. Sì … selbstverständlich … mittelgroß …« Er klickte auf eine andere Bildschirmseite, dann sagte er: »Es sind noch sechs mittlere Räume frei. Bis fünfunddreißig Kubikmeter. Sì. Grazie. Arrivederci.« Er legte den Kopfhörer zur Seite und kam strahlend auf Nora zu. »Guten Morgen, wie kann ich Ihnen helfen?«

»Mein Name ist Nora Tabani, ich bin mit Frau Dobler verabredet.«

»Sie sind die Dame von der Versicherung?« Sein Gesicht verdüsterte sich. »Grässliche Sache, die da passiert ist. Un momento, ich rufe sie gleich.«

»Warten Sie noch«, bat Nora. »Wenn ich Sie schon vor mir habe … Sie sind doch Marco Benedetto, oder?«

»Wie er leibt und lebt.« Er lächelte wieder und zeigte ihr eine Reihe schneeweißer Zähne, um die ihn ganz Hollywood beneiden würde.

»Darf ich fragen, was Ihre Aufgaben bei Store & Go sind?«

»Ich bin das Herz der Firma«, sagte er mit stolzgeschwellter Brust. »Il cuore della compagnia. Bei mir laufen alle Fäden zusammen.« Er zählte seine Aufgaben an den Fingern auf: »Anfragen für Raummiete. Termine. Umzugsvereinbarungen. Kundenbetreuung. Individuelle Lösungen bei Sonderwünschen.« Als er alle fünf Finger hochgestreckt hielt, machte er eine schwungvolle Bewegung mit der Hand, stützte sie in die Hüfte und sagte: »Haben Sie ein Problem, Signora, wenden Sie sich an Marco!«

»Ich werds mir merken«, lachte sie. »Könnten Sie mir aus Ihrer Sicht erzählen, wie sich das Ganze abgespielt hat?«

»Natürlich. Geht es darum, ob sich Herr Kowalski fahrlässig verhalten hat? Dann zahlt die Lebensversicherung nicht, nehme ich an.«

»Haben Sie eine gute Auffassungsgabe?«, fragte Nora zurück.

»Ich denke schon«, meinte er selbstgefällig. »Wenn Sie meine Meinung hören möchten: Herr Kowalski hat sich an diesem Abend eine Blöße gegeben wie nie zuvor. Ich glaube, er wollte Eindruck schinden und hat seine Trinkfestigkeit überschätzt.«

»Bei wem?«

»Wie bitte?« Benedetto schien etwas aus dem Konzept geworfen.

»Bei wem wollte er Eindruck schinden?«

»Ach so, bei Claudia Campanini natürlich«, sagte er, und sein Blick wurde sanft. »Sie arbeitet erst seit ein paar Monaten bei uns. Er hat noch kaum ein Wort mit ihr gewechselt, wie ich weiß. Da war die Party eine willkommene Gelegenheit für einen kleinen Flirt.« Er schaute Nora verschwörerisch an. »Natürlich ist Claudia nicht darauf eingestiegen. Kowalski hätte ja ihr Vater sein können. Außerdem hat sie einen ganz anderen Geschmack bei Männern.«

»Darf ich raten?«

Benedetto lächelte mit dem Charme eines Latin Lovers. »Sie haben mich durchschaut. Klar gefalle ich ihr. Sie mir auch. Doch deswegen hab ich den Kerl noch lang nicht übers Geländer gestoßen.«

»Wer behauptet denn so was?«

»Na, ich zähle eins und eins zusammen, Signora Tabani: Kowalski ist tot. Ein paar Tage später tauchen Sie auf und befragen mich. Versicherungen brauchen normalerweise Wochen, bis sie reagieren, da denke ich mir, Sie kommen von einem anderen Dienst.« Er kam näher, schaute kurz nach rechts und nach links und flüsterte verschwörerisch: »Sie sind eine Undercover-Agentin, stimmts?«

Nora grinste. »Lassen Sie mich nicht auffliegen!«

»Ich behalts für mich, Ehrenwort.« Er hob die Finger augenzwinkernd zum Schwur wie einer, der genau weiß, wie er auf das andere Geschlecht wirkt. »Allerdings muss ich Ihnen ehrlich sagen: Wundern täts mich nicht, wenn ihn jemand umgelegt hätte.«

»Haben Sie etwas in dieser Richtung beobachtet?«

»Lassen Sie mich überlegen.« Er starrte zur Decke und runzelte die Stirn. »Also. Kowalski rannte zur Brüstung. Einige versuchten, ihn von seinem Sprung abzuhalten. Sarah Dobler griff nach ihm. Tim Stalder. Roland Wehr, soviel ich weiß. Cedric Stark war auch in der Nähe. Und Claudia. Es war ein richtiges Menschenknäuel um ihn. Also, wenn einer gewollt hätte … Es wäre möglich gewesen. Oder sogar alle miteinander, wie in diesem Krimi … wie hieß der gleich, der im Zug spielt?«

»Mord im Orient-Express«, half Nora nach.

»Genau.«

»Und wo hielten Sie sich auf, als Kowalski stürzte?«

»Oh, ich seh schon, worauf Sie hinauswollen! Aber ich befand mich auf der anderen Seite!« Er senkte erneut die Stimme: »Mein Onkel Carmine in Sizilien erzählte mir kürzlich, aus welch trivialem Anlass die Mafia ihre Feinde kaltmacht. Bei Kowalski hätten einige Leute triftigere Gründe gehabt, glauben Sie mir. Ich tippe auf …«

In diesem Moment kam Sarah Dobler zum Empfang und begrüßte Nora. »Da sind Sie ja! Darf ich Sie in mein Büro führen?«

»Gleich, Frau Dobler.« Nora wandte sich noch einmal an Benedetto. »Sie wollten mir Ihren Verdächtigen verraten.«

Er grinste und fuhr sich durch seine kohlschwarzen Haare. »Zu spät, cara mia. Ich habs mir anders überlegt. Ich lasse Sie Ihre Arbeit machen und schweige wie ein Sarg.« Er setzte das Headset wieder auf und ging zum Computer zurück.

»Wie ein Sarg?«, murmelte Nora.

Sarah Dobler schüttelte nachsichtig lächelnd den Kopf. »Marco Benedetto ist unser Casanova. Mit Sprichwörtern hat er es nicht so. Herr Kowalski versuchte zwar, ihm die lockere

Sprache auszutreiben, doch die Kundinnen lieben ihn dafür. Dabei ist er ein waschechter Schweizer. Ich glaube, nur sein Großvater war Italiener.« Dann fragte sie: »Soll ich Ihnen zuerst das Büro von Herrn Kowalski zeigen, oder möchten Sie die Mitarbeitenden befragen?«

»Fangen wir mit Kowalskis Raum an.«

»Gut.« Sie führte Nora einen langen Gang entlang, an mehreren geschlossenen Türen vorbei, bis sie das Büro ihres verstorbenen Chefs erreichte.

»Die Polizei hat sich nicht dafür interessiert«, sagte Dobler. »Es ist alles noch so, wie er es zurückgelassen hat.«

Nora betrachtete den großen Raum. Ein breites Fenster gab den Blick auf die gegenüberliegende Straßenseite mit ihrer Häuserfront frei. Der dunkle Schreibtisch war so platziert, dass Kowalski einerseits die Tür im Blick gehabt hatte, andererseits hatte hinausschauen können. An einer Wand hingen mehrere moderne Bilder, an der anderen lehnte ein Regal mit Ordnern, Büchern und einem antiken Globus. Zwei halbkreisförmige Ledersofas standen um einen Glastisch, auf dem ein marmorner Aschenbecher lag. Das Büro wirkte teuer und geschmackvoll, wie aus einer »Schöner wohnen«-Werbung, doch Kleinigkeiten verrieten Nora, dass Kowalski es nicht selber eingerichtet hatte, sondern sich bei der Innendekoration hatte beraten lassen. Der Papierkorb war aus billigem Plastik, gefüllt mit Bleistiftspitzabfall, Coladosen und zerknüllten Formularen. Zuoberst auf dem Büchergestell thronte eine geschmacklose künstliche Zimmerpflanze in Spinatgrün, dasselbe Exemplar in Hellgrün stand auf dem Fenstersims.

Sarah Dobler folgte Noras Blick: »Das waren seine zwei Seiten. Mondän und kleinkariert.«

»Darf ich mir den Inhalt der Schreibtischschubladen ansehen?«

»Gern. Aber erschrecken Sie nicht. Er hatte eine Charaktereigenschaft, die allerdings kaum jemand kannte.«

Sie zog die oberste Schublade hervor, und Nora entdeckte ein unglaubliches Durcheinander, schlimmer als ihr eigenes. Nebst diversen Stiften, Scheren, Klebebändern und vertrockneten Leimtuben quoll die Lade fast über vor Abfall. Zerquetschte Zigarettenschachteln, drei Feuerzeuge, ein angebissenes Brötchen, zwei schrumpelige Äpfel, etliche CDs, die unleserlich beschriftet waren, und eine mit Gummiband zusammengehaltene Sammlung von Zeitungsausschnitten. Nora blätterte sie durch. Es waren alles ausgeschnittene Sonderangebote von Nahrungsmitteln, Hygieneartikeln und anderen Haushaltsgegenständen.

»Ist Kowalski in ärmlichen Verhältnissen aufgewachsen?«

»Ja«, antwortete Sarah Dobler. »Seine Eltern haben im Krieg alles verloren. Er hat bei null angefangen.«

Nora schloss die Schublade wieder und durchsuchte die anderen Laden. Überall herrschte eine unbeschreibliche Unordnung; Gegenstände waren angehäuft, die überhaupt nichts miteinander zu tun hatten.

»Ich werde Jan Berger in den nächsten Tagen vorbeischicken, um diese Dinge einzeln zu begutachten«, sagte Nora. »Vorläufig reicht mir der erste Eindruck. Wer leitet jetzt eigentlich Store & Go?«

»Bis wir wissen, wie es weitergeht, mache ich, was ich kann. Cedric Stark übernimmt den Rest.«

»Hat Kowalski ein Testament verfasst?«

»Ja. Es lag im Safe. Ich kenne den Inhalt. Kinder hat er keine, seine Frau Antje ist Alleinerbin. Neuer Geschäftsführer der Firma soll Cedric Stark werden, das war Kowalskis Wunsch, auch wenn er Stark darüber im Ungewissen ließ.«

»Kann ich das Testament sehen?«

»Seine Frau hat es bereits dem zuständigen Amt weitergeleitet.«

Nora ging ein paar Schritte auf und ab. »Ich werde alle Angestellten befragen. Wenn sich der Verdacht, Kowalskis Tod könnte mehr als ein Unfall gewesen sein, in den nächsten Tagen nicht erhärtet, werde ich den Fall abgeben. Ich muss Ihnen gestehen, dass mir ein Mord unter diesen Umständen sehr unwahrscheinlich vorkommt.«

»Verständlich«, sagte Dobler etwas enttäuscht.

»Sehen Sie«, meinte Nora, »ich möchte nicht, dass Sie Ihr Geld für eine aussichtslose Sache ausgeben.«

»Danke. Das weiß ich zu schätzen.« Die Sekretärin griff in ihre Tasche und zog einen Schlüssel hervor. »Das ist ein Generalschlüssel für alle Räumlichkeiten von Store & Go. So können Sie sich frei bewegen, wo immer Sie wollen.«

Nora steckte ihn ein.

5

Cedric Stark schien auf Noras Kommen gewartet zu haben.

Der groß gewachsene Mann mit der Designerbrille war zu gut angezogen für diesen Job, dachte Nora als Erstes, als sie ihn sah. Sein Anzug sah maßgeschneidert aus, seine Schuhe waren aus feinstem Leder. An seinem Handgelenk prangte eine goldene Uhr, die mehr gekostet haben musste, als Nora in den nächsten Jahren verdienen würde. Nachdem er Nora hereingelassen hatte, bot er ihr einen Platz an. Der Stuhl war tiefer eingestellt als seiner, wie sie bemerkte. Raffinierte Strategie. Sie setzte sich, und er überragte sie beträchtlich. Sein Arbeitsraum war perfekt ausgestattet, Schwarz und Weiß herrschten vor. Ein schwarzer Schreibtisch, auf dem ein weißer Mac stand, schwarze Regale mit weißen Buchstützen. Und metergroße Schwarz-Weiß-Fotografien von New York.

»Tee? Kaffee?«, bot er höflich an, aber seine Stimme hatte einen eisigen Unterton.

»Nein danke. Ich habe nur ein paar Fragen.«

»Frau Dobler teilte mir mit, dass die Lebensversicherung Erkundigungen einholen muss.« Er sah sie von oben herab an. »Obwohl ich mir beim besten Willen nicht vorstellen kann, wie ich Ihnen helfen sollte, Frau … wie war Ihr Name?«

»Tabani.«

»Frau Tabani. Was möchten Sie denn wissen?« Er spielte mit einem silbernen Kugelschreiber.

Nora versuchte, eine Regung in seinem Gesicht zu entdecken, doch da war nichts. Stark war ein aalglatter Typ. Sie beschloss, ihn etwas aus der Reserve zu locken. »Was empfinden Sie beim Gedanken an Kowalskis Tod?«

Er schaute sie mit einer Mischung aus Entgeisterung und Spott an. »Empfinden? Sie fragen mich im Ernst nach meinen Gefühlen? Was soll das?« Er legte den Kugelschreiber mit Nachdruck auf den Schreibtisch.

»Wie wärs, wenn Sie mir einfach antworteten?«

»Ich empfinde gar nichts. Ich tue meine Arbeit. Und zwar mehr als sonst, da ich seinen Teil auch noch übernehme.« Voller Verachtung sagte er: »Die Dobler ist mir keine große Hilfe.«

»Das muss hart sein.«

Er sah sie scharf an. »Machen Sie sich über mich lustig?«

»Keineswegs. Ich stelle nur fest, dass Sie doch etwas empfinden.«

»Die Wendung dieses Gesprächs gefällt mir nicht, Frau Tabani.«

»Dann lassen Sie es uns kurz halten: Wie haben Sie Kowalski am fraglichen Abend erlebt?«

Cedric schien eine spitze Antwort geben zu wollen, dann ließ er es sein. »Wie immer. Außer, dass er sich beim Wein nicht unter Kontrolle hatte, wofür ich kein Verständnis habe. Immerhin hatte er eine Vorbildfunktion.«

»Sind Sie je auf den Gedanken gekommen, jemand hätte bei seinem Tod nachgeholfen?«

»Absolut nicht, Frau Tabani. Wollen Sie mir etwas unterstellen? Was hätte ich von Kowalskis Ableben?«

Nora hatte ihn zwar nicht als Einzigen darauf ansprechen wollen, doch da er ihre Frage persönlich nahm, entschied sie sich anders. »Das liegt auf der Hand. Sie werden voraussichtlich die Geschäftsleitung übernehmen.«

Stark erhob sich. »Wie können Sie es wagen! Für welche Versicherung arbeiten Sie überhaupt? Ich bitte Sie, mein Büro zu verlassen.«

Kaum hatte er das gesagt, öffnete sich die Tür, und ein

lächelnder Blondschopf schaute herein. Sarah Doblers Beschreibung nach musste das Roland Wehr sein.

»Was ist?«, fauchte Stark in seine Richtung. »Wie oft habe ich Ihnen schon gesagt, Sie sollen anklopfen?«

»Sorry!« Wehr warf einen neugierigen Blick auf Nora, nickte ihr zu, dann sagte er zu Stark: »Es geht um die neue Broschüre. Sarah fand sie farblich zu grell und möchte einen zweiten Druck in Auftrag geben.«

»Frau Dobler hat hier gar nichts zu sagen! Und was haben Sie mit der Broschüre zu tun?«

»Ich würde sie dem Versand der neuen Einzahlungsscheine gleich beilegen. Was soll ich jetzt machen?«

»Legen Sie sie bei.«

Starks Schroffheit schien an Wehr abzuperlen. »Wie Sie meinen.«

»Begleiten Sie Frau Tabani gleich hinaus. Sie wollte gerade gehen.«

»Was für ein Blödmann«, flüsterte Roland Wehr gut gelaunt, als er die Tür zu Starks Büro hinter sich schloss. Er führte Nora in seinen Arbeitsraum, den er mit Claudia Campanini und Ruth Mäder teilte. »Lassen Sie sich von ihm nur nicht beleidigen. Das ist genau das, was er beabsichtigt. Haben Sie gemerkt, dass er der Einzige ist, der darauf besteht, dass man ihn siezt?«

Die Atmosphäre in diesem Büro wirkte ganz anders als in jenem von Cedric Stark. Die Arbeitsplätze der drei schienen nicht klar abgetrennt zu sein. Die einzelnen Pulte waren durch Abstelltischchen miteinander verbunden, den Drucker schienen alle drei zu benutzen, überall war Nippes verteilt – Teetassen mit dem Schriftzug »I love London«, ein Teddybär, wie das Zürcher Lighthouse ihn vor Weihnachten verkaufte, Fotos, die aussahen, als seien sie an gemeinsamen Betriebsausflügen aufgenommen worden. Auf einem Korpus für Ordner stand eine Schale mit Mini-Schokoriegeln.

Roland Wehr wandte sich an die beiden Frauen: »Mädels, das ist die Versicherungsdetektivin Nora Tabani, die Sarah angekündigt hat. Allerdings …« Er schaute sie mit verschmitztem Lächeln an. »… hat Marco mir erzählt, sie sei in Wirklichkeit eine Doppelagentin auf einer geheimen Mission gegen die Mafia.«

Eine ältere Dame in grauem Deuxpièces drückte Nora schüchtern die Hand: »Mäder, Ruth Mäder. Es ist eine große Tragödie, die sich da ereignet hat.«

Tatsächlich war sie die Erste, bei der Nora einen Anflug von Trauer entdeckte. Ruth Mäders Kinn zitterte unmerklich, ihre Stimme klang brüchig. »Nie hätten wir so etwas erwartet. Ich meine, er war nicht krank oder schwächlich.«

»Du meinst, er hatte ganz andere Schwächen«, warf die zweite Kollegin von Roland Wehr ein, eine junge Frau, die sich mit Claudia Campanini vorstellte. Sie war stark geschminkt, schmuckbehangen und trug einen Minirock in schreiendem Gelb. Eine Wolke blumigen Parfüms umgab sie.

»Was für Schwächen?«, fragte Nora.

»Na«, meinte Campanini, »er stand auf alles, was Röcke trägt, wenn Sie wissen, was ich meine.«

Roland Wehr nickte bekräftigend. »Das kann ich bezeugen.«

Doch Ruth Mäder warf ein: »Es ist nicht richtig, so über ihn zu reden. Er ist auf schreckliche Art ums Leben gekommen. Was vorher war, zählt jetzt nicht mehr.«

»Und ob das zählt, Ruth«, widersprach Wehr. »Aus welchem Grund sollte Frau Tabani sonst hier sein?«

Alle drei standen um Nora herum und schauten sie erwartungsvoll an. Die Atmosphäre, das bemerkte Nora sofort, war kollegial und locker. Die ältere Dame hatte etwas Mütterliches an sich, die junge legte Wert auf Sex-Appeal, beide mochten Roland Wehr, und dieser genoss die Aufmerksamkeit.

»Sie haben recht, Herr Wehr«, sagte Nora. »Ich wäre froh,

wenn Sie mir möglichst genau berichten könnten, woran Sie sich erinnern.«

»Kowalski war komplett besoffen«, sagte Roland Wehr, setzte sich auf einen Schreibtisch und ließ die Beine baumeln. »Ich meine, so was von blau. Ich hoffe, ich bringe seine Frau mit dieser Aussage nicht um ihre wohlverdiente Lebensversicherung, aber so war es nun mal.«

»Stimmt«, sagte Campanini. »Er hat an mir rumgefummelt und sich echt danebenbenommen.«

»Es ist nicht richtig, so über ihn zu sprechen«, warf Ruth Mäder ein. »Wir sollten das einfach nicht tun. Er war auch nur ein Mann.«

Wehr lachte schallend. »Was soll das denn nun wieder heißen?«

»Er wollte nicht einmal Hilfe annehmen«, fuhr die ältere Dame unbeirrt weiter, »als er das Gleichgewicht verlor.«

»Sind Sie auf ihn zugelaufen?«, wollte Nora wissen und schaute in die Runde.

»Na klar«, sagte Wehr.

»Man konnte ja nicht anders«, meinte Campanini.

»Ich war zu weit weg«, entschuldigte sich Mäder. »Aber viele haben nach ihm gegriffen. Leider zu spät.«

»Könnte ihn jemand aus Versehen gestoßen haben?« Nora fragte so beiläufig wie möglich.

»Seltsam, dass Sie das sagen«, gab Roland Wehr zurück. »Aber wenn ich es mir recht überlege … Wissen Sie was?« Er machte eine dramatische Pause, und die anderen hingen an seinen Lippen. »Ich glaube, Stark hat ihn geschubst.«

»Roland!«, empörte sich Ruth Mäder. »So etwas zu behaupten ist ungeheuerlich!«

»Wieso? Alle wissen, in welche Position er jetzt aufsteigt.«

»Ich glaube nicht, dass er es war.« Claudia Campanini spielte gedankenverloren mit ihrem Ring und trat von einem Fuß auf den anderen. Erst jetzt merkte Nora, dass sie gemeingefährliche Stilettos trug, fast schon Stelzen. »Es kommt mir auch so vor, als hätte ich die Hand von jemandem gesehen. Aber Cedric Starks Hand war es nicht. Der stand hinter mir.« Sie wandte sich an ihre Kollegin. »Wo warst du eigentlich, Ruth?«

»Wie ich schon sagte, ich stand weiter entfernt.« Ruth Mäders Mund war leicht verkniffen.

»Das stimmt nicht ganz, meine Liebe«, neckte Wehr, »du bist gleich mit Tim zu Kowalski gerannt. Das weiß ich noch genau, weil ich dachte: Unsere Ruth kann springen wie ein junges Reh!«

»Es passierte alles so schnell«, antwortete diese, »man kann nicht von mir erwarten, dass ich mich an alles erinnere. Sie müssen sich vorstellen«, sagte sie zu Nora, »all das, worüber wir jetzt sprechen, geschah in wenigen Sekunden. Verstehen Sie?«

»Selbstverständlich«, meinte Nora. »Wissen Sie, ob jemand von Kowalskis Tod profitiert?«

Ruth Mäder war erschüttert über die Frage. Claudia Campanini betrachtete ihre Fingernägel.

Roland Wehr grinste. »Klar. Die Witwe. Antje Kowalski wird wohl tüchtig absahnen. Cedric Stark wird neuer Big Boss. Und mindestens drei Frauen haben ihre Genugtuung.«

»Und dabei handelt es sich um …?«, fragte Nora.

»Die beiden letzten Chefsekretärinnen.«

»Weshalb?«

»Das tut doch hier nichts zur Sache«, meinte Mäder.

Doch Wehr ließ sich nicht von seiner Fährte abbringen. »Beide haben ihn innerhalb weniger Jahre wegen sexueller Belästigung angezeigt.«

»Ach ja?«, machte Nora. »Und kam es zu einer Verurteilung?«

»Sie zogen ihre Anzeigen nach kurzer Zeit wieder zurück.«

Nora wartete, und als er nicht fortfuhr, fragte sie: »Sie sprachen von drei Frauen. Wer ist die dritte?«

Er stieß Campanini kumpelhaft in den Arm. »Na, unsere Claudia hier. Bei dir hat ers doch auch versucht, oder? Du hättest ihn doch mit Vergnügen ins Jenseits befördert.«

»Hör auf!«, sagte diese.

Betretenes Schweigen herrschte. Roland Wehr schien es nicht wahrzunehmen. Wie ein kleiner Junge saß er auf dem Pult und schlenkerte noch immer mit den Beinen.

»Haben Sie nicht vielleicht etwas zu viel Staub aufgewirbelt?«, fragte die ältere Dame Nora leicht vorwurfsvoll. »Man muss doch nicht alles immer wieder aufwärmen.«

»Es geht um einen Todesfall, Frau Mäder«, gab Nora zurück. »Da kann man nicht genug aufwirbeln.«

Cedric lauschte. Keine Stimmen auf dem Gang. Keine vorwitzige Versicherungszicke in der Nähe. Er griff nach dem Telefonhörer. Dann überlegte er es sich anders und nahm sein Handy hervor. Diese Dobler wäre imstande, sein Gespräch mitzuverfolgen. Er wusste, dass Kowalski seine Leute kontrolliert hatte. Einmal hatte er Dinge über ihn, Cedric, gewusst, die er nur hatte erfahren können, indem er Telefongespräche abhörte. Darauf angesprochen, stritt er zuerst alles ab, um es später zuzugeben. Mit der Begründung, er wolle gegen Firmenspionage gewappnet sein. Spionage?, hatte Cedric höhnisch gefragt, in einer Lagerhausfirma? Da war Kowalski ausgerastet, hatte ihn angeschrien, er, Stark, habe keine Ahnung, die Schweizer hätten den Krieg nicht miterlebt, natürlich gehe es nicht um Spionage, aber man müsse seine Untergebenen im Griff haben, bevor sie sich gegen einen wandten. Und Cedric hatte Kowalskis Paranoia gespürt, hatte gemerkt, dass sich hinter seinem Verhalten ein menschliches kleines Würstchen verbarg, dem es nur um Macht und Kontrolle ging.

Wenn Cedric jetzt nicht wachsam war, würde diese verklemmte Sarah Dobler von Kowalskis Apparat aus mitlauschen. Er wusste zwar nicht genau, ob sie überhaupt von der

Verkabelung Kenntnis hatte, doch sicher war sicher. Er wählte die Nummer, die er auswendig kannte.

Die Frau meldete sich so schnell, dass er wusste, sie hatte neben dem Telefon auf seinen Anruf gewartet. »Cedric? Endlich lässt du von dir hören. Ist sie immer noch bei euch?«

»Sie schnüffelt gerade bei der Schwuchtel rum.«

»Roland ist nicht schwul, das hab ich dir doch gesagt.«

»Er benimmt sich aber so.«

Ein kurzes Zögern am anderen Hörer. Dann die ängstliche Frage: »Hat sie etwas herausgefunden?«

»Noch nicht, wird sie aber. Sie ist clever.«

»Wir müssen aufpassen, nicht wahr?«

Was für eine dumme Frage. Hatte sie denn nicht gehört, was er gesagt hatte? »Ja, Schatz, wir müssen aufpassen.«

»Ich liebe dich, Cedric.«

Ohne jegliche Regung antwortete er: »Ich liebe dich auch, Antje.«

6

Es ging gegen Mittag, als Sarah Dobler Nora die Dachterrasse zeigte.

Vom Ende des Gangs waren sie die Treppen hochgestiegen und auf der riesigen Plattform gelandet. Die Sicht von hier war fantastisch. Von der einen Seite aus sah man zum Albis hinüber, von der anderen zum Käferberg und Zürichberg.

»Wird die Terrasse häufig benutzt?«, fragte Nora.

»Ab und zu verbringt jemand seine Mittagspause hier oben. Und seit das Rauchverbot durchgesetzt wurde, verziehen sich die Raucher mehrmals pro Tag für ein paar Minuten hier herauf.«

»Wer gehört zu ihnen?«

»Da die Umzugsleute vor der Garage rauchen, sind das nur Gerhard Furrer vom Lager und Claudia Campanini, manchmal begleitet von Marco Benedetto. Und dann natürlich Herr Kowalski. Bis zu jenem Tag …«

Nora ging zum Terrassenrand. Eine Betonmauer reichte ihr bis zur Hüfte, darüber war eine Metallstange angebracht. »Wo genau ist er hinuntergestürzt?«

Dobler zeigte es ihr, und Nora bemerkte, dass die Sekretärin erschauerte, als sie den Ort des Unglücks betraten. Sie wagte sich nicht ganz an den Rand, schob zögerlich einen Fuß vor und bog den Oberkörper nach hinten, weg vom klaffenden Abgrund. Hatte sie Höhenangst?

Nora stützte sich aufs Geländer und schaute in die Tiefe. Die Autos in der Hohlstrasse waren zu sehen. Ein paar Leute gingen auf dem Trottoir, man hörte Hupen und das Rauschen des Verkehrs. Dort unten hatte Kowalskis Leiche gelegen. Nichts erinnerte mehr daran, kein Fleck, keine markierte Stelle.

Nora wandte sich ab und überquerte die Terrasse. Sie war blitzblank geputzt, als hätte hier nie eine Party stattgefunden. Nora zückte ihre Kamera, machte Aufnahmen in jede Richtung, fotografierte den Abgang zur Treppe, die Terrassentür und weiter hinten einen Lüftungsschacht. Dann ging sie noch mal zur Brüstung und knipste die Straße. Als sie in die Tiefe blickte, wurde sie von Schwindel ergriffen. Auf einmal konnte sie sich vorstellen, wie ein Beschwipster, der seine Bewegungen nicht ganz unter Kontrolle hatte, vom Abgrund angezogen, halb hinunterfiel, halb sprang, ohne dass eine dritte Person dabei ihre Hände im Spiel hatte. Waren Jan und sie völlig auf dem Holzweg? War Kowalskis Tod nichts anderes als das, was Mike behauptet hatte? Ein Unfall, schockierend zwar, aber nicht unerklärlich?

Als hätte Sarah Dobler das Gleiche gedacht, sagte sie: »Man kann fast nicht glauben, dass es etwas anderes als ein Unglücksfall war.«

»Sie haben recht. Nur weil niemand Kowalski mochte, heißt das nicht, dass er getötet wurde. Vielleicht hat aber jemand einen Mord in Auftrag gegeben, um sich die Hände nicht selber schmutzig zu machen … Ich tue, was ich kann, um mögliche Hintergründe aufzudecken. Doch es kann sein, dass wir uns geirrt haben.«

»Es ist nett, dass Sie in der Mehrzahl sprechen. Wenn, dann hätte ich mich geirrt.« Dann fügte sie hinzu, als sei sie ganz woanders: »Aber ich glaube es eigentlich nicht.«

Wieder nahm Nora einen Gesichtsausdruck an ihr wahr, den sie schon einmal gesehen hatte, als Dobler in ihrem Büro aufgetaucht war. Etwas Unbeschreibliches. Eine tief eingegrabene Angst. Hatte ihr Sarah Dobler überhaupt die ganze Wahrheit gesagt?

»Ich brauche von Ihnen«, sagte Nora, »die Adressen von Kowalskis letzten beiden Chefsekretärinnen.«

»Ich verstehe. Sie haben mit Roland Wehr über die Sache von damals gesprochen.«

»Hat sich Kowalski bei Ihnen nie Übergriffe erlaubt?«

Dobler seufzte. »Er hat es versucht.«

Nora wartete, ob noch mehr käme, doch Sarah Dobler schwieg.

Sie stiegen wieder hinunter. Am Empfang standen mehrere Kunden. Marco Benedetto war in seinem Element. »Sì, Signore!«, rief er, kopierte etwas und händigte das Papier einem fülligen Herrn aus. Dann sprach er ein paar Worte mit einem älteren Paar, das nachfragte, ob seine Musikinstrumente sicher aufbewahrt und keinerlei Feuchtigkeit ausgesetzt seien.

»Feuchtigkeit!«, rief Benedetto empört. »Bei Store & Go? Da sind Sie aber auf der Holzstraße!«

Die Frau lachte und sagte: »In Ordnung, Sie haben uns überzeugt. Wir nehmen einen Raum von 40 Kubikmetern. Und übrigens: Es heißt Holzweg, junger Mann.«

»Wie bitte?«

»Wir sind nicht auf der Holzstraße, sondern auf dem Holzweg.«

»Oh, nein, meine Dame, sind Sie bestimmt nicht! Ihre Instrumente sind bei Store & Go perfetto aufgehoben, das versprech ich Ihnen.«

Benedetto entdeckte Nora, legte sich zum Zeichen seiner Verschwiegenheit den Zeigefinger an die Lippen und wirbelte von einem Kunden zum nächsten. Nora machte noch einige Aufnahmen des Eingangsbereichs, der Gänge und einzelner Büros. Das würde ihr später helfen, sich die Räumlichkeiten in Erinnerung zu rufen.

Dann verabschiedete sie sich von Sarah Dobler und fuhr mit dem Lift ins zweite Untergeschoss. In einer riesigen Halle arbeiteten mehrere Männer in Overalls. Auf den Parkplätzen standen Personenwagen, Liefer- und Lastwagen. Die Arbeiter nahmen kaum Notiz von Nora. Sie luden schwere Kisten auf Handkarren und Gabelstapler, fuhren damit zum Warenlift und verschwanden. Andere schoben mit Seilen und Riemen Klaviere, Schränke und Kommoden von den Ladeflächen der Umzugswagen. Es roch nach Benzin und laufenden Motoren.

Einer rief: »Nicht so schnell, Chandra, das Teil ist noch nicht fixiert!«

Ein schmaler Tamile drosselte sein Tempo und gab etwas zurück, das ironisch klang. Zwei Männer redeten auf Türkisch und gestikulierten vor einem Stapel Kisten. Ein anderer fuhr einen der Firmenwagen zu einem entfernten Parkplatz. Nora fotografierte Halle, Pfeiler, Autos und Eingänge zu verschiedenen Hinterräumen.

»Was tun Sie hier?«, brüllte ein Schwarzhaariger und stürzte auf sie zu.

Als er näher kam, sah Nora sein Namensschild auf Brusthöhe.

»Guten Tag, Mehmet. Ich habe von Frau Dobler die Erlaubnis, mich in allen Räumen umzusehen, um –«

»Ah!« Er hielt ihr versöhnlich seine ölverschmierte Hand hin. »Sie sind die Versicherungsdetektivin! Entschuldigen Sie, wir haben die Anweisung, auf Eindringlinge zu achten. Sicherheit und Diskretion stehen bei uns an oberster Stelle. Sehen Sie, dort und dort – alles wird aufgezeichnet!« Er zeigte in die Ecken, in denen Videokameras hingen. Bei den Aufzügen waren ebenfalls welche angebracht.

»Beeindruckend«, sagte sie.

»Das ist es. Wenn ich Ihnen helfen kann, suchen Sie mich einfach. Ich bin immer hier unten.« Er kehrte an seine Arbeit zurück.

Nora ging noch eine Weile durch die Halle, dann hatte sie genug gesehen. Sie fuhr ins erste Untergeschoss hoch. Hier waren die großen Mieträume untergebracht. Lange Gänge, die sich weiter hinten verloren, waren von Metallkabinen gesäumt, alle angeschrieben mit der Gang- und Raumnummer. Die Halle war an die acht Meter hoch. Da gab es Mieträume, in denen das Mobiliar eines Einfamilienhauses Platz hatte, und solche, in die man den Inhalt eines Hotels pferchen konnte. Die Kabinen waren sichtgeschützt und die Türen mit einem Schlitz für die Zugangskarte ausgestattet. Nora schaute sich um. Auch hier befanden sich überall Kameras. Auf den sauberen Wegen waren ab und zu schwarze Reifenspuren eines Transportkarrens zu sehen. Aus der Ferne hörte Nora Schleif- und Poltergeräusche, doch sie konnte nicht sagen, ob sie aus diesem Geschoss oder der Garage darunter stammten. Eine eigenartige Welt war das hier unten. Die Neonröhren an der Decke leuchteten grell, das Summen der elektrischen Leitungen erfüllte die Gänge. Nora sog die Luft tief in ihre Lungen. Es roch seltsam. Einerseits nach Metall und Beton, andererseits nach etwas Undefinierbarem, das Nora bekannt vorkam, das sie aber nicht benennen konnte. Irgendetwas Chemisches, Pulvriges. Dann wusste sie es: Insektenvertilgungsmittel. Natürlich. All die Kleider, Vorhänge und stoffbezogenen Möbel in dieser Halle waren ein gefundenes Fressen für Motten und anderes Ungeziefer.

Sie hörte Schritte, drehte sich um – und prallte Kopf an Kopf mit jemandem zusammen, der um die Ecke kam.

»Uff!«, machte Nora und hielt ihre schmerzende Stirn.

»Tut mir leid!«, entfuhr es dem Mann. Der Zollstock, den er in der Hand gehalten hatte, schepperte zu Boden. Er bückte sich, hob ihn auf und sah sie besorgt an. »Haben Sie sich verletzt?«

»Ist nicht schlimm. Und Sie?«

»Ach was, keine Spur! Mein Schädel hält einiges aus! Suchen Sie Ihre Kabine?«

Sie verneinte und stellte sich vor.

Seine Miene hellte sich auf. »Sarah hat mir von Ihnen erzählt. Mein Name ist Tim Stalder. Ich bin der Verantwortliche für die Lagerhallen.« Er hatte ein sympathisches Gesicht mit einem dunklen Dreitagebart und Lachfältchen um die Augen. Seine Jeans betonten die athletische Figur, das ärmellose T-Shirt gab den Blick auf seine Oberarme frei. Er sah verdammt gut aus. Bevor Nora es verhindern konnte, wurde sie von einer mehr als eindeutigen Fantasie heimgesucht. Reiß dich zusammen, sagte sie sich und verscheuchte das Bild, das ihr klarmachte, wie lang es schon her war, seit sie das letzte Mal einem Mann körperlich nähergekommen war. Zumindest freiwillig. Das Einzige in letzter Zeit waren Kerle gewesen, die sie verprügelt, gewürgt, an Hausmauern geschleudert oder angeschossen hatten – ihr alltägliches Berufsrisiko eben.

»Kann ich Ihnen bei den Erkundigungen behilflich sein?«, holte Stalder sie aus ihren Gedanken. »Soll ich Sie durch die Halle führen?«

»Das wär nett«, brachte Nora heraus.

Sie klapperten die Gänge ab, die ihr unendlich lang vorkamen. Stalder erklärte ihr, wie die Wege und Kabinen aufgeteilt waren, und bestätigte Mehmets Bemerkung, wonach Diskretion höchste Priorität habe.

»Was wird hier alles gelagert?«, fragte sie.

»Was immer Sie sich vorstellen können. Bilder, Schmuck, Werkzeuge, Möbel, Sportartikel, Fahrräder. Teure Waren und Schund. Lebende Tiere sind natürlich verboten, ebenso Pflanzen, Esswaren und andere verderbliche Dinge. Und selbstverständlich Illegales wie Drogen, Waffen oder explosive Gegenstände.«

Sie bogen um eine Ecke, wo ein weiterer langer Gang vor ihnen lag.

»Kontrollieren Sie die Inhalte der Kabinen?«

»Das ist nicht möglich. Die Mieter unterschreiben bei Vertragsabschluss ein Formular, womit sie bestätigen, uns keinerlei solche Sachen in Aufbewahrung zu geben.«

»Wie lang vermieten Sie die Räume?«

Er blieb vor der Kabine mit der Nummer »Gang 5, Raum 16« stehen. »Auf unbestimmte Zeit. Einige lagern hier nur zwischen zwei Umzügen ihr Mobiliar ein und holen es nach einer Woche wieder ab. Andere verreisen für ein Jahr ins Ausland und lassen ihre Geschäftsunterlagen hier. Und wieder andere haben Kabinen bei uns gemietet, seit die Firma existiert. Wenn die Einzahlung jeden Monat bei uns eintrifft, fragen wir nicht nach.« Er nahm eine Karte hervor und steckte sie in den Schlitz der Tür. »Wenn jemand verstorben ist, suchen uns die Nachlassverwalter auf, um die Hinterlassenschaft abzuholen. Ansonsten, wenn nichts anfängt, komisch zu riechen, Geräusche von sich zu geben oder zusammenzubrechen, haben wir keinen Zugang zu den einzelnen Mietkabinen.«

»Aber Sie haben einen Passepartout?«

Er tippte auf die Karte. »Wir nennen sie die Mastercard. Die brauchen wir für unvorhergesehene Fälle. Kommen Sie, ich zeige Ihnen eine leere Kabine.« Er öffnete die Tür und ließ Nora in den Raum treten, der ungefähr acht auf fünf Meter maß und etwa drei Meter hoch war. Sie hatte keine Ahnung, ob das, was sie hier unten erfuhr, für den Fall überhaupt wichtig war, doch erst mal war sie dabei, Informationen und Eindrücke zu sammeln.

Tim Stalder wies auf die Luftlöcher unter der Decke hin. »Hier kommt Frischluft durch, die zirkulieren kann; so wird nichts feucht. In jedem einzelnen Raum ist ein Feuermelder angebracht.« Er zeigte auf das runde Gerät in der Mitte der Decke. »Ein Zentralcomputer steuert die Anlage, sodass im Fall eines Brandes nur der Wassersprinkler in der betreffenden Kabine zum Einsatz kommt und das Feuer nicht auf die anderen Räume übergreifen kann. Sicherheit ist das A und O bei uns.« Er klang, als sei er stolz auf seine Arbeit und als mache sie ihm Spaß.

»Wie steht es mit den Zutrittszeiten für die Mieter?«

»Montag bis Sonntag, sechs bis zweiundzwanzig Uhr. Jemand von uns ist immer da. Gerhard Furrer, ich oder einer der anderen. Wenn eine Person zu ihrem Lagerraum möchte, klingelt sie bei der Autoeinfahrt im U2.«

»Im zweiten Untergeschoss?«

»Genau. Hier sind wir im U1. Die Person wird von uns registriert und hereingelassen. Dann kann sie sich frei in ihrem Stockwerk bewegen.«

»Was ist Ihre Aufgabe?«

»Gerhard und ich weisen Neumieter ein, kontrollieren die Räume auf Schädlinge, bekämpfen diese nötigenfalls und helfen beim Ein- und Ausladen. Dazu gehört alles, was mit der Technik zu tun hat – Lüftung, Schlösser, Sicherheit.«

»Vielen Dank«, sagte Nora.

»Bringt Sie das weiter, was den Tod von Kowalski betrifft?«

»Das weiß ich noch nicht«, gab sie zurück. »Wie ist eigentlich Ihr Kontakt untereinander?«

Stalder steckte seine Hände in die Hosentaschen und überlegte kurz. »Gerhard und ich sind meistens hier in den Lagerhallen und haben wenig mit den Mitarbeitern der Administration zu tun. Ich arbeite gern allein, auch wenn ich durchaus ein geselliger Typ bin. Die Mittagszeit verbringe ich ab und zu mit den anderen auf der Dachterrasse. Gerhard Furrer – Sie werden ihn sicher noch kennenlernen – ist ein ausgesprochener Einzelgänger. Die Leute vom U2 sind häufig für Umzüge außer Haus und haben kaum Kontakt mit uns. Kowalski selber war nicht sehr beliebt, das haben Sie vielleicht schon bemerkt. Sarah Dobler ist die Seele der Firma. Sie kümmert sich um alles, vergisst sich aber manchmal selbst dabei. Jeder mag sie. Mit Ausnahme von Cedric Stark. Der mag niemanden außer sich selbst. Roland wiederum ist ein unkomplizierter Typ, der mit allen gut auskommt. Marco vom Empfang schäkert mit jeder Frau, ist aber über beide Ohren in Claudia verliebt. Und Ruth Mäder, unsere Älteste, ist gar nicht so konservativ, wie sie wirkt, und kommt mit den Jungen gut klar.« Er machte eine Pause und sagte lächelnd: »Vermittelt Ihnen das ein umfassendes Bild? Alles in allem ist das Arbeitsklima nicht schlecht, finde ich. Wir sind ein Haufen verschiedenster Leute, doch irgendwie funktioniert das Ganze.«

»Eine Frage noch«, meinte Nora. »Kowalskis Sturz. Können Sie mir irgendwas erzählen, das Ihnen aufgefallen ist?«

»Wahrscheinlich nicht mehr, als Sie schon von den anderen gehört haben. Ich bin nicht einmal sicher, ob mich sein Tod überrascht hat. Die Art natürlich schon. Der Zeitpunkt auch. Aber die Tatsache, dass er mit noch nicht einmal sechzig Jahren gestorben ist, passt irgendwie zu ihm.«

»Wie meinen Sie das?«

»Er war wie eine Kerze, die an beiden Enden brennt. Cholerisch, hyperaktiv, voller Energie und Adrenalin. Was auch immer die Todesursache war, ich hätte ihn mir nie als Achtzigjährigen vorstellen können.«

»Schließt das Mord mit ein?«

»Mord? Denken Sie an so was?«, fragte er erstaunt. »Ja, es klingt vielleicht komisch, aber … eigentlich würde es das mit einschließen. Sarah meinte, Sie kämen wegen einer Versicherungssache. Aber Sie arbeiten doch für die Polizei, oder nicht?«

Nora wollte nicht länger an der läppischen Versicherungslüge festhalten. »Ich bin freie Detektivin. Sarah Dobler hat mich beauftragt, den Fall zu übernehmen.«

»Warum?«

»Sie befürchtet, ein Mörder befinde sich unter ihren Kollegen und könnte weiter töten. Sie hat Angst.«

»Wirklich?« Er wirkte ehrlich überrascht. »Sie glaubt, einer von uns habe Kowalski getötet?«

Nora trat aus der Kabine auf den Gang zurück und sah Stalder an.

Er folgte ihr nachdenklich und schloss die Tür des leeren

Raums. Er schwieg lang. Endlich sagte er: »Wissen Sie was? Auf Sarahs Urteil habe ich mich immer verlassen können. Es würde mich nicht wundern, wenn sie recht hätte.«

Nora brauchte eine Weile, bis sie Gerhard Furrer gefunden hatte. Nachdem sie mehrere Stockwerke durchkämmt hatte, die aus vielen Gängen mit unzähligen kleinen und mittleren Lagerräumen bestanden, fand sie ihn in der dritten Etage. Er war gerade dabei, den Boden zu wischen, eine bleiche Gestalt in den Fünfzigern.

»Gerhard Furrer?«, rief sie in seine Richtung.

Er hörte sie, bog um eine Ecke und verschwand.

Nora folgte ihm. »Hallo? Herr Furrer?«

Als sie ihn erreicht hatte, schaute er sie grimmig an. Er hatte ein hageres Gesicht, tief liegende Augen und nur noch spärliches Haar auf dem Kopf. Sein Oberkörper war gekrümmt, seine knochigen Finger umklammerten den Besenstiel. Ein Totengräber, schoss es Nora durch den Kopf.

»Ich kann Ihnen nichts sagen«, knurrte er mit der heiseren Stimme eines Mannes, der nur selten spricht. »Ich war beim Fest dabei. Kowalski trank, fiel von der Terrasse – fertig.«

Er drehte sich um und schob den Besen weiter vor sich her.

»Eine Frage nur, Herr Furrer –«

»Nein«, sagte er, »lassen Sie mich in Ruhe.«

»Wegen Kowalskis –«

»Kein Wort! Gehen Sie!«

7

Es war früh am Morgen und regnete in Strömen. Windböen fegten über das Dorf, wirbelten Blütenstaub, Äste und Blätter die Felder hinauf, rüttelten an allein stehenden Eichen und erreichten Alrunas Garten. Die Baumstämme ächzten. Der Weg von den Beeten zum Haus war matschig, die Erde getränkt mit zu viel Nass. Dann, von einem Moment auf den nächsten, hörte der Niederschlag auf. Alruna saß auf der Bank vor ihrem Haus und schaute übers Land. Sie würde an ihrem Vorhaben festhalten. Sie würde ihre Mission in der vorgegebenen Zeit erfüllen. Noch knapp drei Wochen bis zu ihrem 27. Geburtstag. Bald war es so weit. Bald hatte sie ihr Leiden auf dieser Welt überstanden. Seit ihrer Kindheit hatte sie auf diesen Tag gewartet.

Ihre Kindheit, diese Anhäufung von Verwirrungen …

Als sie sechs war, war eine Frau vom Sozialamt gekommen und wollte Alruna, die man damals noch Lisa nannte, ihren Eltern wegnehmen. In ein Heim wollte sie sie bringen, wo andere Kinder wie sie lebten. Lisa wusste nicht, was damit gemeint war. Das Wort »Vernachlässigung« stand im Raum, was immer das bedeuten sollte.

Rebekka schaute die Beamtentusse, wie sie die Frau nannte, mit verschwommenem Blick an und lallte: »In Ordnung, Sie können sie haben, nehmen Sie sie mit.«

Ronny widersprach. »Die Kleine ist doch lustig. Wär schade, sie wegzugeben.«

Lisa stand zwischen den drei Erwachsenen und spürte eine Eiseskälte in sich. Ronny nahm sie auf den Arm, was er nicht mehr getan hatte, seit sie ein Baby gewesen war, und sagte mit gespieltem Ernst zu der Fremden: »Das ist unser Kind. Sie können es nicht einfach entwurzeln.«

»Entwurzeln!«, kreischte Rebekka mit schrillem Lachen.

Die Frau wollte Lisa aus Ronnys Griff lösen, doch der drückte sie nur noch enger an sich. Ein Streit brach aus. Rebekka gab in ihrem beduselten Zustand nur Unverständliches von sich.

Ronny sagte »Sozialschlampe«.

Die Frau drohte zurückzukommen, mit Verstärkung.

Lisa sah sie nie wieder.

Später erzählte Rebekka, das Amt habe die Sache »komplett versiebt«, und vielleicht wäre es besser gewesen, sie hätten die Kleine mitgenommen.

Ronny meinte: »Ach was, irgendwann würde sie uns fehlen« und fütterte Lisa mit ein paar seiner frisch gebackenen Haschbiskuits. Lisa sträubte sich, schüttelte den Kopf, doch Ronny schob ihr die Plätzchen mit sanftem Druck in den Mund. »Schluck, meine Liebe, wird dir guttun.«

Lisa würgte und brachte die Bissen kaum hinunter. Sie kaute die zuckersüßen Brocken, die einen ekligen Nebengeschmack hatten. Endlich gelang es. Sie schluckte. Tränen liefen ihr über die Wangen. Sie wusste, was jetzt kam.

Und es kam.

Alles begann sich vor ihr zu drehen. Die Melodien verzerrten sich zu Schwaden, die durch den Raum waberten. Die Freunde ihrer Eltern schienen sich im Zeitlupentempo zu bewegen. Ihre Münder öffneten sich, und unverständliche Laute kamen heraus, deren Echos dumpf widerhallten. Rote und violette Formen entstanden auf ihren Gesichtern, verdichteten sich, verwandelten sich in verzerrte Fratzen. Von Angst gepeinigt kroch Lisa in eine Ecke und wimmerte.

»Siehst du!«, grinste Ronny. »Fährt voll ein!«

Da tauchten tief in ihrem Inneren die bleichen Gestalten

wieder auf, die Dämonen. Sie griffen nach ihr. Wisperten. Zischten. Und drohten. Mit staksigen Bewegungen tanzten sie um sie herum. Und in ihr drin. Es war ein Tanz des Grauens. Sie hörte, dass etwas in ihr schrie, ohne zu wissen, ob sie das war oder die fremden Wesen, die in ihr lebten.

»Hör auf, so rumzunerven, du Hexe!«, rief Rebekka energielos, ließ ihren Kopf nach hinten kippen und schloss die Augen. »Du versaust mir meinen Trip.«

Einer der Freunde ihrer Eltern feixte: »Genau! Eine Hexe ist sie! Und Hexen müssen brennen!«

Ein anderer machte mit seinen Fingern die lodernden Bewegungen von Flammen nach. Alle lachten.

Lisa torkelte nach draußen, hörte die Stimmen in sich. »Hexen müssen brennen!«, riefen sie höhnisch. »Ins Feuer mit ihr!«

Sie lief durch den Garten und wünschte sich, ihr Rabe Abraxas wäre da. Zitternd, mit ausgetrockneter Kehle, brach sie zusammen. Ihr Körper fühlte sich heiß an, durch ihre Glieder züngelten die ersten Flämmchen. Sie war eine Hexe. Irgendwann würde sie verbrennen, das wusste sie.

Jetzt, zwanzig Jahre später, war der Zeitpunkt nah. Alruna ging zurück ins Haus. Sie schloss die Tür, die in den Angeln quietschte, hinter sich. Ihr Rock war klatschnass. Hinterließ große Pfützen auf dem Holzboden. Es machte nichts. Nichts war mehr wichtig außer ihrem Auftrag. In der Küche füllte sie ein neues Fläschchen mit dem tödlichen Gebräu. Sie verschloss es vorsichtig und stellte es bereit. Ja, sie würde diese Erde verlassen. Bald. Doch bevor sie starb, mussten andere sterben.

Tiefe Wolken zogen über den Friedhof. In der Erde lag der Sarg.

»Vater unser im Himmel, geheiligt werde dein Name«, sprach der Pfarrer, schaute über die Trauernden und dann über die Gräberreihen.

Sarah Dobler betrachtete die Anwesenden. Antje Kowalski war kohlrabenschwarz angezogen. Die anderen hatten sich ebenfalls dunkel gekleidet, mit Ausnahme von Claudia Campanini, die wie immer in schreienden Farben dahergekommen war, als wollte sie damit sagen »ihr könnt mich alle mal« oder »endlich ist der Alte tot«. Dafür hatte Sarah kein Verständnis. Natürlich war Kowalski nur schwer zu ertragen gewesen, aber er hatte es auch nicht leicht gehabt. Mehr als einmal hatte Sarah gedacht, er sei sich selbst der ärgste Feind gewesen.

»Dein Reich komme, dein Wille geschehe«, sagte der Pfarrer.

Kowalskis Witwe gab leise Schluchzer von sich, tupfte ihre Augen mit einem Taschentuch trocken und schnäuzte sich die Nase. Warum nur hatte Sarah das Gefühl, das Ganze sei inszeniert, die Trauer nur zur Schau gestellt? Sie hatte nichts über die Ehe der Kowalskis gewusst. Ob sie sich geliebt hatten oder sich im Laufe der Jahre überdrüssig geworden waren? Ihr Chef hatte Prinzipien gehabt. Dazu hatte gehört, dass Familienangelegenheiten Privatsache waren. Sarah musste ihn zwar jedes Mal an Antjes Geburtstag erinnern, weil er ihn immer vergaß, aber was er wirklich für seine Frau gefühlt hatte, wusste Sarah nicht. Sarah schaute seine Witwe eine Weile an und hörte mit halbem Ohr die Worte des Geistlichen.

Außer Antje Kowalski waren noch zwei Verwandte aus Deutschland angereist, der Rest waren Geschäftsleute, Firmenpartner und Mitarbeiter. Ein klägliches Grüppchen, kaum zwanzig Personen. Nicht einmal alle von Store & Go waren gekommen. Sie hatten einen Tag frei erhalten, doch einige hatten sich entschieden, ihn anders zu nutzen. Sarah schauderte beim Gedanken, was am Schluss von einem übrig blieb. Geld und andere materielle Güter konnte man nicht mitnehmen; doch Freundschaften, menschliche Verbindungen, Liebe – all das waren doch ewige Dinge, die auch der Tod nicht beenden konnte. Oder doch? Wer würde einmal zu ihrer

Beerdigung kommen? Viele Leute mochten sie, das spürte sie, aber wem bedeutete sie wirklich etwas? Wem würde sie fehlen? Sie wusste es nicht, und das erschreckte sie.

»Vergib uns unsere Schuld, wie auch wir vergeben unseren Schuldigern«, fuhr der Pfarrer fort.

Claudia schäkerte mit Marco. Cedric Stark warf den beiden einen vernichtenden Blick zu, Ruth Mäder schüttelte verständnislos den Kopf. Tim schien in sich gekehrt. Und Chandra, der Tamile, lächelte versonnen vor sich hin. Glaubte er an die Wiedergeburt? Sarah wusste nicht einmal, welcher Religion er angehörte. Vielleicht war er Buddhist. Oder Hindu. Schade, dass man nie über so etwas sprach. Ein tröstlicher Gedanke, mehrmals auf diese Welt zu kommen. Fehler wiedergutmachen zu können, zweite Chancen zu bekommen, geliebte Menschen wiederzutreffen. Doch vielleicht wäre es auch ein Fluch, je nachdem, welche Art von Leben hier auf einen wartete.

»Führe uns nicht in Versuchung, sondern erlöse uns von dem Bösen«, sprach der Pfarrer.

Da begann es zu nieseln.

»Shit!«, stieß Claudia aus und spannte einen giftgrünen Knirps auf. Andere wühlten in ihren Handtaschen, und nach kurzer Zeit war die Gruppe von einem Dutzend Schirme überdacht, auf die die Tropfen immer heftiger prasselten. Sarah griff in ihre Tasche und merkte, dass sie ihren Schirm zu Hause vergessen hatte.

Plötzlich nahm sie eine Gestalt hinter einer Eibe wahr. Einer der Äste bewegte sich. Etwas Helles tauchte auf. Ein Gesicht. Dann war es wieder verschwunden. Sie schaute genauer hin, doch das Ganze dauerte nur eine Sekunde, dann zog sich die Person ins Gebüsch zurück und huschte hinter einen Grabstein. Vielleicht ein verspäteter Trauergast oder ein zufälliger Spaziergänger, versuchte Sarah sich einzureden. Oder sie hatte sich getäuscht, und es war nur eine Friedhofskatze gewesen, die Schutz vor dem Schauer suchte? Oder ein Vogel im Gestrüpp? Während sie darüber nachdachte, wusste sie, dass sie sich nicht getäuscht hatte.

Jemand hatte sie beobachtet.

Sie sah zu Gerhard Furrer hinüber, dessen Hakennasenprofil sich wie eine hässliche Karikatur gegen den Himmel abzeichnete. Furrers Blick war auf die Eibe gerichtet, deren Äste noch nachwippten, seine Hände waren zu Fäusten geballt. Auch er hatte den Beobachter gesehen. Sarah fühlte einen Stich im Magen. Der Regen tropfte auf ihren Kopf und lief über ihr Gesicht.

»Asche zu Asche«, sagte der Pfarrer. »Staub zu Staub.«

War das ein Chaos! Jan mit seiner Ordnungsliebe hatte so etwas noch nie gesehen. Sogar Nora war um Längen besser, obwohl auch sie sein Bedürfnis nach Symmetrie, Logik und Übersicht bisweilen arg strapazierte. Aber diese Pultschubladen übertrafen alles. Jan war seit einer halben Stunde dabei, Dinge aus Kowalskis Regalen, Kommoden und dem Schreibtisch herauszufischen und auf dem Boden auszubreiten. Sarah Dobler hatte ihm nach Absprache mit Antje Kowalski freie Hand gelassen. Er ordnete die Gegenstände zuerst nach »belebt« und »unbelebt«. Das bedeutete, angefaultes Obst, Kaugummis, Brötchen und der kleine Kaktus, der die Dunkelheit in der Schublade überlebt hatte, kamen auf die eine Seite des Teppichs, Papiere auf die andere. Als diese Kategorien nicht mehr reichten, schuf er die Gattung »Diverses«. Doch auch diese wuchs im Laufe der Zeit zu einem unübersichtlichen Haufen an, sodass er erneut Unterteilungen vornehmen musste.

Einmal kam Sarah Dobler herein und runzelte die Stirn. Jan erklärte ihr, dass er sich einen Überblick verschaffe, und sie schien ihn zu verstehen. Wenn er sich ihre Arbeitsumgebung, in der akribische Ordnung herrschte, ansah, glaubte er sogar, in ihr eine verwandte Seele gefunden zu haben. Sie fragte, ob er einen Kaffee wolle, doch er bat um einen Tee. Sie brachte ihm eine Tasse, stellte sie auf den Glastisch. Jan nippte daran. Sarah Dobler verschwand wieder, leise, wie sie gekommen war, und Jan machte weiter.

»So«, murmelte er nach einiger Zeit zu sich selbst, trat ein paar Schritte zurück und betrachtete die Auslegeordnung. Nora hatte ihm diese Aufgabe übertragen, während sie noch mal mit einigen Mitarbeitenden sprach. Sie hatte bemerkt, wie gern Jan sich diese Arbeit vornehmen würde, und sich geopfert, den kommunikationsverweigernden Furrer im Untergeschoss aufzusuchen.

Jan machte Fotos von seinem Werk, dann begann er, die Fundstücke einzeln aufzulisten.

»Zwei Schokoriegel«, notierte er ins Heft. »Eine Tüte Pfefferminzbonbons. Fünf Päckchen Zucker, eins davon offen. Getrocknete Feigen und Rosinen. Eine verschrumpelte Ginsengwurzel. Ein Landjäger.« Zuunterst schrieb er »ein Apfelbütschgi«, weil ihm das deutsche Wort nicht einfiel.

Dann kontrollierte er Kowalskis Unterlagen. Ordner für Ordner arbeitete er sich durch Rechnungen, Jahresberichte, Lieferscheine und Briefe an die Kundschaft. Auch bei den administrativen Dingen herrschte ein komplettes Wirrwarr. Quittungen, von denen man keine Ahnung hatte, welche Ausgaben sie belegten, klebten neben Ferienfotos in Notizbüchern, längst abgelaufene Garantien waren hinter Werbebroschüren geheftet. Diverse Ordner verfügten zwar über ein Register, doch war dieses entweder nicht angeschrieben, oder der Inhalt stimmte nicht mit dem Titel überein. Die Stunden vergingen. Jan blätterte durch unzählige Dokumente. Irgendwann fand er zwischen zwei Bestellformularen einen computergeschriebenen Brief, überflog ihn – und erstarrte.

Dann las er ihn noch mal, Wort für Wort:

»Ich weiß, dass Sie Waffen in Ihren Räumen lagern und

damit handeln. Heben Sie hunderttausend Franken in gemischten Scheinen von Ihrem Konto ab. Halten Sie das Geld bereit. Ich melde mich in einer Woche mit Einzelheiten für die Übergabe. Ihr Waffenlager zu leeren hilft Ihnen nicht. Ich habe Fotos davon auf meinem Mailaccount gespeichert. Ein Klick, und sie wandern zur Polizei.«

Jan ging die Zeilen erneut durch. Das war ein Ansatzpunkt. Nun wurde ein Verbrechen an Kowalski viel wahrscheinlicher. Er holte sein Handy hervor und tippte eine SMS an Nora, die sich irgendwo in diesem Gebäude befinden musste: »Erpresserbrief gefunden. Nimm Gegenstände mit Fingerabdrücken der Mitarbeiter mit.«

Dann setzte sich Jan an Kowalskis Laptop und stellte ihn an. Kowalski hatte noch mit der Windows-XP-Version gearbeitet. Wie die meisten Anwender seines Alters, die nicht in der digitalen Welt großgeworden waren, hatte er die Sicherheitsvorkehrungen auf ein Minimum beschränkt. Der Computer war nicht passwortgeschützt. Jan hatte überall Einsicht. Er durchforstete »Eigene Dateien«, »Arbeitsplatz«, »Programme« und fand nichts Ungewöhnliches. In all den Jahren, in denen er fremde Computer analysiert hatte, hatte er einen Blick dafür bekommen, wie die User funktionierten. Einfache Gemüter gaben ihren Dateien simple Namen. IT-Freaks, die etwas verheimlichen wollten, versuchten, besonders kreativ zu sein, und lenkten gerade dadurch die Aufmerksamkeit auf ihre zwielichtigen Files. Versteckte Downloads konnte er im Nu finden, indem er nach bestimmten Schlüsselwörtern suchte, die bei kriminellen Machenschaften häufig verwendet wurden. Jan wusste, dass er gut war in dem, was er tat.

Während seines Internatsaufenthalts als pummeliger Pubertierender hatte seine einzige Freude darin bestanden, Vorläufer der heutigen Computerprogramme zu schreiben. Stunden, Nächte und Monate hatte er – als die sportlichen Jungs Basketball spielten und sich die frühreifen mit Mädchen trafen – damit verbracht, die Logik der sich rasant entwickelnden neuen Technologie zu erforschen. Zu einer Zeit, als »Computer« im gleichen Atemzug mit »Roboter« und »Aliens« genannt wurden, womit normale Jugendliche nichts zu tun haben wollten, war es ihm gelungen, in die Adresskartei von dubiosen Firmen zu gelangen. Später schaffte er es, Einblick in Personalakten rechtsextremer Politiker zu erhalten. Sich zu bereichern oder Macht auszuüben war nie sein Ding gewesen. Es ging ihm um die wunderbare Welt der Mathematik, um die Kreativität, die dahintersteckte, die die meisten Menschen jedoch übersahen, da es sich um »tote Materie« handelte. Und natürlich machte das Ganze Spaß. Hinter den Zahlen, Buchstaben und Zeichen standen Menschen. Helle Köpfe, Erfinder, Genies.

Nach einer gewissen Zeit gab es kein Programm mehr, das er nicht knacken, keinen Virus, den er nicht aufhalten konnte. Er kannte die geschützten Inhalte der schweizerischen Bundesverwaltung. Er wusste Bescheid über geheime Pharmaforschungen, geplante Wirtschaftskrisen und verheimlichte Chemie-Unfälle. Über Hacker, die versuchten, andere Hacker zu überlisten. Über die Polizei, die diesen Leuten Straffreiheit versprach und sie anheuerte, um noch größere Fische zu schnappen.

Kowalskis Dateiverwaltung folgte einem einfachen Muster. Nach kurzer Zeit hatte Jan mehr über den Firmenchef herausgefunden, als wenn er stundenlang mit ihm gesprochen hätte. Überall hatte Kowalski Spuren hinterlassen, die auf seinen Charakter schließen ließen. Die Tendenz zum Chaos war auch hier nicht zu übersehen. Einerseits war er ein Arbeitstier gewesen, andererseits gab es gewisse Dinge, die er gescheut hatte, was sich in seiner Korrespondenz zeigte: komplizierte Verhandlungen, psychologisches Feingespür und Benimmformen. Bei allem, was er getan hatte, hatte er die Dinge beim Namen genannt, geradlinig und schnörkellos. So war die

Chance groß, dass Jan das Passwort von Kowalskis Mailaccount irgendwo in seinen Schriften antraf. Er fand Kowalskis Geburtsdatum, dasjenige seiner Frau Antje und ein paar weitere wichtige Daten in Kowalskis Leben und probierte sie aus, um sich bei Bluewin einzuloggen. Der zweite Versuch klappte. Kowalski hatte, was Jan nicht überraschte, das Geburtsdatum seiner Frau gewählt.

Jan checkte die Mails. Es waren Hunderte. Sie waren in verschiedenen Unterordnern gespeichert, auch hier wild durcheinander. Bei den meisten sah Jan schon anhand der Betreff- und Absenderzeile, dass sie nicht interessant waren. Viele Mails hatte Sarah Dobler geschickt, oft mehrere pro Tag. Fast alle trugen den Betreff »Achtung«. Jan las einige und musste schmunzeln. »Achtung«, hatte Kowalskis Chefsekretärin im Februar geschrieben, »der Herr, der in wenigen Minuten bei Ihnen klopfen wird, heißt Markus Salm. Sie waren mehrmals mit ihm kegeln.« Eine andere Nachricht von Dobler lautete: »Morgen ist Ihr Hochzeitstag. Habe Blumen bestellt.« Eine weitere: »Achtung. Ihr Tonhalle-Konzertabo läuft in einer Woche ab. Allerdings lohnt sich eine Verlängerung kaum, Sie haben es in diesem Jahr nur wenige Male benutzt.«

Jan klickte weiter, kontrollierte auch die gesendeten und gelöschten Mails, dann wurde er fündig. Im Ordner »Aktuelles«, der mit absolut unaktuellen Nachrichten gefüllt war, entdeckte er eine Mail von emmanuel.zacharias@gmx.ch, die mit »Walthers Jubiläum« tituliert war. Der Inhalt lautete: »Unser lieber Walther Peter Paul Keller feiert das 22. Jubiläum seiner Firma mit 520 Personen. Sie sind herzlich dazu eingeladen. Bitte senden Sie diese Nachricht mit dem Vermerk ›einverstanden‹ zurück, wenn Sie bei der Party dabei sein möchten.«

Beim ersten Lesen fand Jan den Text nur befremdend. Seit wann schrieb man den Namen Walter mit th? Und dann so viele eingeladene Gäste? Schnell kontrollierte er den Namen und fand heraus, dass es im ganzen Land keinen Walther Peter

Paul Keller gab. Zögernd klickte er weiter zu anderen Nachrichten, doch die Jubiläums-Mail ließ ihm keine Ruhe. Er öffnete sie erneut. Las sie wieder.

Und noch einmal.

Plötzlich fiel es ihm wie Schuppen von den Augen: Die Initialen des ominösen Mannes lauteten: Walther PPK. Das war der Name einer Pistole. Das 22. Jubiläum konnte Kaliber 22 bedeuten, die Patronengröße der Munition. Und 520 war wohl die Stückzahl der Lieferung.

Jans Herz schlug schneller. Er druckte die Nachricht aus. Dann versuchte er, den Absender ausfindig zu machen und die Herkunft der Mail herauszukriegen. Das war nicht einfach. Dieser Emmanuel Zacharias hatte ganze Arbeit geleistet. In der Schweiz gab es keinen Mann dieses Namens. Wär auch zu schön gewesen. Um herauszufinden, ob jemand im Ausland so hieß, würde Jan länger brauchen, doch die Chance, dass der Waffenhändler Mails unter seinem richtigen Namen verschickte, war sehr klein.

Jan verfolgte den Absender weiter und geriet in eine Sackgasse. Emmanuel Zacharias war ein Profi. Es würde länger dauern, den Weg zurück zum Ursprungscomputer zu finden. Er würde von seinem Büro aus weitermachen. Falls der Waffenhandel, um den es hier ging, nichts mit Kowalskis Tod zu tun hatte, konnte er seine Entdeckung einfach der Polizei weiterleiten und sie die Arbeit machen lassen.

Er schaute auf die Uhr. Es war bereits halb drei nachmittags. Jans Magen knurrte, er hatte nichts zu Mittag gegessen, was ihm normalerweise nicht gut bekam. Doch er war so in seine Nachforschungen vertieft gewesen, dass er den Hunger gar nicht gespürt hatte.

»Bist du noch im Haus?«, tippte er ins Handy und bekam postwendend von Nora die Antwort: »Sitze vor einem grausam gesunden Salat im Tibits.« Er schrieb zurück, er sei in einer halben Stunde bei ihr, dann fuhr er den Computer herunter. Den Erpresserbrief fasste er mit spitzen Fingern an den Ecken an, um möglichst wenig eigene DNA zu hinterlassen, und steckte ihn zusammen mit der Mail in ein Sichtmäppchen. Er ließ seine Auslegeordnung auf dem Boden liegen, schloss Kowalskis Büro ab und verließ die Firma Store & Go.

8

Nora saß auf dem Barhocker beim Fenster vor ihrem dritten Kaffee, als Jan ins »Tibits« kam. Er sah hungrig aus, begrüßte sie schnell und stellte sich dann beim Selbstbedienungsbüffet an. Mit einem Riesenberg Lasagne setzte er sich neben sie auf einen Barhocker.

»Lass dir Zeit und iss erst mal«, sagte sie.

Er schob genüsslich eine Gabel nach der anderen in den Mund. Beide schauten auf die Falkenstrasse hinaus. Vor dem Eingang der NZZ herrschte reger Betrieb. Mehrere Lieferwagen hielten und fuhren wieder weiter, ein Velokurier schnitt einem Briefträger frech den Weg ab, dieser schimpfte ihm hinterher, und ein offener Wagen mit der Aufschrift »Opernhaus« tuckerte vorbei, beladen mit allerlei Dekorationsmaterial. Dieser Nachmittag Anfang April war so warm geworden, dass die meisten Passanten im T-Shirt oder einer dünnen Jacke unterwegs waren.

Jan schluckte den letzten Bissen hinunter und wischte sich den Mund mit einer Serviette ab. Dann hielt er Nora wortlos ein durchsichtiges Mäppchen hin.

Sie las den Erpresserbrief und stieß einen Pfiff aus. »Sarah Doblers Verdacht bestätigt sich immer mehr, Kowalski könnte umgebracht worden sein.«

»Ja, nicht wahr?« Jan schob den leeren Teller zur Seite. »Ich hab noch was. Schau dir die Mail an, die darunterliegt.«

Als sie die Nachricht gelesen hatte, stieß sie aus: »Das ist ein Waffendeal!« Augenblicklich waren alle Einzelheiten wieder da, die sie bei der Kripo gelernt hatte. »Walther PPK.

Seit Jahrzehnten Polizei- und Militärpistole. Unverriegelter Rückstoßlader, Abzugsystem SA/DA, Stangenmagazin, Mündungsgeschwindigkeit 280 Meter pro Sekunde.«

»Kaliber 22«, fügte er an.

»Das ist ein Ding! Kowalski hat 520 Stück bestellt, nehme ich an.«

»Um sie zwischenzulagern oder weiterzuverkaufen.« Er berichtete von seiner erfolglosen Suche nach dem Absender der Mail. »Wir müssen Ausschau nach einer Person halten, die nicht nur Kontakte zu Waffenlieferanten hat, sondern sich in der elektronischen Welt so gut auskennt, dass sie praktisch alle Spuren verwischen kann.«

Sie nickte.

Dann fragte Jan: »Wie liefs bei dir?«

Nora erzählte ihm vom unergiebigen Gespräch mit Gerhard Furrer. Der Typ war derart abweisend gewesen, dass sie es nach einer Weile nicht weiter versucht hatte. Und als sie jetzt diese beiden Schriftstücke vor sich sah – den Erpresserbrief und die Mail über den Waffenhandel –, zweifelte sie sehr daran, dass Furrer etwas damit zu tun hatte. Ihm fehlte ihrer Meinung nach die Fähigkeit für so was. Sie glaubte nicht einmal, dass er Mails senden konnte. Oder unterschätzte sie ihn? War es vielleicht eine Voraussetzung für seinen Job, im Internet klarzukommen? Doch womöglich war er einfach ein unglücklicher Mann, der im Lauf seines Lebens immer kauziger geworden war und nichts anderes mehr ertrug als seine Arbeit unter Tage.

»Denkst du, jemand von der Firma hat Kowalski erpresst?«, fragte Jan.

»Kann sein. Aber ich halte auch einen Täter von außerhalb für möglich.«

»Das heißt«, fasste er zusammen, »Urheber des Erpresserbriefs und damit auch Mörder, falls Kowalski nicht gezahlt hat, könnten sein: Cedric Stark, Roland Wehr, Claudia Campanini, Tim Stalder, Gerhard Furrer, Ruth Mäder, Marco Benedetto. Hab ich jemanden vergessen?«

»All die anderen Angestellten vom Lager, von der Umzugscrew und vom Putzpersonal.«

»Findest du das wahrscheinlich?«

»Nein. Aber wir dürfen niemanden auslassen. Auch wenn die ältliche Ruth Mäder nicht gerade meine Topfavoritin als kaltblütige Killerin ist.«

»Stimmt«, gab Jan zurück und zeigte ihr das Blatt, auf dem er all die Dinge aus Kowalskis Pult aufgelistet hatte.

»Zucker! Verschrumpelte Ginsengwurzel! Apfelbütschgi!«, zählte Nora lachend auf. »Du könntest einen Obstkuchen mit Kowalskis Schubladeninhalt backen!«

Sie öffnete ihren Rucksack und entnahm ihm den Plastiksack mit den Gegenständen, die sie aus den einzelnen Büros mitgenommen hatte. »Sarah Dobler hinterließ ihre Fingerabdrücke auf einem Klebeband, damit wir sie ausschließen können. Von Roland Wehr habe ich einen Kugelschreiber ergattert, von seinen zwei Kolleginnen je einen Markierstift. Marco Benedetto gab mir freiwillig einen Briefumschlag, den er und nur er berührt hat, damit ich auf meinem Feldzug gegen die Mafia die nötigen Indizien habe ...«

»Er nimmt das Ganze nicht ernst«, meinte Jan.

»Überhaupt nicht. Aber vielleicht ist das nicht einmal schlecht.«

Zwei junge Frauen schoben ihre Kinderwagen samt fröhlich plapperndem Inhalt vor sich her, erkundigten sich, ob die Plätze neben Nora noch frei seien, und platzierten ihren Nachwuchs neben dem Bartisch. Dann stellten sie sich in der Selbstbedienungsschlange an. Nora guckte unter das eine Kinderwagendach, was der wohlgenährte Säugling mit einem zufriedenen »Uga« quittierte.

»Selber uga«, gab sie zurück.

Jan sagte auch ein paar Mal »uga« zum Baby, doch das faszinierte es weit weniger. Unverwandt hielt es seinen Blick auf Nora gerichtet. Kurz darauf kam seine Mutter mit einem Teller Tofu und Sprossen zurück. Ein Küchenmitarbeiter füllte neue Jalapeños in eine Schale, es duftete nach Curry und Zitronengras, und aus dem Lautsprecher stöhnte Jane Birkin »Je t'aime«.

Jan nahm den Faden wieder auf. »Sind sich die Mitarbeiter eigentlich der Tatsache bewusst, dass sie alle verdächtigt werden können, Kowalski umgebracht oder einen Auftragskiller angeheuert zu haben?«

»Nicht wirklich. Benedetto macht Witze darüber, Stalder hält einen Mord zwar für möglich, hat aber nicht so reagiert, als sei ihm klar, dass auch er zum Kreis der potenziellen Täter gehört.« Als sie von ihm sprach, spürte sie wieder das Flattern in ihrem Unterleib. Tim Stalder hatte es ihr wirklich angetan. Doch sie durfte sich nicht von Schmetterlingen im Bauch leiten lassen. Auch er konnte eine Leiche im Keller haben. Sie fuhr fort: »Ruth Mäder käme bestimmt nie auf den Gedanken, wir könnten auch sie mit einschließen. Die Campanini kann ich nur schwer einschätzen. Und Cedric Stark traue ich so ziemlich alles zu.«

»Welches Teil stammt von ihm?«, fragte Jan und zeigte auf den Inhalt des Plastiksacks.

»Das silberne Feuerzeug.«

»Er raucht doch gar nicht.«

»Er hat Kowalski jeweils damit Feuer gegeben, erzählte mir Roland Wehr und nannte ihn Schleimer.« Sie verstaute die Sachen wieder im Rucksack und stand auf. »Ich bringe die Sachen zu Tamar. Sie soll sie auf Fingerabdrücke überprüfen und mit denjenigen auf dem Erpresserbrief vergleichen.«

»In Ordnung, Chef«, gab Jan zurück. »Dann mach ich mich wieder hinter Mister Zacharias.«

Nora fuhr zur Rieterstrasse und klingelte beim Laboratorium für Kriminaltechnik. Tamar Goldstein öffnete die Tür und strahlte, als sie sie sah. »Wie schön, dich zu sehen, meine Liebe! Komm rein.« Sie ging voraus, und ihre flammend roten Locken wippten über den Schultern.

Nora folgte ihr ins Untersuchungszimmer. Eine Mitarbeiterin saß an einer Zentrifuge mit aneinandergereihten Reagenzgläsern und nickte ihr kurz zu. Wie Nora wusste, waren sechs Frauen und Männer im Labor angestellt. Es bestand aus mehreren Räumen, in denen Blutbestimmungen gemacht und DNA-Proben ausgewertet wurden. Im Prinzip waren hier fast die gleichen Tests möglich wie im IRM, dem Institut für Rechtsmedizin. Nur Autopsien wurden nicht durchgeführt, da hier keine Ärzte arbeiteten, sondern Biologinnen und Chemikerinnen, wie Tamar eine war. In manchen Fällen arbeiteten die Leute des Labors mit der Polizei zusammen, sie waren aber auch für Private tätig.

»Wie lang ist es jetzt her?«, fragte Tamar und entblößte mit ihrem breiten Lächeln die Zahnlücke zwischen ihren oberen Schneidezähnen.

»Fast vier Monate.«

»Kommt mir länger vor. Was führt dich diesmal zu mir?«

»Arbeit, Tami, wie immer!« Nora legte ihren Rucksack auf die Chromstahlplatte, auf der neben einem Destillationsgerät die beiden Apparate standen, die Tamar ihr einmal erklärt hatte: der Gas-Chromatograf und der Flüssig-Chromatograf, mit denen man toxikologische Analysen erstellte. Nora hielt ihr den Plastiksack hin: »Jedes dieser Objekte gehört einer anderen Person. Ich müsste die Fingerabdrücke haben.« Sie legte die Personenliste von Store & Go und den Erpresserbrief daneben. »Es könnte sein, dass du auf einem der Gegenstände Abdrücke findest, die mit denen auf dem Brief übereinstimmen.«

Tamar zog sich Latexhandschuhe über und räumte die Sachen in einen weißen Schrank. »Wann brauchst du die Ergebnisse? Eilt es?«

Als Nora zögerte, lachte Tamar. »Ich weiß schon, bei dir eilts immer. Heute ist Freitag. Also, Montagmorgen. Früher krieg ichs nicht hin.«

Alruna wartete hinter einer Hausecke. Endlich kam die Detektivin mit den blond gefärbten Haaren wieder aus dem Labor für Kriminaltechnik. Blitzschnell zog Alruna sich zurück und verharrte reglos. Nora Tabani stieg die Treppe hinunter. Ja, Alruna wusste, wie die Frau hieß. Wusste, wo sie wohnte. Und dass sie sich um Dinge kümmerte, die sie nichts angingen. Jetzt bog Tabani in die Rieterstrasse ein, schaute nicht nach rechts und nicht nach links, bewegte sich durch die Stadt, wie es nur Leute taten, die die Welt der Dämonen nicht kannten.

Die Erde war bevölkert von zwei Sorten Menschen. Die einen gingen im Licht, hatten Partner, Kinder, Beruf und Geld, lachten über Dinge, die böse waren, und erkannten das wahre Böse nicht. Sie hatten keine Ahnung, dass dicht neben ihnen eine Unterwelt war, greifbar nah, und dennoch durch unüberwindbare Mauern von ihnen getrennt. Die anderen wandelten im Schatten. In unsichtbaren Ketten gehalten, gepeinigt von immerwährendem Schrecken, irrten sie durch das Leben, ihre Körper gebeugt, ihre Seelen verkrümmt. Alruna entdeckte sie in jeder Menschenmenge. Die klaffenden Abgründe in ihren Augen verrieten sie, die stummen Schreie, die in ihren Gesichtern eingefroren waren. So wie in ihrem. Ein kurzes gegenseitiges Erkennen, ein Blick in die bodenlose Tiefe des Schmerzes des anderen, dann wandte man sich entsetzt ab. Viele lebten in der Unterwelt. Doch jeder war allein. Und alle wussten, dass sie die Lichtwelt niemals betreten konnten.

Alruna war immer eine Schattengängerin gewesen. Auch, als man sie noch Lisa nannte.

Als sie sieben Jahre alt war, begannen sich ihre Eltern immer mehr für okkulte Dinge zu interessieren. Lisa riefen sie nur noch »unsere kleine Hexe«, als wäre es eine Auszeichnung, doch es machte ihr Angst. Sie wollte keine Hexe sein, sie wollte ein normales Kind mit normalen Eltern sein, die ihr im Sommer ein Eis kauften und im Winter mit ihr Schlittschuhlaufen gingen. Stattdessen rauchten sie Opium, hörten die immer gleiche Rockmusik von all den toten Sängern und träumten davon, die Zeit zum Jahr 1969 zurückzudrehen und Woodstock live zu erleben. Dann kam eine ihrer Freundinnen von einem Schottland-Trip zurück und erzählte von Sonnenwendfesten, Mitternachtstänzen und nackten Frauen, die im Rausch die irdischen Grenzen ihrer Körper sprengten. Ronny und Rebekka waren begeistert. Der Weg dazu, erklärte ihnen die Freundin, führe über ein Zaubergewächs, genannt Alraune. Sie pflanzten dreizehn Stück davon an.

Monate später weckten sie Lisa mitten in einer Vollmondnacht. Benommen trippelte sie ihren Eltern hinterher in den Garten. »Es ist Erntezeit«, raunte Rebekka geheimnisvoll und drückte ihr eine Kerze in die Hand. »Du sollst die magischen Pflanzen ausgraben.«

»Warum ich?«, fragte Lisa.

»So steht es geschrieben«, gab Ronny zurück. »Ein schwarzer Hund kann den Bann brechen und die Alraune gefahrlos aus der Erde ziehen. Oder ein unschuldiges Kind. Und unschuldig bist du, meine kleine Hexe.« Er lächelte sie an, wie er sie schon lang nicht mehr angelächelt hatte. Mit klarem Blick, nicht von Drogen umnebelt, genau so, wie ein Vater sein Kind ansehen sollte. Er strich ihr über die Haare, und seine Halskette, ein fünfzackiger Stern, glitzerte im Kerzenlicht. Sie kamen zu den Beeten. Lisa erntete die Wurzeln und legte sie in ein Weidenkörbchen.

Dann braute Rebekka einen Saft daraus und vermischte ihn mit Wein und Gewürzen. Noch in derselben Nacht, Lisa war inzwischen todmüde und wollte nichts lieber, als wieder zurück ins Bett, entfachten Ronny und Rebekka im Garten ein großes Feuer. Neun ihrer Freundinnen und Freunde waren auch dabei. Sie saßen darum herum. Der Mond stand hoch am Himmel. Ein Kassettenrekorder lag im Gras, Musik erklang.

Im prasselnden Feuerschein erhob sich Rebekka, hielt einen Kelch in ihrer Hand und verkündete der Runde: »Wir trinken auf den Geist der Alraune. Möge er uns Einsichten über die physische Welt hinaus vermitteln.« Dann nahm sie einen Schluck und reichte das Gefäß weiter. Jeder aus der Gruppe trank, bis der Kelch wieder bei ihr war.

»Du auch«, sagte sie und hielt das Gebräu vor Lisa.

Lisa legte den Kelch an ihre Lippen und ließ den Saft ihre Kehle hinunterrinnen. Er schmeckte bitter. Sie spuckte ihn aus und schaute ängstlich zu ihrer Mutter hoch, doch die lächelte und forderte sie auf: »Versuch es noch einmal.«

Wieder trank Lisa, und diesmal behielt sie die Flüssigkeit in ihrem Mund, kniff die Augen voller Ekel zusammen und schluckte.

»Mehr«, sagte Rebekka. Und Lisa trank mehr.

Dann kreiste der Kelch in der Gruppe, bis er leer war.

Die Rolling Stones sangen *Ruby Tuesday.*

Eine halbe Stunde verging, Lisa hörte die Kirchenglocken in der Ferne. Ronny legte neues Holz ins Feuer, Rebekka lachte leise mit einem der Männer. Der Mond beschien die Szenerie. Eine weitere Viertelstunde verging. Zwei Freundinnen begannen, sich im knisternden Schein zu küssen und zu liebkosen, Ronny warf ein paar dürre Äste in die Flammen, einen seligen Ausdruck auf dem Gesicht. Rebekka zog sich aus und tanzte selbstvergessen zur Musik.

Die Doors sangen *Break on Through.*

Der Geist der Pflanze traf Lisa mit einem Schlag.

Ihr wurde siedend heiß. Durch ihre Adern floss kein Blut

mehr, sondern flüssiges Feuer. Der Himmel tat sich auf, es wurde blendend hell, ein überirdischer Strahl erfüllte die Umgebung. Alles wurde mit Leben erfüllt. Die Blumen summten, die Bäume sprachen, Eichen zu Buchen, Tannen zu Birken. Die Eulen krächzten sich Geheimnisse zu, die Füchse flüsterten. Die weit entfernten Berge wuchsen zu gigantischen Türmen empor, ihre Gletscher schmolzen vor lauter Hitze.

Die Flammen züngelten die Felder hinauf, näherten sich dem Garten, erreichten das Haus. Lisa schrie, als die Hitze ihr unter den Rock kroch und ihr Fleisch sich anfühlte, als würde es versengt. Sie sprang auf und suchte Schutz. Fand keinen.

Ronny lachte.

Rebekka sagte: »Jetzt ist sie eine von uns.«

Das Feuer kroch an Lisas Waden empor, die Hüften hinauf, erreichte ihren Hals. Sie atmete es ein, hustete, ihre Lungen füllten sich damit. Jetzt war sie wahrhaft eine brennende Hexe. Der Kampf in ihrem Körper zerriss sie fast. Sie hatte Schmerzen hinter den Augen, Übelkeit packte sie. Alles rauschte, zischte, stob und stank. Die Farben und Formen verschwammen zu einem gelborange glühenden Flammenmeer. Lisa lief durch den Garten, erbrach sich ins Gras, weinte, bettelte um Hilfe.

Janis Joplin sang *Kozmic Blues.*

In diesem Moment wurde sie erhört. Eine überirdische Gestalt zeigte sich. Sie umfasste das Firmament, ihre Arme umspannten den Horizont von einem Ende zum andern. Ihre Schultern trugen die Welt, die Augen waren Fenster, die bis zum Mittelpunkt der Erde reichten. Sie sah Lisa an. Gütig und grausam. »Alruna sollst du ab jetzt heißen, mein Kind«, sagte sie. »Dein alter Name ist vergessen, Lisa ist tot. Du bist jetzt eingeweiht. Du bist die Tochter der Großen Göttin.«

Das Mädchen, das jetzt Alruna hieß, wurde emporgeschleudert, tanzte in den Wolken den Reigen des Zaubers. Blitze leuchteten auf, Donner grollten wie der Hall von Endzeitkanonen durch den Wind. Unten, weit unten, zuckten die nackten Leiber ihrer Eltern und deren Freunde, bewegten sich zur Musik, vereinigten sich stöhnend und keuchend, gepackt von unstillbarer Leidenschaft und Gier. Männer mit Frauen, Männer mit Männern, Frauen mit Frauen. Alruna lachte Perlen vor Glück, und die Perlen kullerten durch die Welt. Dann folgten die Tränen und schwemmten alles hinweg. Alruna heulte durch die Nacht, wurde von der Großen Mutter getröstet und gestraft. Verspottet und behütet. Umarmt und verstoßen. Sie war alles und von allem das Gegenteil. »Du bist mein«, sagte die Große Mutter, »und du tust, was ich dir sage.«

Als Alruna von ihrer Reise durch den Himmel und durch die Unterwelt wieder auf der Erde landete, war das Feuer in ihrem Körper erloschen. Es war Morgen geworden, die Sonne schien. Die Holzscheite waren zu Asche verbrannt, die Amseln pfiffen. Ronny und Rebekka lagen im Gras, die anderen daneben. Ihre Kleider, die sie in der Nacht ausgezogen hatten, waren über den ganzen Garten verstreut. Einer der Freunde trug noch eine einzelne Sandale. Der BH einer Frau hing an einer Bohnenstange.

Alruna stapfte durch die Wiese, da öffnete Ronny ein Auge und murmelte: »Lisa, ich habe Durst. Bring mir ein Glas Wasser.«

»Ich heiße nicht Lisa«, sagte seine Tochter. »Mein Name ist Alruna.«

»In Ordnung«, antwortete er und döste wieder weg.

»Alruna«, kam es aus dem ausgetrockneten Mund von Rebekka. »Das klingt cool.«

Seit damals kam die Große Göttin immer wieder und stand Alruna zur Seite. Sie durchdrang ihre Seele und ihren Leib, füllte jede ihrer Zellen. Manchmal half sie ihr. Manchmal forderte sie Gehorsam. Wie jetzt, zwanzig Jahre später. Menschen mussten sterben, hatte sie befohlen. Also tötete Alruna. Wer das verhindern wollte, setzte sein Leben aufs Spiel.

Alruna schüttelte die alten Bilder ab.

Sie wartete, bis die Detektivin die Rieterstrasse hinter sich gelassen hatte und in die Bederstrasse einbog. Ein Tram kam angefahren. Die Tabani rannte darauf zu, verpasste es, blieb kurz stehen und sah ihm nach. Dann ging sie zu Fuß Richtung Bahnhof Enge hinunter.

Alruna folgte ihr.

9

Nora stieg die paar Treppen zur Veranda hoch und läutete. Der überdachte Vorplatz war mit rustikalen Holztischen und Stühlen möbliert. Einige Töpfe mit Geranien standen auf dem Fenstersims. Als niemand öffnete, klopfte Nora.

Schritte waren aus dem Inneren zu hören. Dann rief eine Frauenstimme auf Hochdeutsch: »Lassen Sie mich in Ruhe! Ich will keine Reporter mehr sprechen!«

»Ich arbeite nicht für die Medien, Frau Kowalski!«, gab Nora zurück. »Ich bin Detektivin.«

Stille.

Nora wollte schon höflich nachdoppeln, als die Tür aufgerissen wurde.

»Was soll das?« Die Frau, die vor Nora stand, war groß und schlank und etliche Jahre jünger, als Kowalski gewesen war. In ihren graublauen Augen lag ein misstrauischer Ausdruck. Sie atmete schnell. Ob vor Wut über die Störung oder weil sie herbeigeeilt war, konnte Nora nicht sagen.

»Sind Sie Antje Kowalski?«, fragte Nora.

»Natürlich.« Kowalskis Witwe sah mitgenommen aus. Ihr Gesicht war blass, die strohblonden Haare hatte sie hinter die Ohren geschoben. »Was wollen Sie?«

»Ich untersuche die Hintergründe zum Tod Ihres Mannes. Mein herzliches Beileid.«

»Danke.«

»Ich kann mir vorstellen, dass dies eine schwierige Zeit für Sie ist, doch ich wäre froh, wenn Sie sich kurz Zeit nehmen könnten, um meine Fragen zu beantworten. Mein Name ist –«

»Glauben Sie mir«, sagte Antje Kowalski, »vorstellen können Sie sich so was nicht! Aber wenn es denn sein muss, kommen Sie herein.«

Sie führte Nora ins ländlich eingerichtete Wohnzimmer. Ein offener Kamin bildete das Herzstück des niedrigen Raums, der ganz in Holz gehalten war. Sechs gedrechselte Stühle waren um einen rauen Holztisch gruppiert. Die kleinen Fenster gaben den Blick auf Wiesen, Felder und Äcker frei. Ein Teil des Zürichsees war zu erkennen und das gegenüberliegende Ufer mit den Seegemeinden rund um Meilen.

»Ein schönes Haus haben Sie da«, meinte Nora.

»Wir haben es vor zwanzig Jahren meiner Schwägerin abgekauft. Maximilian – mein Mann – liebte die Ruhe hier auf dem Land. Sie entschädigte ihn für all den Stress im Geschäft.« Antje Kowalski wies auf einen Stuhl. »Bitte.«

Nora setzte sich.

»Was haben Sie für Fragen? Ich dachte, Maximilians Tod sei geklärt. So unerträglich das Ganze für mich ist …« Sie schluchzte kurz auf, fasste sich dann wieder und nahm ebenfalls Platz. »… so war es doch eindeutig ein Unfall.«

»Leider nicht«, sagte Nora.

»Was soll das heißen?« Antje Kowalski griff nach dem leeren Aschenbecher, der auf dem Tisch stand, und drehte ihn nervös in den Händen.

»Es bestehen Zweifel über den Tathergang.«

»Tathergang? Wie bitte?« Ein erschreckter Ausdruck trat in ihre Augen. »Die Polizei hat die … die Sache doch zu den Akten gelegt.«

»Darum bin ich hier. Es gibt Indizien, dass Ihr Mann möglicherweise einem Verbrechen zum Opfer gefallen ist. So ungern ich Ihnen das mitteile.«

»Was? Umgebracht? Aber …« Sie nickte entschlossen, als hätte sie eine Erklärung gefunden. Sie stellte den Aschenbecher abrupt auf den Tisch zurück. »Dann müssen es rassistische Gründe gewesen sein.«

»Wieso glauben Sie das?«, fragte Nora.

»Das liegt doch auf der Hand. Weil wir Deutsche sind.« In ihrer Stimme lag eine Bitterkeit, die Nora erschreckte. »Uns mag niemand hier. Meinem Mann nahm man es übel, dass er Geschäftsführer einer erfolgreichen Firma war. ›Schon wieder ein Deutscher!‹, hieß es. ›Die nehmen uns die Jobs weg!‹ und ›Wie viele Deutsche erträgt die Schweiz?‹. Sie haben die Berichte sicher gelesen.«

»Es tut mir leid, dass Sie unter engstirnigen Leuten leiden mussten.«

»Nicht mussten – müssen! Das hört ja nicht auf!«, empörte sich Antje Kowalski. »Früher waren es die Italiener, dann die Tamilen und Jugoslawen, jetzt die Deutschen! Gegen wen wollt ihr als Nächstes sein?« Sie schaute Nora mit hochgerecktem Kinn an, Nora fühlte sich verpflichtet, etwas zu erwidern, doch bevor sie ein Wort herausbrachte, fuhr die andere fort: »So ein schönes Land, die Schweiz! Solch ein Reichtum, solch Fülle! Prächtige Landschaften, kaum Arbeitslose, höchster Lebensstandard. Doch irgendwie muss immer ein Feindbild her!«

Nora, die den lang aufgestauten Groll spürte, antwortete: »Ich denke ganz ähnlich wie Sie, Frau Kowalski, doch bezweifle ich, dass Ihr Mann aus diesen Gründen –«

»Aber sicher! Das war ein Neider! Auch ich finde hier im Dorf keinen Anschluss. Die Nachbarn schneiden mich, weil ich nach zwanzig Jahren immer noch Hochdeutsch spreche. Doch jedes Mal, wenn ich versuche, den Dialekt zu lernen, lacht man mich aus.«

»Hat Ihr Mann denn Drohungen bekommen?«

Sie schüttelte den Kopf, fast widerwillig. »Die Schweizer sagen so was nicht gerade heraus. Sie reden hintenherum. Forschen Sie mal bei Maximilians Konkurrenten, den anderen

Lagerhausfirmen, nach! Da herrscht ein knallharter Wettbewerb, das kann ich Ihnen sagen. Da geht es um Millionen. Wenn das kein Motiv für einen Mord ist!« Sie verschränkte die Arme vor der Brust und fragte: »Haben Sie denn Beweise für ein Verbrechen gefunden?«

Nora zögerte. »Einige.«

»Welche?«

Plötzlich waren aus dem oberen Stock Schritte zu hören. Der Parkettboden knackte, ein schleifendes Geräusch ertönte, dann war es wieder still.

»Haben Sie Besuch?«, fragte Nora, wohl wissend, dass es nicht ihre Angelegenheit war.

Das fand Antje Kowalski offenbar auch. »Das geht Sie eigentlich nichts an. Aber weil es kein Geheimnis ist: Ja, ich habe einen Gast. Meine Nichte wohnt für ein paar Tage bei mir und hilft mir in dieser schwierigen Phase.«

Nora erhob sich wieder. »Vielen Dank für das Gespräch, Frau Kowalski.«

»Sie gehen schon wieder? Aber … Sie wollten mir noch von Ihren Beweisen erzählen.«

»Ich möchte Ihnen nicht länger die Zeit stehlen. Sie haben mir sehr geholfen.«

»Ach ja?«, gab die andere ungläubig zurück. »Nun denn. Auf Wiedersehen, Frau Tabani.«

Nora verließ das Haus. Hinter ihr fiel die Tür ins Schloss.

Während sie durch den Garten ging, der mit Blumen, Gemüse und Kräutern bepflanzt war, dachte sie an zwei Dinge. Erstens, die Kowalski schien nicht besonders überrascht gewesen zu sein, dass ihr Mann vielleicht getötet worden war. Sie hatte zwar versucht, den Anschein von Erstaunen zu erwecken, aber Nora hatte etwas anderes gespürt. Und zweitens … da war noch was gewesen. Nora kam an einem frisch bepflanzten Salatbeet vorbei, dann wusste sie wieder, was sie stutzig gemacht hatte. »Frau Tabani« hatte die Kowalski zum

Abschied gesagt. Doch Nora hatte ihren Namen gar nicht genannt.

Sie warf einen Blick zurück zum Haus und sah, wie im oberen Stock ein Vorhang zurückgeschoben wurde. Nora konnte gerade noch das bleiche Gesicht einer jungen Frau erkennen, dann verschwand es wieder.

In der S-Bahn Richtung Zürich erklang die Schweizer Nationalhymne. Nora griff nach ihrem Handy. Sie war froh, dass Antje Kowalski den Handyklingelton nicht hörte. Bestimmt hätte sie Nora für ausländerfeindlich gehalten, dabei hatte sie die Melodie nur gewählt, weil niemand anders sie hatte. Zu oft war Nora früher gleichzeitig mit einem halben Dutzend Leute aufgesprungen, als irgendjemandes Mobiltelefon eine der verbreiteten Tonfolgen von sich gegeben hatte.

Nora nahm den Anruf entgegen.

»Frau Tabani!«, drang es vorwurfsvoll aus dem Gerät. »Sie wollten mich doch über die Fortschritte in Ihren Ermittlungen auf dem Laufenden halten.«

Mist – Elektro-Luigi! Um seinen Fall hatte sie sich in den letzten Tagen nicht kümmern können. Wenn sie ehrlich war, hatte sie die Sache mit den entwendeten Elektrogeräten zwischendurch komplett vergessen. Neben Mord schien Diebstahl nicht allzu dringlich. Doch sie durfte nicht nachlässig sein. Genau solche Aufträge sicherten auf Dauer ihr Einkommen.

»Wir arbeiten daran«, sagte sie. »Es ist nur noch eine Frage der Zeit, bis wir den Dieb haben.«

»Das will ich auch hoffen! Ich werfe doch nicht einen Haufen Geld für zwei Detektive hinaus, und dann kommt nichts dabei raus.«

»Sie wissen, wir berechnen Ihnen die Arbeitsstunden zu einem fairen Preis«, erinnerte ihn Nora. Er hatte ihr und Jan eine halbe Stunde lang vorgejammert, dass dieser heimtückische Räuber ihn um seine Einkünfte bringe und er deswegen nicht das reguläre Honorar für die Aufklärungsarbeit zahlen könne. Nora war ihm entgegengekommen, worauf er prompt versucht hatte, den Preis erneut zu drücken.

»Ja, ja, Sie haben ja recht«, lenkte er ein. »Ich wollte mich nur erkundigen, wie weit Sie sind.«

»Ich melde mich wie besprochen, sobald wir mehr wissen.«

»In Ordnung. Ich frage ja nur nach. Okay?«

»Okay.«

»Wirklich?«

»Wirklich, Luigi. Ich mach mich dahinter, versprochen.«

Kaum hatte sie das Gespräch beendet, dudelte wieder *Trittst im Morgenrot daher* aus Noras Tasche. Zwei ältere Herren, die im Zug saßen, schauten anerkennend zu ihr hinüber, als sie die patriotischen Töne erneut vernahmen. Der eine murmelte: »Endlich mal was Anständiges statt immer dieser Technorockpop.«

»Oder dieser Pönk«, fügte der andere mit sichtlichem Stolz über sein Fachwissen hinzu.

Nora meldete sich: »Hören Sie, Luigi …«

»Luigi? So nennst du mich jetzt schon?«, lachte Tamar am anderen Ende.

»Ach, du bists, Tami! Hast du Neuigkeiten?«

»Hab ich. Aber vielleicht nicht die, auf die du gehofft hast: Ich habe die Fingerabdrücke auf den Kugelschreibern, Feuerzeugen und was du mir sonst noch alles mitgebracht hast, ausgewertet. Sie stimmen in allen Fällen mit denjenigen der Personen überein, die du mir angegeben hast. Abgesehen davon, dass sich auch noch etliche andere Teil- und Ganzabdrücke auf den Gegenständen befanden. Das ist jedoch normal. Jeder leiht mal schnell den Stift seines Büronachbarn aus. Aber –«

»Ja?«

»Keine der Spuren führt zum Erpresserbrief.«

»Du meinst, auf dem Brief sind unbekannte Fingerabdrücke?«

»Nein, außer Jans Abdrücken, die ich für solche Fälle gespeichert habe, und Kowalskis, die du mir gegeben hast, waren keine anderen auf dem Papier. Dein Schreiber hat seine Spuren sorgfältig beseitigt.«

Gerhard Furrer hatte den Gang 2 fertig gewischt und machte eine Pause. Er setzte sich auf eine Holzkiste neben dem Sicherungskasten. Es war Zeit für eine Zigarette, aber er hatte keine Lust, den Weg hinauf zur Terrasse auf sich zu nehmen. Er schaute sich um, horchte in die Stille, und als er kein Geräusch vernahm, zündete er sich eine an. Der Rauch erreichte von hier aus den nächsten Feuermelder nicht, das wusste er.

Gerhard mochte seine Arbeit. Er erledigte vieles, das eigentlich Aufgabe der Putztruppe war, aber es war ihm lieber so. Tim hatte Verständnis dafür, dass Gerhard nicht gern um Menschen herum war, und übernahm die Kundenkontakte für ihn. Tim war in Ordnung. Er sprach mit den Mietern, zeigte ihnen ihre neuen Räume, half beim Stapeln, Ein- und Ausladen, alles, was auch zu Gerhards Aufgaben gehört hätte, und ließ ihn, Gerhard, das machen, was er am besten konnte: aufräumen, Dinge versorgen, Böden wischen, kleine Sachen reparieren.

Er nahm einen tiefen Zug und stieß den Rauch aus. Aber diese Detektivin nervte ihn. Die schlich durch die Gänge, befragte die Leute und brachte Unruhe ins Haus. Gerhard hasste sie. Er konnte sich genau vorstellen, wie die anderen mit ihr über ihn sprachen. Er sei ein unheimlicher Eigenbrötler, sehe aus wie ein Geier mit seinem Buckel, nehme nie am Sozialleben teil. All das hatte er schon gehört. Sozialleben, das war auch so ein Wort. Oder noch schlimmer: Sozialkompetenz. Mit diesem neumodischen Kram konnte er nichts anfangen. Er wollte seine Ruhe, seine Arbeit und am Monatsende sein Geld. Fertig.

Gerhard drückte die Zigarette auf dem Boden aus und warf

den Stummel in den Papierkorb. Dann erhob er sich ächzend. Seine Bandscheiben schmerzten wieder, es wurde immer ärger. Er schlurfte zum Gang 3, warf zur Sicherheit noch mal einen Blick in alle Richtungen, obwohl er eigentlich wusste, dass er allein in der Lagerhalle war. Für so was hatte er einen sechsten Sinn. Er spürte die Anwesenheit von Fremden, noch bevor sie irgendein Geräusch verursachten.

Er nahm die Mastercard hervor und öffnete Lagerraum 17. Obwohl überall Videokameras angebracht waren, befand sich diese Stelle in einem toten Winkel, das hatte er schon lang herausgefunden. Er schlich in den Raum und schloss die Tür hinter sich. Die Mieterin der mittelgroßen Kabine, eine steinalte Frau, war seit Jahren nicht mehr hier gewesen. Sie lagerte Familienerbstücke und war schon, als sie sie hergebracht hatte, nicht mehr ganz dicht im Oberstübchen gewesen. Die konnte sich auf keinen Fall erinnern, was sie hier alles aufbewahrte.

Der Raum roch nach altem Stoff und Mottenkugeln. Staub wirbelte auf, als er eintrat. Furrer war die Kisten an der linken Wand bereits alle durchgegangen und hie und da fündig geworden. Jetzt begann er mit der rechten Seite. Er hob die oberste Schachtel vom Stapel, öffnete den Deckel und schaute erwartungsvoll hinein. Nur Kleider. Er stellte sie zur Seite und nahm die nächste. Die sah schon besser aus. Er wühlte sich durch eine Lage Tischdeckchen, gestickter Servietten und Taschentücher mit Monogrammen. Da ertastete er etwas Hartes. Er nahm eine elfenbeinverzierte Holzschatulle heraus und staunte nicht schlecht. Sie war voll mit Schmuck, einzelnen Goldstücken und Taschenuhren. Er ließ zwei Goldplättchen, eine wunderschön gearbeitete Uhr an einer Kette sowie Perlenohrringe in seine Hosentasche gleiten. Dann legte er die Stoffe wieder über die Schatulle, schloss den Deckel und wuchtete die Kiste zurück auf den Stapel.

In diesem Moment vernahm er ein Räuspern. Er blieb stocksteif stehen.

Was war nur mit seinem sechsten Sinn los? Warum hatte er nicht gemerkt, dass sich jemand in der Halle befand? Die alte Dame konnte es unmöglich sein, und andere Kunden bewegten sich jeweils so laut durch die Gänge, dass er sie schon von Weitem hörte. Es konnte sich also nur um jemanden aus dem Haus handeln. Tim? Das Geräusch wiederholte sich nicht. Vielleicht hatte er sich getäuscht. Er machte lautlos einige Schritte zur Tür, öffnete sie. Und zuckte zusammen.

Der Pseudo-Italo vom Empfang stand keine Handbreit von ihm entfernt und schaute ihn forschend an.

»Tag«, murmelte Gerhard verdattert.

»Was machst du denn hier drin?«, fragte Marco Benedetto.

Sarah Dobler kam von der Mittagspause zurück und erstarrte. Als sie auf ihren Schreibtisch schaute, wusste sie, dass etwas anders war. Zuerst war es nur ein vages Gefühl, dann bemerkte sie die Kleinigkeiten. Sie war ein ordentlicher und systematischer Mensch. Nicht so extrem wie Jan Berger, dessen Arbeitsweise sie in Kowalskis Büro erlebt und bewundert hatte, aber dennoch … Etwas stimmte nicht. Ihr Laptop war nicht ganz geschlossen. Sie berührte ihn. Er fühlte sich warm an. Aber sie war nicht ganz sicher, ob das von der Raumtemperatur kam. Und dann ihre Agenda. Die befand sich immer, jahraus, jahrein, neben dem Telefon. Jetzt war sie ein Stück weiter entfernt. Einer der Ordner lag verkehrt da.

Oder irrte sie sich? Der Stress der letzten Tage – anderthalb Wochen war es jetzt her seit Kowalskis Tod – hatte sie vielleicht mehr belastet, als sie sich eingestehen wollte.

Und dennoch spürte sie einen kalten Stich in ihr Herz fahren. Was, wenn wirklich jemand an ihrem Arbeitsplatz gewesen war? Was hatte er gesucht? Die Kolleginnen und Kollegen hatten sich noch nie allein in Sarahs Büro verirrt. Sie eilte aus dem Raum und fand Marco in eine Autozeitschrift vertieft.

Als er sie bemerkte, legte er die Illustrierte weg: »Was ist mit dir, cara mia? Du siehst aus, als sei dir gerade der Leibeigene begegnet.«

Sarah war nicht danach, ihn zu korrigieren. »War jemand in meinem Büro?«, fragte sie, bemüht, keine Panik in ihrer Stimme aufkommen zu lassen.

»Nicht, solange ich hier war.«

»Warst du zwischendurch weg?«

»In meiner Mittagspause hat mich Ruth vertreten. Wie immer. Wieso, was ist los?«

»Nichts«, sagte sie, »ist schon in Ordnung.«

Sie ging nach hinten und fragte Ruth Mäder, doch auch die versicherte ihr, niemanden in Sarahs Büro gesehen zu haben.

Sarah lief zurück. Sie starrte auf ihren Arbeitsplatz. Kein Zweifel. Irgendwer hatte in ihren Sachen gewühlt. Einem Impuls folgend, öffnete sie die oberste Schublade mit dem Schlüssel, den nur sie besaß. Die Dinge lagen durcheinander. Jemand hatte sich auch hier zu schaffen gemacht. Sie merkte, dass sie kaum mehr atmete. Voller Furcht bückte sie sich und schloss das Geheimfach unter der Schreibplatte auf, von dem niemand, wirklich niemand etwas ahnen konnte.

Wie von einem Schlag getroffen, prallte sie zurück, als sie merkte, dass auch hier jemand eingedrungen war. Nichts fehlte. Nichts war hinzugefügt. Die Fotos lagen noch hier, die Briefe waren vollzählig, die Geldscheine für den Notfall nicht angerührt. Nur die Ordnung war nicht mehr dieselbe.

10

Nora beendete die Notizen über ihren Besuch bei Antje Kowalski. Jan saß in seinem Büro und war dabei, Hintergrundinformationen über Kowalskis Konkurrenten zu suchen. Ab und zu war ein zufriedenes »Aha!« von ihm zu hören, gefolgt von Mausklicken, Surren des Druckers und Papierrascheln.

Der April zeigte sich von seiner schönsten Seite; jetzt, am Nachmittag, herrschten fast sommerliche Temperaturen. Von draußen waren Autohupen und Kindergeschrei zu hören, in regelmäßigen Abständen ächzte ein Tram vorbei. Nora versorgte ihr Heft. Jan würde die Augen verdrehen, wenn er sähe, dass sie ihre Überlegungen nicht in den Computer getippt, sondern von Hand geschrieben hatte.

Dass Kowalski von einem Geschäftspartner oder Rivalen getötet worden war, schien nicht so abwegig, wie sie zuerst gedacht hatte. Vielleicht wollte Antje Kowalski mit dieser Beschuldigung nur von sich selbst ablenken, immerhin war sie die Haupterbin. Sie wäre nicht die erste Ehefrau gewesen, die einen Auftragskiller auf ihren Mann angesetzt hätte. Doch was, wenn der Geschäftsinhaber einer anderen Lagerhausfirma dahintersteckte, womöglich gemeinsam mit einem der Store-&-Go-Mitarbeiter? Selbstverständlich waren Kowalskis Konkurrenten nicht zur Jubiläumsfeier eingeladen worden, wo sich eine optimale Gelegenheit für die Tat geboten hätte. Aber Furrer, Stark, Stalder, Wehr oder Benedetto konnten durchaus angeheuert worden sein. Auch die Frauen wollte Nora nicht ausschließen. Den Betrunkenen inmitten all der Aufregung über die Brüstung zu schubsen wäre auch für

Claudia Campanini oder Ruth Mäder kein Ding der Unmöglichkeit gewesen.

Benedettos Vergleich mit dem »Mord im Orient-Express« kam ihr wieder in den Sinn. Falls wirklich alle Angestellten unter einer Decke steckten, würde sie den Fall nie lösen können, da sie sich gegenseitig deckten. Allerdings hätte Sarah Dobler sie dann nicht beauftragt. Außer die Chefsekretärin wäre die Einzige, die nicht eingeweiht war. Doch diese Gedanken führten zu nichts, solange Nora nicht mehr Indizien hatte.

Sie seufzte und legte ihre Füße auf den Schreibtisch.

»Aha!«, murmelte Jan aus dem Nebenzimmer, dann trat er zu ihr und wedelte mit dem Ausdruck einer Webseite vor ihr herum. »Zwei große Lagerhausfirmen kommen infrage. Eine in Schwamendingen und eine in der Innenstadt.«

»Wie kommst du auf sie?«

Jan lehnte sich an den Türrahmen. »Zwar gibt es unzählige größere und kleinere Lager-, Aufbewahrungs- und Transportunternehmen in der Stadt. Doch die Geschäftsführer dieser beiden Firmen haben sich unabhängig voneinander innerhalb weniger Monate wegen einer möglichen Übernahme an Kowalski gewandt.«

Das klang vielversprechend. Nora setzte sich auf. »Wie hast du davon erfahren?«

»Lief alles per Mail.« Er holte zwei weitere Ausdrucke und legte sie vor Nora hin. »Siehst du? Das erste Angebot stammt vom vergangenen Oktober, das zweite kam drei Wochen später.«

»Wie hat Kowalski darauf reagiert?«

»Gar nicht«, sagte Jan. »Das ist ja das Seltsame. Entweder hat er seine Antwortbriefe gelöscht, was ihm aber nicht ähnlich sieht, bei all dem unwichtigen Zeug, das er aufbewahrt hat …«

»Oder?«

»… er hat die Anfragen einfach offen gelassen. Gehört nicht zum guten Geschäftston, kommt aber immer wieder vor.«

»Was schließt du daraus?«

Jan zuckte die Schultern. »Keine Ahnung. Vielleicht bedeutet es nichts, aber ich werde dranbleiben.«

»Tu das.«

In diesem Moment klingelte das Telefon. Nora nahm ab und erkannte die Stimme zuerst gar nicht, so aufgeregt klang sie.

»Frau Tabani?«, keuchte es in den Hörer. »Ich bins, Sarah Dobler. Ich bin in Gefahr! Wir müssen uns treffen.«

»Was ist passiert?«

»Nicht am Telefon. Ich traue niemandem mehr in unserer Firma.«

Eine halbe Stunde später saßen sie im Café Storchen an einem runden Bistrotischchen am Wasser.

»Jemand ist hinter mir her«, sagte Sarah Dobler. Sie sprach leise, als befänden sich überall Lauscher. »Irgendwer hat sich an meinen Sachen zu schaffen gemacht.«

»An welchen Sachen?«, fragte Nora.

»An meinem Schreibtisch. Den Schubladen. Sogar dem Geheimfach. Jemand hat etwas gesucht, da bin ich sicher.« Sie schob sich unruhig eine Haarsträhne aus dem Gesicht.

Eine Gruppe Kanufahrer paddelte am Café vorbei. Zwei Schwäne stoben davon.

»Ist etwas gestohlen worden?«, wollte Nora wissen.

»Nein. Das erschreckt mich ja so. Das Geld war noch da. Aber nichts befand sich mehr am richtigen Ort. Es war nicht auffällig, ich habe es nur an Kleinigkeiten gemerkt. Wer immer das gewesen ist, es ging ihm nicht um Wertsachen.«

»Sind Sie ganz sicher, dass Sie die Dinge nicht selber verlegt haben?«

»Hundertprozentig. Das war jemand, der auf der Suche nach etwas Bestimmtem war. Aber niemand kennt das Geheimfach meines Schreibtisches, das weiß ich ganz genau.«

»Nun, ein Mensch kennt es jetzt.«

Die andere erschauerte.

»Vielleicht geht ein Dieb in Ihrer Firma um«, meinte Nora. »Das wäre zwar unangenehm, aber keine wirkliche Bedrohung. Wieso glauben Sie, dass jemand hinter Ihnen her ist?«

Dobler schüttelte heftig den Kopf. »Das ist kein Dieb, sondern etwas Böses! Ich weiß, das klingt seltsam. Aber es fühlt sich so an. Es hat mit Kowalskis Tod zu tun.«

Nora schaute sie aufmerksam an.

»Irgendetwas hat er gesucht …«, fuhr Dobler verzweifelt fort. »Aber es gibt bei mir gar nichts zu holen! Außer Geld. Und ausgerechnet das ist noch da. Ich habe etwas über fünftausend Franken in meinem Geheimfach versteckt. Nach der Finanzkrise wusste ich nicht mehr, welche Bank noch sicher war, und dachte, ein Notvorrat an Bargeld sei eine vernünftige Sache.«

Eine Weile sagte sie nichts, dann schien sie sich etwas beruhigt zu haben. »Bitte entschuldigen Sie. Ich wollte keinen solchen Aufruhr veranstalten, aber … als ich die durchwühlten Schubladen sah, war ich so sicher, dass ich die Nächste sein würde.«

»Die Nächste?«

Sie zögerte, dann sagte sie leise: »Tote.«

»Ich verstehe Ihre Sorge«, meinte Nora. »Angesichts dessen, was Sie an der Jubiläumsparty erlebt haben. Auch wenn es wahrscheinlich eine ganz andere Erklärung gibt. Was wir tun können, ist Folgendes: Sie kontrollieren Ihre Sachen noch mal genau, schauen, ob nicht doch etwas gestohlen worden ist. Sie machen eine Liste mit Ihren Gegenständen, die Sie aufbewahren. Falls etwas verschwunden ist, gibt uns das einen Hinweis darauf, was der Dieb gesucht hat.«

»In Ordnung. Tut mir leid. Vielleicht habe ich überreagiert.«

»Kein Problem«, gab Nora zurück. »Ich weiß nicht, wie ich in Ihrer Situation handeln würde.«

Dann erzählte Nora vom Erpresserbrief mit den fehlenden Fingerabdrücken und von Kowalskis möglicher Bestellung oder Lagerung von über 500 Pistolen.

»Kowalski? Waffen?«, stieß Dobler aus. »Das hätte ich nie von ihm gedacht! Ob derjenige, der mein Pult durchstöberte, damit in Zusammenhang steht?«

»Möglicherweise besitzen Sie etwas, ohne dass Ihnen bewusst ist, wie brisant es ist, und er wollte das zum Verschwinden bringen. Oder Sie wissen etwas.«

Sarah überlegte lang. Dann meinte sie: »Ja. Vielleicht stellt mein Wissen für Kowalskis Mörder eine Gefahr dar.«

»Hatten Sie Einblick in Kowalskis Privatleben?«

»Nur in harmlose Dinge.«

»Irgendwelche Leute, die ihn besuchten?«

»Natürlich, viele. Aber die meisten kannte ich und habe die Treffen selbst arrangiert. Andere waren Geschäftspartner, von denen ich nicht glaube, dass sie in dubiose Angelegenheiten verwickelt sind.«

Eine Sirene heulte in der Ferne auf und näherte sich rasch. Dann brausten zwei Polizeiautos den Limmatquai Richtung Bellevue hinauf. Der Lärm war ohrenbetäubend. Die Gäste erschraken und starrten den Fahrzeugen hinterher.

Nora schwieg, bis der schrille Ton verklungen war, dann fragte sie: »Gab es Gespräche über eine mögliche Fusion oder einen Verkauf von Store & Go?«

»Wenn, dann habe ich nichts davon erfahren«, antwortete Sarah Dobler. »Die Firma läuft gut, ich sähe keinen Grund. Jedenfalls …« Sie fuhr leicht ironisch fort, »glauben Sie mir jetzt, dass Kowalski umgebracht wurde?«

»Ja, ich halte es für wahrscheinlich«, sagte Nora.

»Denken Sie, ein Betriebsausflug wäre in dieser Situation eine gute Idee?«

Der abrupte Themenwechsel irritierte Nora etwas. »Wie meinen Sie das?«

»Wir unternehmen zweimal pro Jahr einen gemeinsamen Ausflug, immer im April und im Oktober. Der Frühlingsausflug dieses Jahres ist seit Langem geplant. Da er so nah am 20-Jahr-Jubiläum liegt, wollte Kowalski ihn zuerst sausen lassen, entschied sich dann aber anders. Es kommt mir nicht richtig vor, ohne ihn die geplante Schifffahrt durchzuführen. Andererseits ...«

»Ja?«

»... könnte es dem Arbeitsklima auch guttun.«

»Hat es sich denn verschlechtert?«, wollte Nora wissen.

»Es kommt mir so vor. Marco Benedetto macht die ganze Zeit Witze, alle steckten mit der Mafia unter einer Decke. Gerhard Furrer lässt sich überhaupt nicht mehr blicken. Cedric Stark ist seit Kowalskis Tod noch unangenehmer geworden, und Tim Stalder scheint mir auch misstrauischer. Die einen glauben, dass Sie eine Versicherungsdetektivin sind, die wegen einer finanziellen Abklärung Kowalskis Tod untersucht. Den anderen ist klar, dass sie zu den Verdächtigen gehören. Das Wort Auftragskiller geistert durch unsere Räume.«

»Das ist nicht so abwegig. Aber alles in allem wüsste ich nicht, was gegen einen Betriebsausflug sprechen sollte. Kann sein, dass es die Situation tatsächlich entspannt.« Nora nahm eine Karte hervor und schrieb ihre und Jans Handynummer drauf. »Hier. Melden Sie sich, wenn Ihnen etwas auffällt. Oder wenn Sie sich ängstigen. Sie können jederzeit anrufen.«

Drei Japaner setzten sich neben sie und begannen lautstark zu reden. Als Nora zu ihnen hinübersah, lächelten sie ihr zu und zeigten hingerissen auf das Grossmünster, als hätte Nora es noch nie gesehen.

Sarah Dobler steckte die Karte ein. »Danke. Ich bin froh darüber.«

An einem Freitagmorgen Mitte April stand Jan vor der großen Pinnwand und steckte die Karteikärtchen um. Auf den gelben standen die Namen der Verdächtigen, auf den weißen mögliche Tathergänge, Motive und Alibis. Die roten waren für offene Fragen. Nora zuliebe wandte er diese prähistorische Methode an, er selbst hätte eine Computergrafik bevorzugt. Kürzlich hatte sie im halben Büro rote Fäden gespannt, wie ein riesiges Spinnennetz sah es aus. An jedem Ende stand ein Name. Das helfe ihr, die Verbindungen der einzelnen Beteiligten besser zu überblicken, hatte sie gesagt. Nächstens würde sie die Namen der Verdächtigen mit einem Faustkeil in einen Felsen ritzen. Aber er musste zugeben, dass dieses Karteikartensystem recht übersichtlich war.

Die nächste Woche verging ohne sichtlichen Fortschritt. Jan und Nora fanden einige Geschäftsleute, die von Kowalskis Tod profitiert hatten. Sie führten Gespräche mit ihnen, wurden ausgelacht, wütend aus Sitzungszimmern geworfen, es wurde ihnen mit Anwälten gedroht. Nichts. Keiner, der sich auffällig verhalten hätte, niemand, der bereits früher mit dem Gesetz in Konflikt geraten wäre. Mike konnte ihnen nicht weiterhelfen, da er davon ausging, dass sie ihre Zeit damit verschwendeten, einem Phantom hinterherzujagen. Außerdem steckte er bis über beide Ohren in Arbeit wegen eines häuslichen Verbrechens, bei dem ein Familienvater seine Kinder und seine Frau getötet hatte. Nora hatte ihrem ehemaligen Kollegen die Mail gezeigt, von der sie vermutete, sie habe mit dem Waffenhandel zu tun, doch er hatte abgewinkt. Nur weil jemand Walther mit th schreibe, habe das noch nichts zu bedeuten. Im Übrigen sei er nicht zuständig für so was, er werde es einer anderen Abteilung weiterleiten und sich dann wieder bei ihr melden. Doch sie hatte nichts mehr von ihm gehört.

Jan pinnte eine weitere Karte an die Wand. In der Gruppe »Verdächtige« standen der Waffenlieferant Emmanuel Zacharias, dessen Mail er entdeckt hatte, Cedric Stark, Antje Kowalski sowie die Geschäftspartner, die Nora und er noch nicht überprüft hatten. In der zweiten Reihe waren alle anderen Mitarbeiter von Store & Go.

Die offenen Fragen lauteten:

Wurde Kowalski tatsächlich ermordet?

Hat Kowalskis Tod etwas mit Waffenhandel zu tun?

Von wem stammt der Erpresserbrief?

Hat Kowalski das Schweigegeld gezahlt?

Wer ist der Waffenlieferant Emmanuel Zacharias?

Sind Kowalskis sexuelle Belästigungen ein Mordmotiv?

Warum haben die ehemaligen Chefsekretärinnen ihre Klagen zurückgezogen?

Hat jemand etwas bei Sarah Dobler gesucht, und wenn ja, was?

Jan starrte eine Weile auf die Karten, dann kochte er sich einen ayurvedischen Kapha-Tee und setzte sich wieder an den Bildschirm. Es war Zeit für elektronische Nachforschungen.

Als Erstes begab er sich auf die Fährte von Emmanuel Zacharias. Nach einer Weile hatte er herausgefunden, dass die Mail-Adresse emmanuel.zacharias@gmx.ch vor einem halben Jahr eingerichtet worden war und das Account nur aus dieser einen Nachricht bestand, dem Erpresserbrief an Kowalski. Entweder löschte Zacharias seine Mails jeweils nach dem Abschicken, oder er benutzte für jeden seiner Kontakte eine neue Mail-Adresse.

Jan versuchte es aufs Geratewohl mit emmanuel.zacharias@hotmail.com. Bingo! Wieder ein Konto des Waffenhändlers. Keine Mails waren im Posteingang, keine unter den gesendeten, gelöschten oder gespeicherten Nachrichten. Doch Jan kriegte heraus, dass das Konto vor zwei Monaten zum letzten Mal aktiviert worden war.

Er gab emmanuel.zacharias@bluewin.ch ein – Treffer! Dann versuchte er es bei Bluemail, Freemail, Swissonline, Yahoo und anderen Anbietern und erhielt jedes Mal ein positives Resultat. Dieser Zacharias hatte eine ganze Reihe von Mail-Adressen, obwohl niemand im ganzen Land so hieß. Das bedeutete, er arbeitete profimäßig als Waffenschieber oder zumindest als Zwischenhändler, hatte diverse Kunden und für jeden von ihnen eine eigene Adresse.

Halt, ermahnte sich Jan, keine falschen Rückschlüsse. Es konnte auch sein, dass Zacharias ein einmaliger Coup mit Kowalski gelungen war, er aber für jede Kontaktaufnahme zu ihm einen anderen Anbieter benutzt hatte. Doch ob Profi oder Amateur, Kowalski war auf den Deal eingestiegen, hatte die Waffen bestellt, gelagert und möglicherweise weiterverkauft. Und jemand hatte es gewusst und ihn erpresst. Vermutlich jemand von der Firma. Waren die 520 Walther PPK noch immer irgendwo in einem Lagerraum untergebracht? Dies herauszufinden, würde später die Arbeit der Polizei sein. Jan wusste nicht, an welchen Kollegen Mike die Sache weitergeleitet hatte, doch Nora und er hatten nicht die Aufgabe, einen Waffenhändler auffliegen zu lassen, sondern Kowalskis Mörder zu finden. Falls es sich dabei um die gleiche Person handelte, umso besser, aber sicher war es nicht.

Jan trank den letzten Schluck und machte eine kleine Pause. Obwohl er es sich verboten hatte, ging er ins Badezimmer und stellte sich vor den Spiegel. Er hob das T-Shirt an, zog den Bauch ein und betrachtete sich von der Seite. Es ließ sich nicht wegdiskutieren, die Schwabbelringe um seine Mitte hatten zugenommen. Trotz Kapha-Tee. Monika nannte ihn jedes Mal »mein kleiner Bär«, wenn sie über seine Leibesfülle fuhr, was ihm anfangs etwas peinlich gewesen war, doch das musste ja niemand erfahren. Und sie versicherte ihm immer wieder, dass er so, wie er war, genau richtig sei. Ihr Vater, ein sympathischer Kerl, war übergewichtig, ihr Bruder auch, und sie, so erzählte sie ihm lachend, sei genetisch darauf programmiert, Männer mit »etwas mehr drumrum« anziehend zu finden. Dennoch … Jan drehte sich auf die andere Seite. Nora hatte recht. Er würde in den nächsten Tagen wieder im Fitnessstudio trainieren. Bis es so weit war, konnte er es sich aber noch gut gehen lassen. In der Küche bestrich er sich zwei Vollkornbrote mit Nutella und setzte sich wieder vor den Bildschirm.

Er klickte sich durch diverse Seiten, fand bei den offiziellen Mail-Anbietern Links, die zu weiteren, schon etwas zwielichtigeren Links führten, und landete schließlich auf einer illegalen Seite. Der Anbieter versprach, schwer auffindbare IP-Adressen ausfindig zu machen. Er tippte die gmx-Adresse von Zacharias ein, spürte den Provider auf und klickte sich durch gesicherte Seiten, bis er auf die Adresse des Endusers stieß: Es war ein Basler Internetcafé namens »Interpointclub« in der Sempacherstrasse. Mist! Der Waffenhändler schrieb seine Botschaften von einem öffentlichen Ort aus. So war er vor jeder Nachforschung sicher. Tausende von Usern gingen dort jährlich ein und aus. Es musste nicht einmal ein Basler sein, es konnte sich auch um einen Zürcher handeln, der, um seine Spuren zu verwischen, zum Mailversenden nach Basel fuhr. Also wieder eine Sackgasse.

Jan setzte seine Recherchen fort. Er klickte sich durch die Bewerbungsunterlagen und Lebensläufe der Store-&-Go-Mitarbeiter. Bald fand er heraus, dass Claudia Campanini Jazztanz-Kurse besuchte und unter chronischem Geldmangel litt. Ruth Mäder sang in einem Gospelchor. Roland Wehr war in seiner Jugend der schnellste Schwimmer seines Jahrgangs gewesen. Zwei türkische Cousins, die im Umzugsteam im U2 arbeiteten, waren öfter in Schlägereien verwickelt. Auf einer der Reinigungsfrauen aus Serbien hatte der Verdacht gelastet, sie sei eine Scheinehe mit einem Schweizer eingegangen, doch die Untersuchung war im Sand verlaufen. Marco Benedetto hatte ein uneheliches Kind und war mit den Alimenten chronisch im Rückstand. Hässliche Briefe seiner Exfreundin, von deren Anwältin und seinem Anwalt flogen seit Monaten hin und her.

Doch all das waren normale menschliche Angelegenheiten, die ihn nicht weiterbrachten. Er loggte sich in neue Seiten ein, dann hatte er gefunden, wonach er Ausschau hielt: Einer der Mitarbeiter war kein unbeschriebenes Blatt. Es war zwar schon lang her, doch es enthüllte vielleicht etwas über seinen Charakter. Jemand, der so was tat, war möglicherweise auch zu einem Mord fähig: Tim Stalder, der ruhige, nette Mann vom Untergeschoss, hatte im Alter von 19 Jahren einen bewaffneten Raubüberfall auf eine Tankstelle verübt. Mit von der Partie gewesen waren zwei Kollegen. Verletzt hatten sie niemanden, und ihre Beute betrug nur ein paar Hundert Franken. Alle drei kamen mangels Vorstrafen und aufgrund ihres jugendlichen Alters mit einer bedingten Strafe davon. Was Jan jedoch elektrisierte, war die Beschreibung der Tatwaffe. Es war eine Walther PPK, Kaliber 22.

Nora war in ihrer Mansarde und fütterte ihr Chamäleon, bevor sie sich auf die Suche nach Kowalskis ehemaligen Chefsekretärinnen machte. Sie wechselte das Trinkwasser im Terrarium und gurrte ein paar liebevolle Worte in Gregors Richtung. Als wie immer keine Reaktion ihres Chamäleons erfolgte, murmelte sie: »Sorry, mehr krieg ich nicht hin, ich kann nicht Reptilisch.« Auch darauf ging Gregor nicht ein. Nora zuckte die Schultern, murmelte: »Humorloser Kerl« und ging aus dem Haus.

Es regnete Bindfäden. Die frühlingshafte Wärme der letzten Woche war verschwunden. Fontänen spritzten von den Autorädern auf die Trottoirs. Die Leute eilten mit eingezogenen Köpfen vorüber. Nora lief zurück in ihre Wohnung, packte ihren Schirm und machte sich auf den Weg nach Wollishofen, wo eine der ehemaligen Sekretärinnen von Store & Go wohnte.

Eine halbe Stunde später klingelte sie klatschnass an der Tür eines biederen Mehrfamilienhauses. Der Schirm hatte nicht viel genützt. Die Haare klebten ihr an der Stirn, und ihre Schuhe konnte sie sowieso vergessen, die hatten sich mehr oder weniger verflüssigt.

Ein Junge mit akneübersätem Gesicht öffnete.

Sie zeigte ihm ihren Detektivinnenausweis und fragte nach seiner Mutter.

»Die ist vor drei Monaten gestorben«, antwortete er.

Nora war betroffen und schaffte es gerade noch zu murmeln: »Woran?«

»An Krebs.«

»Entschuldige«, sagte sie.

»Wieso?«, gab er ausdruckslos zurück. »Sie sind ja nicht schuld.« Dann schloss er die Tür wieder und drehte den Schlüssel um.

Nora fuhr weiter nach Wipkingen, wo die zweite Sekretärin lebte. Hoffte sie zumindest. In einem Innenhof fand sie die Genossenschaftswohnung und läutete bei »Hofer«.

Eine blonde Frau öffnete und fragte mit skeptischem Blick: »Zeugen Jehovas?«

»Gott behüte!«, entfuhr es Nora.

Die andere lächelte. »Ja, dann – worum gehts?«

Nora stellte sich vor und fuhr fort: »Sind Sie Betty Hofer, und haben Sie vor vier Jahren in der Firma Store & Go gearbeitet?«

Das Gesicht von Frau Hofer verdüsterte sich. »Ja?«

»Es geht um Maximilian Kowalski.«

Pause. Dann ein lang gezogenes »Ja«.

»Sie haben eine Klage eingereicht und sie später wieder zurückge –«

»Die Sache ist abgeschlossen«, sagte die andere und wollte die Tür schließen.

Nora stellte einen Fuß in den Spalt. »Kowalski ist tot.«

»Wie bitte?«

»Er starb vor zwei Wochen.«

Betty Hofer hielt die Türklinke unschlüssig in der Hand. »Sie werden von mir nicht hören, dass mir das leidtut.«

»Das erwarte ich auch nicht«, sagte Nora. »Aber ich wäre froh, wenn ich Ihnen ein paar Fragen stellen dürfte. Ich ermittle in diesem Fall.«

»Ermitteln? Was ist denn passiert?«

»Es kann sein, dass ein Tötungsdelikt vorliegt.«

Frau Hofer stieß ein schadenfreudiges Lachen aus. »Geschähe ihm recht. Was wollen Sie hören? Wem ich einen Mord zutraue? Kowalski hatte so viele Feinde, da käme jeder infrage.«

»Nein, mich würde interessieren, was damals mit Ihnen passiert ist.«

»Darüber möchte ich nicht mehr reden«, antwortete sie, ließ die Türklinke los und verschränkte die Arme. »Es war widerlich.«

Nora zeigte Verständnis, versuchte es aber trotzdem noch mal. »Sie würden mir sehr helfen, wenn Sie mir Auskunft geben könnten.«

»Wieso?«, fragte sie. »Damit Kowalskis Mörder gefasst wird? Dem gönne ich seine Freiheit von Herzen.«

»Hören Sie, wir leben in einem Rechtsstaat. Auch wenn Ihr früherer Chef ein unangenehmer Mensch war, hat niemand das Recht, ihn einfach umzubringen.«

»Ja, natürlich«, meinte Betty Hofer widerwillig. »Aber lassen Sie mir doch die kleine Befriedigung.«

»Die lass ich Ihnen gern. Nur sagen Sie mir: Weshalb haben Sie und Ihre Vorgängerin damals Ihre Klagen zurückgezogen?«

Die andere wand sich sichtlich, dann rang sie sich zu einer Antwort durch: »Die Chefsekretärin vor mir machte, als sie mich in meinen neuen Job einarbeitete, merkwürdige Andeutungen. Ich spürte, dass die Stimmung am Boden war. Sobald ich den Posten übernommen hatte, begann Kowalski, mich zuerst anzüglich anzublicken, dann zu begrapschen. Bald musste ich mich täglich gegen seine schmierigen Angebote wehren. Und eines Abends, nachdem ich Überstunden gemacht hatte, wurde er handgreiflich.« Sie holte tief Luft, schloss kurz die Augen.

Nora wartete.

»Er hatte getrunken. Er drückte mich an die Wand und fuhr mir unters Kleid. Ich rief, er solle aufhören. Doch er wurde noch gröber. Ich geriet in Panik. Da kam einer der Mitarbeiter dazu und half mir aus der Situation. Kowalski spielte das Ganze als Büroaffäre herunter, aber mein Kollege merkte, was wirklich vorgefallen war. Als ich Anzeige bei der Polizei erstattete, stärkte er mir den Rücken. Doch es kam nie zu einer Anklage.«

»Weshalb nicht?«

Betty Hofer wich Noras Blick aus. »Ich erfuhr, dass es meiner Vorgängerin genau gleich ergangen war. Kowalski hatte ihr viel Geld geboten, wenn sie schwieg. Bei mir hat er dasselbe getan.«

»Und Sie haben das Geld genommen«, sagte Nora.

»Ja, ich habe das Geld genommen. Ich bin nicht stolz darauf. Aber ich brauchte es damals dringend.«

»Wie viel hat er Ihnen geboten?«

»Viel.« Frau Hofer seufzte. »Bald darauf habe ich gekündigt.« Dann sah sie Nora angriffig an. »Okay, ich habe mich kaufen lassen, aber ist das ein Verbrechen? Muss ich mich jetzt dafür schämen?«

Nora zuckte die Schultern. »Das müssen Sie mit sich selbst ausmachen, Frau Hofer. Vielleicht hat Ihnen das Geld damals geholfen. Doch möglicherweise hätte Ihnen die Gerechtigkeit mehr geholfen.«

Die andere schwieg.

»Jedenfalls danke ich Ihnen sehr für Ihre Offenheit. Ach, übrigens … wer war der Mitarbeiter, der Sie damals unterstützt hat?«

»Tim Stalder«, sagte sie.

11

Sie hätten sich keinen schöneren Tag für den Betriebsausflug aussuchen können. Es war wieder so warm geworden, dass bereits die ersten Sonnenhungrigen in Badehosen am Seeufer lagen. Das kleine Partyschiff mit dem unpassenden Namen Mykonos, das Sarah gemietet hatte, tuckerte langsam am Tiefenbrunnen ein. Es würde die ganze Store-&-Go-Belegschaft bis ans andere Ende des Sees bringen, wo man im Schwanen in Rapperswil zusammen das Abendessen einnehmen und dann mit dem Zug zurückfahren würde. Es war Mittag, alle warteten am Pier. Sarah stellte erleichtert fest, dass die Stimmung gut war. Die Frauen plauderten miteinander, die Umzugsmänner scherzten, sogar Cedric Stark schien die Abwechslung zu genießen. Es war richtig gewesen, den Ausflug trotz Kowalskis Tod durchzuführen.

Die Mykonos legte an der Station an, der Kapitän schlang das Tau um den Holzpflock. »Bitte einsteigen, die Herrschaften!«, rief er. Er trug eine Mütze mit einem Anker und eine blauweiße Uniform, von der Sarah nicht wusste, ob sie echt oder nur Verkleidung war.

Claudia stöckelte über den Steg, Marco begleitete sie galant. Die Wellen klatschten ans Schiff, es roch nach Motorenöl. Ein Schwarm Möwen umflog die Gruppe, eine schiss Roland auf die Schulter, was der lachend mit »Das fängt ja gut an!« quittierte. Als Letzte ging Sarah an Bord. Der Kapitän löste die Leinen und fuhr los.

»Ich fühle mich wie auf einem Schulausflug!«, sagte Tim, und Sarah ging es genauso.

Im Inneren war eine reichhaltige Tafel gedeckt. Zwei junge Frauen des Catering-Services mit klassischen Schürzchen und Häubchen servierten Prosecco und Teigtäschchen zum Apéro. Man entfernte sich vom Ufer, schwatzte, bestaunte die Villen und Bootshäuschen der Reichen, die sich, je länger sie an der Goldküste entlangfuhren, desto üppiger ausnahmen.

»Das hätt ich gern!«, rief Claudia und zeigte auf ein Jugendstilhäuschen am Wasser, bei dem ein schnittiges Motorboot aus dem Tor fuhr.

»Ach, bei den Bonzen ist auch nicht alles Gold, was leuchtet!«, sagte Marco. »Was glänzt«, korrigierte Tim, doch Marco verstand nicht, was er meinte.

Roland hatte bereits den dritten Prosecco gekippt, Gerhard Furrer betrachtete die Mechanik im Steuerhaus. Zwei Männer des Umzugsteams redeten in atemberaubender Geschwindigkeit auf Spanisch. Ein laues Lüftchen fuhr Sarah durch die Haare. Sie merkte, dass sich ein Lächeln auf ihren Lippen ausbreitete. Die Tragödie der letzten zwei Wochen kam ihr weit weg vor, das Misstrauen ihrer Kollegen war vergessen. Vielleicht war Kowalski tatsächlich bloß unglücklich gestürzt, und sie, Sarah, hatte sich in Ängste hineingesteigert, die keinen realen Grund hatten. Aber das durchwühlte Geheimfach? Die Waffenlieferung und der Erpresserbrief, von denen Nora Tabani erzählt hatte? Doch am heutigen Tag, der sich so wohltuend von ihrem Alltag abhob, wollte sie keine negativen Gefühle aufkommen lassen.

»Du genießt es, nicht wahr?« Tim war zu ihr getreten und hielt ihr einen Teller Erdnüsse hin.

Sie nahm ein paar: »Merkt man mir das so an?«

»Ich seh dich zum ersten Mal wieder ohne Sorgenfalten.«

Sie kamen an Küsnacht vorbei, dann an Erlenbach und Herrliberg. Nach Meilen kreuzten sie die Fähre von Horgen. Die Gespräche wurden angeregter, alle bedienten sich am Büfett, man trank und genoss den Frühlingstag.

Roland Wehr lachte laut auf. Dann rief er übers Deck, er wolle tanzen, wo bitte eine holde Jungfrau auf einen Prinzen wie ihn warte. Die anderen spornten ihn anfangs noch an. Doch nach einer Weile begann er, sich merkwürdig zu benehmen. Er bewegte sich zu einem unhörbaren Takt, wurde ausfällig und machte anzügliche Sprüche. Seine Sprache wurde undeutlich, und sein Gesicht rötete sich. Auf einmal fühlte sich Sarah an das Jubiläumsfest erinnert. Roland brach in irres Gelächter aus, riss die Portugiesin an sich und schleuderte sie im Rhythmus seiner inneren Melodie hin und her, sodass sie stürzte. Die junge Frau rappelte sich erschreckt auf und rettete sich zu ihrer Kollegin.

Sarah war alarmiert. Roland schien die Kontrolle über sich verloren zu haben.

»Komm wieder runter«, versuchte Tim ihn zu beruhigen, doch Roland prostete ihm mit dem Prosecco zu, die Wangen feuerrot, den Blick unstet. Dann stürzte er das Getränk in einem Zug hinunter. Tim nahm ihm das Glas aus der Hand und stellte es auf eine Bank.

»Nachschub!«, brüllte Roland und wankte zum Tisch, auf dem die Flaschen standen.

»Geben Sie ihm nichts mehr«, flüsterte Tim zur Catering-Bedienung, doch Roland packte eine Flasche und trank direkt daraus.

»Hör auf, Roland!«, rief Tim. »Du machst dich völlig lächerlich.«

Roland klatschte ihm eins auf die Nase. Tim blieb irritiert stehen und schaute Sarah an. »Was ist nur los mit ihm?«

Claudia verdrehte die Augen. »Nicht schon wieder. Das hatten wir doch alles schon mal vor zwei Wochen. Könnt ihr Männer eigentlich nicht mit Alkohol umgehen?«

»Aber cara mia«, warf Marco ein, »schmeiß uns nicht alle in eine Schale.«

»In einen Topf!«, sagte Tim mit Nachdruck.

Cedric Stark starrte voller Verachtung auf Roland. Dieser verlor das Gleichgewicht, hielt sich an den Tischen und Bänken fest und begann zu würgen.

»Ihm gehts wirklich nicht gut«, sagte Tim. Zusammen mit Marco versuchte er, Roland zu beruhigen, doch dieser entwickelte Bärenkräfte. Er stieß die helfenden Hände zurück, taumelte zur Reling und rief: »Lasst mich in meine Freiheit fliegen!«

Sarah erstarrte. Das waren beinahe Kowalskis Worte gewesen. »Roland!«, rief sie lauter als erwartet. »Komm sofort da weg!«

»Du befiehlst mir, meine Süße?«, lallte er und schüttelte die herangeeilten Kollegen ab. »Ich fliege! Rein in die Freiheit! Rein ins –« Er kletterte auf die Brüstung – »... Vergnügen!«

»Zurück!«, schrie Tim und griff nach ihm.

Stark hob eine Augenbraue und schüttelte den Kopf. Ruth Mäder hielt sich erschrocken die Hand vor den Mund. Sarah lief auf Roland zu. Marco packte ihn. Doch es war zu spät.

Roland knallte Marco die Faust ins Gesicht und sprang über Bord.

»Mein Gott!«, schrie Tim.

Jemand rief nach dem Kapitän. Der drosselte den Motor. Eine Dieselwolke des sich verlangsamenden Schiffs quoll über die Köpfe. Es knatterte. Claudia hustete. Eine Frau stieß aus: »So tut doch endlich etwas!«

Sarah handelte als Erste. Ohne zu überlegen, warf sie sich Roland hinterher in die Wellen. Das Wasser war so kalt, dass es ihr den Atem verschlug. Roland platschte vor ihr mit den Händen auf dem Wasser herum. »Wo sind meine Flügel!«, schrie er und schluchzte. »Sarah, hilf mir! Sie haben mir die Flügel gestutzt! Bitte!« Er sah sie an, voller Panik, voller Verwirrung, schlug um sich, prustete und schluckte Wasser. So schnell sie konnte, schwamm sie zu ihm. Sie sah, wie das Schiff nach etlichen Metern zum Stillstand kam.

»Halt durch!«, rief sie. »Du bist ein guter Schwimmer – du hast Wettkämpfe gewonnen!«

»Ich sterbe! Ich fliege in den Tod!« Er lachte und heulte, rief noch weitere Dinge, doch Sarah konnte ihn nicht mehr verstehen. Noch fünf Meter trennten sie von ihm. Mit kräftigen Zügen schwamm sie ihm entgegen. Ihre nassen Kleider klebten schwer an ihrem Körper und behinderten ihre Bewegungen. Roland schlug mit Armen und Beinen aufs Wasser, als hätte er komplett vergessen, wie man schwimmt. Er strampelte wie ein kleines Kind, hatte die Orientierung verloren. Sein Kopf ging unter. Noch zwei Meter. Seine Hände fuchtelten herum, kurz tauchte sein Rücken wieder auf, dann sein Bein. Der rote Turnschuh ragte aus dem Wasser, dann versank er. Hinter sich hörte Sarah Stimmen. Jemand war ihr ins Wasser gefolgt. Sie konnte nicht erkennen, wer es war, schaute nicht zurück.

Plötzlich knallte etwas Rot-Weißes gegen ihren Hinterkopf. Sie zuckte zusammen, drehte sich um. Und entdeckte den Rettungsring, den jemand geworfen hatte. Sie stieß ihn fort, schwamm weiter. Jetzt hatte sie Roland erreicht, holte tief Atem, tauchte unter. Sie suchte ihn. Da – eine flattrige Bewegung. Sie hielt die Augen unter Wasser offen, erkannte kaum etwas in der grünlichen Suppe. Warum war das Wasser so trüb? Ein Stoß traf ihr Gesicht, sie prallte zurück, versuchte erneut, Roland zu packen. Jetzt hielt er sie am Ärmel fest und zog sie hinab. Sie schluckte Wasser, geriet in Todesangst. Sie wollte den Rettungsring packen, fand ihn nicht. Roland riss an ihren Kleidern. Sie sackte ab, spürte, wie er um sich schlug und nicht mehr wusste, was oben und unten war.

Sie konnte ihn nicht retten, sie musste sich befreien. Bald würde ihr die Luft ausgehen. Ein Tritt traf sie in den Magen. Roland strampelte wie ein Wahnsinniger, schlug nach allen Seiten aus, zerrte sie in die Tiefe. Sarahs Lungen drohten zu platzen. Auf einmal nahm sie alles kristallklar wahr. Sie musste überleben. Alles in ihr sträubte sich dagegen – doch sie tat es. Sie trat Roland an den Kopf. Augenblicklich ließ er sie los. Mit letzter Kraft schaffte sie es an die Oberfläche. Rang nach Luft, japste, verschluckte sich. Sie atmete kräftig ein und versuchte erneut, nach Roland zu tauchen.

Doch die Wasseroberfläche war ruhig geworden, die Bewegungen hatten aufgehört. Rolands Hemd schwamm auf dem Wasser, daneben sein roter Turnschuh.

»Nein!«, schrie sie. »Nein, Roland, nein!«

Ein Schwall Tränen brach aus ihr heraus. Sie konnte es nicht fassen. Sie zitterte, die Kraft verließ sie. Dann spürte sie zwei starke Arme, die sie packten. Tim zog sie zum Schiff zurück und hob sie aufs Deck. Bevor sie zusammenbrach, warf sie einen letzten Blick auf den See. Das Wasser war spiegelglatt, von Roland fehlte jede Spur.

Als Nora in Meilen ankam, war die Seepolizei bereits vor Ort. Sarah hatte sie angerufen und nur ein Wort gesagt: »Roland.«

Nora ging zu einem der Uniformierten. Dieser scheuchte sie entnervt weg, während er in ein Funkgerät sprach: »Wir haben hier einen AGT. Einen außergewöhnlichen Todesfall. Ja, in Meilen. Männlich. Ertrunken. Reanimation erfolglos.«

Mehrere Männer in nassen Taucheranzügen standen herum. Es herrschte Aufruhr und gleichzeitig eine Art Erstarrung. Sarah Dobler saß kreidebleich in eine Decke gehüllt auf einer Mauer am Ufer. Ihre Haare tropften, ihr Kinn zitterte. Tim Stalder und Ruth Mäder kümmerten sich um sie. Cedric Stark stand mit ausdrucksloser Miene neben ihnen. Die Leute der Umzugs- und Reinigungsteams schwiegen. Auf dem Boden lag die Leiche von Roland Wehr. Seine blonden Locken klebten wie nasser Seetang auf seiner Stirn, seine Augen waren halb geöffnet.

»Ich habs versucht«, flüsterte Sarah Dobler tonlos, als sie Nora entdeckte, »ich habs wirklich versucht.«

Auf allen Mienen spiegelte sich der Schock. Nur der Kapitän schwatzte unaufhörlich auf die Polizisten ein; er habe alle Sicherheitsmaßnahmen getroffen, niemand könne ihm einen Vorwurf machen, in fünfundzwanzig Jahren sei ihm so etwas noch nie passiert.

»Halten Sie endlich die Klappe!«, fuhr Stalder ihn an.

Nora ging auf Sarah Dobler zu, die flüsterte: »Ich wusste es. Ich wusste einfach, dass wieder etwas geschieht, ich dachte nur nicht, dass es hier sein würde.«

»Ist er über Bord gefallen oder gestoßen worden?«, fragte Nora.

»Gesprungen. Diesmal gibt es keinen Zweifel. Er ist gesprungen.«

»Sie ist ihm hinterhergeschwommen«, erklärte Tim Stalder mit leiser Stimme. »Leider hat es nicht mehr gereicht.«

Ruth Mäder kam zu ihnen und sagte: »Unglaublich, was der Alkohol alles anrichten kann. Zuerst der Chef und jetzt Roland. Das nächste Mal sollten wir unsere Feier ohne Wein begehen.«

»Das ist jetzt wirklich nicht der Zeitpunkt für Vorwürfe!«, sagte Stalder scharf.

Ruth Mäder wehrte ab. »Nein, ich wollte doch nicht, ich dachte nur …«

»Es war kein Wein, es war Prosecco«, meinte Dobler leise. »Und er hat nicht mehr als drei Gläser getrunken.«

»Da sieht man es doch!«

»Ruth!«, stieß Stalder aus. »Kapierst du denn nicht?«

In diesem Moment traf die Kripo ein.

Mike steuerte auf seine Kollegen von der Seepolizei zu, sprach ein paar Worte mit dem Ranghöchsten. Kramer von der Spurensicherung und Reinhard, Arzt am Institut für Rechtsmedizin, nickten Nora zu. Dann kam Gundula, die neue Polizeifotografin, die Nora jedes Mal, wenn sie sie sah, mit ihrem Getue in peinliche Situationen brachte. Anscheinend hatte sie so viel Gutes über Nora und ihre frühere Arbeit bei der Kripo gehört, dass sie sie restlos bewunderte. Nora verzog sich etwas in den Hintergrund. Doch es war zu spät. Mit weit ausgestreckten Armen kam Gundula auf sie zugeeilt und begrüßte sie.

»Nora!«, rief sie. »Wie schön, dich zu sehen! So ein prächtiger Frühlingstag!«

Nora schaute sich um und sah die betretenen Gesichter der Umstehenden.

Gundula fuhr fort: »… und … ähm … trotzdem ein Toter! So ist das Leben. Dann geh ich mal an die Arbeit.« Sie zog den Tragriemen ihrer Kamera über den Kopf, stellte die Blende ein und machte einige Aufnahmen der Leiche.

Cedric Stark betrachtete Nora mit einem Ausdruck, als sei sie an Gundulas Verhalten schuld. Währenddessen stiegen die Männer der Spurensicherung an Bord der Mykonos und untersuchten das Deck. Mehrere Polizisten befragten die Leute von Store & Go.

Mike kam auf Nora zu. »Tabani, wieso wundert es mich nicht, dich hier anzutreffen?«

»Weil ich dir sagte, Kowalskis Tod sei kein Unfall gewesen«, gab Nora zurück. Dann wies sie auf Roland Wehrs Leiche. »Dieser hier vermutlich auch nicht.«

»Das werden wir sehen. Du wirst mir wohl keine Ruhe lassen.« Mike schaute sie mit hochgezogenen Augenbrauen an. »Nun sags schon.«

»Was denn?«, fragte sie mit unschuldiger Stimme.

»Ich weiß genau, was du willst. Wär nicht das erste Mal.«

»Okay, Mike. Ich möchte bei der Autopsie dabei sein.«

Der Obduktionsraum im IRM, dem Institut für Rechtsmedizin an der Winterthurerstrasse, war kalt und weiß. Die Neonröhren leuchteten jeden Winkel erbarmungslos aus, die gekachelten Wände glänzten. Reinhard und die Präparatorin

Svetlana Iljanovic hatten Mundschutz und Handschuhe angezogen. Nora stand neben dem Waschbecken und schaute auf den Seziertisch. Wehrs Leiche lag nackt auf dem Chromstahl, sein Kopf mit einer Stütze erhöht, die Arme waren neben den Körper gebettet. Die Haut hatte einen wächsernen Ton, die Fingernägel waren bläulich.

»Männlich, 38 Jahre alt, 72 Kilo«, sprach Reinhard ins Diktiergerät und ging um den Tisch herum. Er war ein groß gewachsener Mann mit autoritärer Ausstrahlung. »182 Zentimeter, schlank.« Er hob Wehrs schlaffen Arm hoch, dann legte er ihn wieder zurück. »Totenstarre noch nicht ausgebildet.«

Nora hatte während ihrer Arbeit als Kriminalpolizistin etliche Obduktionen miterlebt und sich an die Bilder, die ihr anfangs den Schlaf geraubt hatten, gewöhnt. Schlimmer waren die Geräusche gewesen. Und am unerträglichsten die Gerüche. Je nachdem, wie lang eine Leiche gelegen hatte, entwickelte sie Ausdünstungen, die unbeschreiblich waren. Doch es hatte zu ihrem Job gehört, und meistens hatte sie es geschafft, die Tätigkeit der Rechtsmediziner aus der Distanz zu beobachten.

Noch nie war sie bei einer Autopsie eines Menschen dabei gewesen, den sie zuvor kennengelernt hatte. Es wühlte sie mehr auf als erwartet. Sie hatte zwar nur kurz mit Roland Wehr gesprochen, doch seine Stimme und sein Lachen hatte sie noch im Ohr.

Reinhard prüfte die Haut der Leiche. Hände, Füße, Rumpf, Gesicht. »Leichte Prellung an der Wange«, diktierte er. »Ansonsten keine äußeren Verletzungen.«

»Die Delle stammt von Sarah Doblers Tritt«, erklärte Nora, »als er sie nach unten ziehen wollte.«

Reinhard nickte. »Könnte hinkommen.«

Eigentlich mochte er es nicht, wenn sich Privatpersonen, zu denen Nora als Detektivin zählte, im IRM aufhielten und dann noch ihren Senf dazugaben. Doch er verbot ihr den Zugang nicht. Zu oft hatten sie früher zusammengearbeitet und stundenlang über schwierigen Fällen gebrütet. Dass sie ihren Job im Polizeidienst quittiert und sich selbstständig gemacht hatte, verstand er nicht. Für ihn waren Privatdetektive Leute, die den professionellen Ermittlern ins Handwerk pfuschten.

Viel cooler hatte Svetlana Noras Entscheidung gefunden; sie nannte Nora seither Sherlock Holmes. Die Präparatorin war dabei, die Instrumente zusammenzustellen. Sie schob einen Metallwagen neben den Tisch, auf dem mehrere Messer, eine Säge und eine Bohrmaschine bereitlagen. Nora wunderte sich jedes Mal wieder, wie grob die Werkzeuge der Gerichtsmedizin waren. Viele Leute stellten sich filigrane Skalpelle vor, wie sie bei Operationen verwendet wurden, doch es waren eher Metzgerwerkzeuge.

»Gehts, Sherlock?«, fragte Svetlana. »Ich hab gehört, du hast ihn gekannt.«

»Nicht gut«, antwortete Nora. »Es ist trotzdem seltsam.«

»Kann ich mir vorstellen. Ich hatte mal meinen Ex-Prof auf dem Tisch.« Unter Svetlanas Haarschutz quollen auf der einen Seite geflochtene Zöpfchen hervor. Auf der anderen Seite zierte ein tätowierter Totenkopf die kahl geschorene Schläfe. Sie war pechschwarz geschminkt und trug unter dem IRM-Mantel schwarze Socken und Schuhe. In ihren Ohren steckten ein Dutzend Ringe, ihre Nase, die Lippen und die Augenbrauen waren gepierct. Svetlana hatte hier ihren Traumjob gefunden. Sie machte keinen Hehl aus ihrer Faszination für alles Morbide. Dennoch hatte Nora sie als äußerst kompetente Präparatorin kennengelernt, der oft Einzelheiten auffielen, die bei der ersten Untersuchung der Leichen übersehen wurden.

Reinhard fuhr mit der äußeren Leichenschau fort. Er zog Wehrs Augenlider nach oben, kontrollierte die Pupillen, blickte in den Mund, untersuchte Nase und Gehörgänge. Svetlana schob ein Wattestäbchen in die Nase der Leiche und nahm einen Abstrich der Schleimhaut vor. Sie versorgte das Stäbchen in einem Reagenzglas. Der Arzt sprach weitere Beobachtungen ins Gerät, dann griff er zum größten Messer. Mit einem routinierten Schnitt fuhr er vom Hals bis zum Unterbauch des Leichnams hinunter, danach nahm er den Querschnitt von Schulter zu Schulter vor. Svetlana und er öffneten den Rumpf, dann zerschnitt sie mit einer Geflügelschere die Rippen. Das knackende Geräusch machte Nora zu schaffen. Es zeigte so offensichtlich, dass vom Menschen nach dem Tod nur noch ein Haufen Knochen und Muskeln übrig blieb.

Roland Wehrs Organe kamen zum Vorschein. Der Rechtsmediziner entnahm das Herz, Svetlana wog es, maß es aus und schrieb die Daten in den Autopsiebericht. Ein kleines Stück schnitt sie ab, legte es in ein Röhrchen, dann kam die Lunge an die Reihe. Beide Flügel waren vollgesogen mit Wasser und fast doppelt so schwer wie normal. Auch der mit Wasser gefüllte Magen passte dazu.

Reinhard meinte: »Er hat eine große Menge Wasser geschluckt und eingeatmet. Die klassischen Ertrinkungssymptome.«

Svetlana schöpfte eine Kelle des Mageninhaltes aus und füllte die Flüssigkeit in ein Glas. Sie beschriftete das Gefäß und stellte es neben die anderen Organteile. Nach der Untersuchung von Galle, Niere, Leber und Darm bereitete Svetlana den Kopfschnitt vor. Sie trennte die Haut im Nacken vom Knochen, zog sie mitsamt den Haaren vom Hinterkopf über das Gesicht und klappte sie nach vorn. Der bleiche Schädelknochen war zu sehen. Sie sägte ihn mit einer Kreissäge entzwei, hob das Gehirn heraus und übergab es Reinhard. Der schnitt kleine Spickel aus verschiedenen Hirnregionen und legte sie vor sich aus.

»Sieht normal aus.« Er bewahrte die Proben für die späteren Tests auf.

Svetlana prüfte Zungenbein und Gaumen, dann die Nervenstränge, die vom leeren Schädel ins Knochenmark verliefen. »Hier auch«, sagte sie, »keine Verletzungen, keine Würgemerkmale.«

»Nichts?« Nora war überrascht. Irgendetwas hatte sie erwartet. Einen Hinweis, dass Wehrs Tod mehr als das Missgeschick eines Beschwipsten war.

Als alle Organe, die analysiert werden sollten, auf dem Beistelltisch lagen, war von Roland Wehr nur noch die ausgeweidete Hülle übrig. Ein gestrandeter Wal mit offenem Bauchraum. Das machte es für Nora einfacher, in ihm kein Lebewesen, sondern die Reste eines Lebens zu sehen. Wehrs Seele war an einem anderen Ort.

»Welche Untersuchungen nehmt ihr vor?«, fragte sie.

»Wir machen den üblichen immunchemischen Schnelltest MDT007«, antwortete Reinhard. »Alkohol, harte und weiche Drogen, Schmerzmittel. Du kennst das ja.«

»Und Gift?«

»Dazu haben wir keinen Anlass. Wie mir der Tathergang beschrieben wurde, hat das Opfer zu viel Alkohol zu sich genommen, ist dann in den See gefallen und ertrunken. Zahlreiche Zeugen haben seinen Todeskampf beobachtet. Es gibt Tausende von Giften. Welche sollten wir denn testen?«

Nora wusste es nicht und war sich auch nicht sicher, ob sie ihrer Intuition überhaupt trauen konnte. Doch irgendetwas sagte ihr, dass Wehr und möglicherweise auch Kowalski aus organischen und nicht aus psychologischen Gründen in die Tiefe gesprungen waren. Beide hatten das Gefühl gehabt, fliegen zu können. Diverse Drogen verursachten diese Empfindung, unzählige andere Giftstoffe auch. Irgendetwas kreiste in ihrem Kopf herum, doch sie konnte es nicht fassen. Etwas, das jemand in den letzten Tagen erwähnt hatte. Nur beiläufig. Vielleicht Sarah Dobler, vielleicht Jan. Sie war stutzig geworden, wollte nachhaken, hatte es wieder vergessen.

Jetzt legte der Rechtsmediziner die Organe zurück in

den Bauchraum und nähte den Rumpf zusammen. Svetlana bohrte zwei Löcher in die abgesägte Schädelschale. Die Bohrmaschine kreischte. Knochenstaub flog durch die Luft. Dann befestigte sie das abgetrennte Stück mit Draht am Kopf und zog das Gesicht zurück über den Schädel. Sie nähte den Nacken zu, drückte an Kinn und Wange herum, um die Gesichtspartie in ihre ursprüngliche Form zu bringen. Außer dem T-Schnitt auf dem Leib des Toten zeugte nichts mehr davon, wie er noch vor ein paar Minuten ausgesehen hatte. Wenn er wieder bekleidet war, konnten seine Angehörigen von ihm Abschied nehmen, ohne eine Veränderung an seinem Äußeren zu bemerken. Svetlana deponierte die Röhrchen mit den Gewebeproben in einem Plastikbehälter und stellte ihn zur Seite. Sie wusch den Toten. Spritzte mit einem Schlauch Blutreste und andere Körperflüssigkeiten vom Tisch und fuhr die Leiche in den Kühlraum. Dann begann sie, den Boden sauber zu machen.

Reinhard warf die Handschuhe in den Abfalleimer und zog den Mundschutz aus. »Was macht dich misstrauisch?«, fragte er in Noras Richtung. »Du bist noch nie ohne Grund hergekommen.«

»Zu viele Zufälle«, sagte sie. »Zwei Männer der gleichen Firma sterben innerhalb von zwei Wochen. Beide sind stark alkoholisiert. Beide Todesfälle sehen aus wie Unfälle.«

Er zuckte die Schultern. »Tragisch für die Betroffenen, kann aber vorkommen. Ich würd mich da nicht so verbeißen.« Er hängte seinen Mantel an den Haken und verließ den Sezierraum.

Svetlana kratzte sich an der rasierten Schläfe, dann sagte sie zu Nora: »Ruf mich morgen an. Vielleicht weiß ich bis dann etwas, das dir weiterhilft.«

12

Tim Stalder ging in den Gängen des Untergeschosses auf und ab. Rolands Tod ließ ihm keine Ruhe. Weshalb sollte jemand diesen harmlosen Kerl umbringen? Dass Kowalski ganz oben auf der Todeswunschliste etlicher Leute gestanden hatte, konnte er nachvollziehen. Aber Roland? Vielleicht waren es doch nur Unfälle gewesen? Alle hatten miterlebt, wie die beiden zu Tode gekommen waren. Wieso vermutete Nora Tabani Mord? Wahrscheinlich, dachte er, wusste sie Dinge über die Männer oder über die Firma, von denen er keine Ahnung hatte.

Sie gefiel ihm. Seit sie beim ersten Treffen ineinandergeprallt waren, war sie ihm nicht aus dem Kopf gegangen. Sie sah gut aus, war intelligent und hatte Humor. Wenn sie nicht Detektivin gewesen wäre, hätte er gern mit ihr über die ganze Sache gesprochen. Aber damit würde er sich nur verdächtig machen, das war ihm klar. Auch er gehörte zu den potenziellen Tätern, falls Kowalski und Roland tatsächlich getötet worden waren. Was sie wohl herausgefunden hatte? Bestimmt hatte es etwas mit Kowalskis unmöglichem Verhalten Frauen gegenüber zu tun. Dass seine früheren Sekretärinnen ihre Klagen zurückgezogen hatten, hatte ihn enttäuscht. Wenn er eins nicht ausstehen konnte, dann waren es Typen, die Frauen wie Ware in einem Selbstbedienungsladen behandelten. Das hatte er von seinem Vater gelernt. Der hatte zwar nicht viel getaugt, sich maßlos übernommen und verschuldet, doch Tims Mutter und Schwester gegenüber war er immer aufrichtig gewesen. In der schwierigen Zeit seiner Pubertät hätte Tim jedoch einen starken Vater gebraucht, einen, der ihm gezeigt hätte, wie er sich gegen den Gruppendruck seiner Freunde zur Wehr setzen konnte. Stattdessen nannte der Vater die Tankstellensache, Tims größten Fehler im Leben, einen Jungenstreich.

Tim blieb stehen, als er Schritte hörte. Waren das die neuen Kunden, die den Raum 26 mieteten, um ihre Sportartikel während der Renovation ihres Geschäfts einzulagern? Er sah zum Gangende hinunter. Nein, es war Marco. Was wollte der denn hier? Er kam so gut wie nie ins Untergeschoss.

»Tim«, sagte er geheimnistuerisch, als er bei ihm angekommen war. »Ich muss mit dir reden.«

»Klar, schieß los.«

»Kürzlich war ich in einer der Lagerhallen, um nach meinem Raum zu schauen.«

»Du mietest auch einen? Das wusste ich gar nicht.«

»La mia amica – das heißt, inzwischen meine Ex – hat mich rausgeschmissen!« Er seufzte theatralisch. »Irgendwo muss ich meine Möbel verstauen, bis ich eine neue Wohnung gefunden habe.«

»Ich dachte, du seist mit Claudia zusammen.«

»No, no! Bis jetzt nicht, aber das wird sicher noch was mit uns beiden! Sie steht auf mich!«

»Und was wolltest du mir nun sagen?«, fragte Tim.

»Na ja, als ich da unten war, habe ich ein Geräusch aus einem der Lagerräume gehört. Du konntest es nicht sein, dich hatte ich kurz zuvor am anderen Ende auf dem Bildschirm gesehen. Und von den Kunden befand sich keiner dort. Es polterte aus Raum 17 im Gang 3. Ich befürchtete, wir hätten Ratten, und wollte nachsehen. Da kam Gerhard heraus.«

»Ja, und? Wir müssen ab und zu was kontrollieren.«

»Er stiehlt, Tim. Er klaut Sachen aus den Lagerräumen.«

»Oh, shit! Bist du ganz sicher?«

»Sicuro!«, sagte Marco. »Ich habs gesehen. Er hatte seine Hände krampfhaft in die Taschen gesteckt, als wolle er etwas verstecken. Ich habe ihn überrascht, hineingegriffen und das Zeug gefunden. Uhren, Gold und Schmuck.« Er schaute wie der Chefankläger in einem Mafiaprozess. Dann fügte er mit leiser Stimme hinzu: »Vielleicht ist das jetzt eine Bagatelle, wo Kowalski und Roland tot sind …«

»Das eine hat nichts mit dem anderen zu tun«, gab Tim zurück. »Wenn das wirklich stimmt, dann wird Gerhard fristlos entlassen. Das weiß er.«

Marco druckste herum.

»Was ist?«, fragte Tim.

»Merda.« Er wirkte verunsichert. »Vielleicht war es ein Fehler.«

»Es mir mitzuteilen?«

»Ja.« Alles Coole war von ihm abgefallen. Mit leiser Stimme fuhr er fort: »Gerhard hat gesagt, wenn ich es weitererzähle, macht er mich kalt.«

Nora wählte Svetlanas Handynummer.

»Hallo Sherlock Holmes!«, klang die fröhliche Stimme der Präparatorin durch den Hörer. »Ich geb dir die Ergebnisse durch. Moment.« Sie raschelte eine Weile mit Papieren, dann meldete sie sich wieder. »Also, was haben wir denn da? Alkohol, positiv, aber keine tödliche Dosis. Opiate, Kokain, Cannabis … blablabla … alles negativ … weiter unten … Methadon, Amphetamine, negativ, Buprenorphin, Barbiturate, … und so weiter und so weiter … Sorry, Fehlanzeige. Ich weiß, du hättest gern was anderes gehört. Aber Roland Wehr hat wohl nur ein Glas zu viel gezwitschert.«

»Hör mal, mir ist klar, dass du selber keine Tests machen darfst – aber könntest du nicht noch ein paar weitere veranlassen?«

»No way, Sherlock. Das ist die Aufgabe der Leute im Labor.« Sie schien aber doch neugierig geworden zu sein. »Was hätt dich denn interessiert?«

»Arsen?«, sagte Nora aufs Geratewohl. »Strychnin, Zyankali? Vielleicht auch Giftpilze oder pflanzliche Inhaltsstoffe wie Digitalis oder Eisenhut.«

»Warum nicht gleich Botulinumtoxin? Das wären unzählige Tests. Hast du irgendwelche Indizien, dass das Opfer an etwas anderem als durch Ertrinken gestorben ist?«

»Ertrunken ist er schon«, sagte Nora. »Die Frage ist nur, weshalb.«

Am anderen Ende war es eine Weile still. Dann meinte Svetlana: »Wenn du wüsstest, wie viele Todesfälle jährlich wegen Alkoholüberdosen bei uns landen. Aber ich schau, was ich machen kann. Ich red mal mit Reinhard.«

Nora legte auf und murmelte: »Irgendetwas stinkt hier zum Himmel.«

Und wieder war ein Mensch dieser verfluchten Firma tot. Alruna war befriedigt. Die Große Mutter lächelte milde über ihre Tochter. Jetzt blieb noch die Hauptsache. Sarah Dobler musste sterben. Alruna steckte einen Trichter in den Flaschenhals. Das war für die verhasste Frau. Wie sie es ihr verabreichen würde, wusste sie noch nicht. Aber es würde ihr etwas einfallen. Langsam ließ sie das wertvolle Gebräu durch das Sieb vom Bottich in das Fläschchen hineintröpfeln. In ihrer Küche brannten Kerzen, kein elektrisches Licht. Wie immer, wenn sie die heiligen Handlungen vollzog. Noch zwei Wochen bis zu ihrem 27. Geburtstag.

Ihre Eltern hatten sich nie um den nötigen Respekt gegenüber der Zauberpflanze bemüht. Ihnen war es nur um die Rauschzustände gegangen. Schon bald nach dem ersten Alraunentrank hatten sie das Interesse an psychedelischen Drogen verloren. Ein paar Mal hatten sie noch Fliegenpilze gegessen und selbst gemachten Absinth aus Wermut getrunken, aber Ronny hatte die ganze Nacht gekotzt und Rebekka einen schlechten Trip erlebt.

Doch Alruna war seit ihrem ersten Schluck des Alraunenweins eine Eingeweihte. Sie sah Dinge, die andere nicht sahen, wusste von Welten, von denen die normalen Menschen keine Ahnung hatten. Oft, sehr oft wurde sie aus der Unterwelt bedroht. Wenn die Hände wieder nach ihr griffen, die Münder der grauenhaften Wesen sich öffneten, ihre lidlosen Augen sie verfolgten.

Als sie acht war, hatten die Albträume einen Höhepunkt erreicht. Schreiend wachte sie jeweils aus dem Schlaf auf, trippelte ängstlich zum Zimmer ihrer Eltern. Fand sie so tief schlafend, dass kein Trost von ihnen zu erwarten war. Manchmal lag Rebekka auf der nackten Brust eines fremden Mannes, manchmal Ronny eng umschlungen mit einer Frau. Alruna versuchte, die Träume abzuschütteln. Es gelang ihr nicht.

Immer suchten sie die gleichen Bilder heim, verzerrte Fragmente einer anderen Zeit, einer Ära, die man das Mittelalter nannte. Wo totenbleiche Leute mit Fingern auf Andersartige zeigten, sie verleumdeten, anschwärzten, verrieten. Männer in Harnischen und Helmen packten Alruna. Sie wurde verschleppt, vor Gericht gebracht. Verurteilt. Die Totenbleichen verspotteten sie, froh, nicht selber am Pranger zu stehen. »Werft die Hexe auf den Scheiterhaufen!«, riefen sie. »Lasst sie brennen!« Und Alruna strampelte und biss und kratzte, doch es nützte nichts. Unaufhaltsam führten sie sie in eisernen Griffen zum aufgeschichteten Holzhaufen. Dann band man sie an einen Pfahl. Die ersten Flammen zuckten, Rauch stieg auf. Sie schrie und stöhnte. Das Feuer leckte um ihre Knöchel, frass sich in ihr Fleisch. Keine gnädige Ohnmacht bewahrte sie vor der Qual. Sie brannte bis auf die Knochen.

Und erwachte in ihrem Kinderzimmer. Lief durchs Haus. War allein, so allein. Sie erzählte Rebekka davon. Die fand Alrunas »nächtliche Visionen« spannend. Ein klarer Beweis für die Wiedergeburt seien diese Träume, sagte sie, Lisa sei in ihrem früheren Leben eine Hexe im Mittelalter gewesen.

Lisa weigerte sich zu schlafen. Dann brachte ihre Mutter sie zu einem Wahrsager. Der stellte ihr komische Fragen. Er bat sie, ihm alles zu berichten, und machte sich Notizen in einem großen Buch. Alruna offenbarte ihm ihre Träume. Er schrieb sie auf und sprach mit ihren Eltern. Begriffe wie »besessen« und »irr« geisterten durch das Bauernhaus. Ronny fand, man müsse etwas dagegen tun, seine Tochter habe nicht mehr alle Tassen im Schrank. Rebekka widersprach. Jedes Genie, sagte sie, sei nah am Wahnsinn. Sie träumte weiter, weinte, schrie und rannte nachts aus dem Haus, um dem Feuer zu entgehen.

Irgendwann sprach die Große Mutter zu Alruna. Endlich. »Ich werde dir helfen«, sagte sie. »Töte das, was dir Angst macht.«

Alruna hatte es getan. Nach vielen Jahren. Sie hatte getötet, und es war richtig.

Das Fläschchen war voll. Sie schraubte den Deckel zu. Blies die Kerzen aus. Ein paar Minuten stand sie in der stockfinsteren Küche und dachte daran, wie alles enden würde. Sie würde heimkehren zur Großen Göttin. Trost und Linderung in ihrem Elend finden. Nachdem sie getan hatte, was verlangt wurde. Sarah Dobler musste sterben.

13

»Unbegreiflich«, sagte Nora. »Dass die Polizei Roland Wehrs Tod auch als Unfall deklariert.«

Sie und Jan waren dabei, Wehrs Büro zu durchsuchen. Seine beiden Kolleginnen hatten einen Tag freibekommen. Laut Benedetto stand Claudia unter Schock und musste psychologisch betreut werden.

»Wenn die Obduktion nichts anderes zeigt, ist das logisch«, gab Jan zu bedenken. Er öffnete eine Schublade und fand einen Stapel Kuverts und Etiketten.

»Natürlich. Aber von Mike hätte ich ein bisschen mehr Skepsis erwartet.« Gestern hatte sie von ihm erfahren, dass die Akte Roland Wehr offiziell geschlossen worden sei. Tod durch Ertrinken nach dem Genuss von Alkohol. Zeugen für den Unfall hatte es genug gegeben. Die Testergebnisse ließen auf nichts anderes schließen. Auf zu neuen Fällen. Sie kannte das. Die Kripo hatte nicht die Möglichkeit, irgendwelchen Hirngespinsten nachzugehen.

Jan breitete Wehrs Schubladeninhalt auf dem Schreibtisch aus. Die Ausbeute war gering. Notizen, Bücher, Hefte, Kopien und Prospekte. Wehr hatte kaum Persönliches mit ins Geschäft gebracht. Auf einigen Reisejournalen lagen zwei leere Mineralwasserflaschen und ein Multipack Tipp-Ex. Wenn man ihn nicht gekannt und seine lockere Art miterlebt hätte, hätte man ihn für einen Langweiler halten können.

»Irgendwo in dieser Firma liegt der Schlüssel zum Ganzen«, sagte Nora und überflog ein Bestellformular.

»Aber wo ist die Verbindung zwischen Kowalski und

Wehr?« Jan saß mit überkreuzten Beinen auf dem Boden und stapelte Briefe, Mails und Berichte auf separate Häufchen.

»Wir werden es herausfinden.«

Nach einer Stunde waren sie durch. Wehr hatte, falls er überhaupt etwas Geheimes mit sich herumgetragen hatte, es nicht im Büro aufbewahrt, sondern zu Hause. Für eine Hausdurchsuchung fehlte Nora die Berechtigung. Wehr hatte allein gelebt, das heißt, wenn sie sich Zugang zu seinen Privaträumen verschaffen wollte, musste sie das unerlaubterweise tun. Sie hatte einen Dietrich und wusste, wie man in kurzer Zeit Schlösser knackte, doch in diesem Fall zögerte sie noch. Die Lösung war hier. Warum sie das wusste, war ihr nicht klar, aber sie war sich ziemlich sicher.

»Nehmen wir uns Kowalskis Büro noch mal vor«, sagte sie.

»Ich hab alles bis in die hinterste Ecke auseinandergenommen.«

»Ich weiß. Vielleicht haben wir trotzdem etwas übersehen. Oder falsch gedeutet.« Wieder geisterte eine vage Erinnerung durch ihren Kopf. Irgendetwas war da gewesen. Etwas Offensichtliches, das sie nicht richtig beachtet hatte.

Sie verräumten alles wieder und gingen in Kowalskis Büro hinüber. Nora öffnete die oberste Schublade und sah die Unordnung, die nach Jans Untersuchung, da war sie überzeugt, harmloser aussah als ursprünglich. Sie nahm Stifte, Gummis und Büroklammern heraus, fand angebissene Karamellriegel, Nüsse und Getränkedosen.

»Wo sind die anderen Nahrungsmittel?«

»Du sprichst vom Apfelbütschgi, Chef?«

Sie grinste.

»Was verderblich ist, habe ich entsorgt«, sagte er. »Bevor es anfänge zu faulen. Bloß die Ginsengwurzel habe ich hiergelassen. Die war schon ausgetrocknet.«

»Das ist es!«, rief Nora.

Jan sah sie fragend an.

»Ich wusste, etwas kam mir merkwürdig vor.«

»Was ist daran merkwürdig?«, meinte er. »Ginseng braucht man fürs Gedächtnis. Viele in Kowalskis Alter nehmen es.«

»In dieser Form? Pur und verdorrt? Nimmt man es nicht eher als Tabletten oder Kapseln zu sich?«

Jan runzelte die Stirn. »Jetzt weiß ich, was du meinst.«

»Die Frage lautet: Handelt es sich wirklich um Ginseng?« Sie steckte die Wurzel ein.

Es klopfte an der Tür, und Dobler kam herein. Sie sah mitgenommen aus. »Ich halte diese Untätigkeit nicht aus. Kann ich Ihnen irgendwie helfen?«

»Wollten Sie sich den Tag nicht freinehmen?«

»Es geht nicht«, sagte sie müde. »Wir haben Kunden, die kommen mit vollen Lieferwagen von weit her. Wir arbeiten heute nur mit dem Minimum an Personal. Marco und ich sind hier oben. Tim ist im Untergeschoss. Die anderen sind … weg.« Ihre Augen füllten sich mit Tränen. »Ich kann es einfach nicht glauben. Roland hat niemandem etwas zuleide getan.«

»Sie mochten ihn?«, fragte Nora.

Ein Schluchzer drang aus ihrer Kehle. »Er hatte so ein sonniges Gemüt. Es ist alles … etwas viel für mich.« Sie blieb unbeholfen mitten im Zimmer stehen.

Nora ging zu ihr und legte ihr den Arm um die Schulter. Jetzt konnte sich Sarah Dobler nicht mehr zurückhalten und begann zu weinen. »Wer tut so was? Und warum?« Sie zuckte ein paar Mal zusammen, dann wischte sie sich über die Augen und löste sich. »Entschuldigen Sie bitte. So nütze ich Ihnen bei Ihren Ermittlungen auch nichts.«

»Sie müssen uns nicht nützen«, gab Nora zurück. »Aber könnten Sie Tim Stalder rufen? Ich möchte mit ihm reden.«

»Selbstverständlich. Ich hol ihn gleich her.« Sie eilte aus dem Büro, anscheinend froh, etwas beitragen zu können. Jan teilte mit, er werde in dieser Zeit Wehrs Computerdaten durchsehen, und begab sich in dessen Arbeitszimmer.

Nora wartete ein paar Minuten, schaute aus den großen Fenstern nach draußen. Dort ging das Leben seinen gewohnten Gang. Die einen gingen zur Arbeit, die anderen brachten ihre Kinder zur Schule. Teenies rauchten heimlich, Alte vereinsamten, überforderte Mütter wünschten sich eine Auszeit. Man verdiente Geld, plante die Ferien, ging auswärts essen.

Eine Schleierwolke zog über den Himmel. Einzelne Sonnenstrahlen drangen hindurch. Nora verspürte den Impuls, das Fenster zu öffnen und die frische Luft hereinzulassen. Sofern man die Luft über der viel befahrenen Hohlstrasse frisch nennen konnte. Aber es war nicht möglich. Die Scheiben ließen sich nicht bewegen, die zentrale Klimaanlage von Store & Go blies leise und unmerklich durch das Lochgitter über der Tür.

Dann erschien Stalder. Sein Gesichtsausdruck war ernst. »Sie wollten mich sprechen?«

»Ich kann es nicht von Ihnen verlangen, Sie wissen ja, ich bin nicht von der Polizei. Aber es würde mir sehr helfen, mehr über alle Angestellten zu erfahren.«

»Über alle Verdächtigen, meinen Sie«, sagte er etwas traurig. »Und Sie möchten mit mir anfangen?«

Nora nickte. Sie warf einen Blick in den Raum und wollte sich nicht auf einen der Bürostühle setzen. »Gibt es hier irgendwo einen Ort, wo wir ungestört reden können?«

»Das Besprechungszimmer«, sagte er. »Oder die Dachterrasse.«

»Die Terrasse. In Ordnung.«

Stalder ging vor ihr die Treppe ins oberste Stockwerk hinauf, und sie folgte ihm. Der Hauch eines frischen Aftershaves wehte hinter ihm her, irgendwas mit Lime. Er hatte einen federnden Gang, und Nora ertappte sich dabei, wie sie auf seinen knackigen Hintern starrte.

Als hätte er es gespürt, drehte er sich um und lächelte. »Da oben ist es jetzt schon recht warm.«

Sie spürte, wie das Blut in ihre Wangen schoss, und nickte etwas steif.

Draußen angekommen, war es tatsächlich angenehm. Die Frühlingssonne, die den Weg durch die Wolken gefunden hatte, wärmte den Plattenboden. Eine verirrte Hummel summte an ihnen vorbei und suchte vergeblich nach Blüten. Tim Stalder führte Nora zur Bank und nahm Platz. Sie setzte sich neben ihn.

»Herr Stalder, es gibt da einige Fragen«, begann sie.

»Ich kann mir denken, welche«, meinte er. »Sie haben in der Vergangenheit aller Verdächtigen geforscht und sind fündig geworden.«

»Stimmt.«

»Und ich bin die Nummer eins des Schmutzige-Westen-Klubs.«

»Wir haben einige Leute mit schmutzigerer Weste gefunden, glauben Sie mir. Aber Sie haben recht, ich möchte gern wissen, wie es dazu kam, dass Sie ...« Sie zögerte. Zu schade, dass sie ihn nicht unter anderen Umständen kennengelernt hatte. Sie beurteilte Menschen nicht nach ihrer Vergangenheit. Auch ihre war nicht makellos. Es gab Leute, die sich irgendwann mal unsozial verhielten und sich später wandelten. Tim Stalder hatte eine kriminelle Tat verübt, die viele Jahre zurücklag. Doch in dieser Situation konnte es wichtig sein, wer von den Beteiligten bei Store & Go was auf dem Kerbholz hatte.

»... dass ich eine Tankstelle ausgeraubt habe. Sie können es ruhig sagen.« Er lehnte sich zurück, schlug ein Bein übers andere und schlang seine Arme um die Knie. »Ich kann keine Entschuldigung vorbringen. Ich bin in einem mehr oder weniger wohlbehüteten Umfeld aufgewachsen. Keine Drogen, kein prügelnder Vater, keine trinkende Mutter. Meine Schwester war meine beste Freundin. In der Schule war ich gut.«

Sie betrachtete die dunklen Härchen auf seinen Unterarmen. Seine Haut war leicht gebräunt, als würde er dafür sorgen, dass er neben seiner Arbeit in den unterirdischen Räumen genug rauskam. Sie wandte den Blick ab und fragte: »Weshalb dann?«

»Geltungssucht. Gruppendruck. Mangelndes Einfühlungsvermögen. Ich war siebzehn, gehörte nie zu den tonangebenden Jungs und dachte wohl, nach so einer großen Sache würde ich beachtet.«

»Und war es so?«

»Nein. Ich kam vors Jugendgericht und musste die wenigen Hundert Franken, die wir erbeutet hatten, in mühseliger Arbeit abverdienen und zurückzahlen.« Er machte eine beschwichtigende Handbewegung. »Nicht, dass ich mich beklage, verstehen Sie mich nicht falsch. Im Gegenteil, wenn ich jetzt zurückschaue, finde ich das Urteil zu mild. Ich war damals an einem kritischen Punkt in meinem Leben und hätte mich genauso gut in eine andere Richtung entwickeln können. Aber ich kriegte die Kurve noch.«

»Was geschah mit dem Tankwart?«

»Er kündigte seinen Job. Er war bereits zweimal ausgeraubt worden, er hatte genug.«

»Wurde er während des Überfalls verletzt?«

»Zum Glück nicht«, sagte Tim Stalder. »Obwohl das Ganze auch in die Hosen hätte gehen können.«

»Sie haben eine Waffe verwendet. Eine Walther PPK, Kaliber 22.«

Er war erstaunt. »Sie kennen das Modell? Ich hatte keine Ahnung mehr.«

Nora hoffte, dass sie ihm glauben konnte. Sie wollte nicht, dass er es war, der hinter den Morden steckte. Doch von der Hand weisen konnte sie ihren Verdacht nicht. »Wie sind Sie zu der Pistole gekommen?«, fragte sie.

»Sie gehörte meinem Vater. Seine Gläubiger rückten ihm

derart auf die Pelle, dass er um sein Leben fürchtete. Sie lag bei uns im Vorratsschrank.«

»Haben Sie sich seither für Waffen interessiert?«

»Wie meinen Sie das? Ob ich eine besitze?«

Nora räusperte sich. »Ob Sie Gefallen an ihnen finden.«

Er schien ehrlich bestürzt. »Absolut nicht. Aber ... Kowalski und Roland sind doch nicht erschossen worden. Warum fragen Sie?«

»Nur so«, meinte sie.

Eine Weile schwiegen sie beide. Dann sagte er mit leiser Stimme: »Wie kann ich Sie von meiner Unschuld überzeugen?«

Sie versuchte, ihn ohne Gefühle anzuschauen, und schaffte es nicht. Irgendetwas an ihm berührte sie tief. »Das können Sie nicht«, sagte sie widerstrebend. Und fügte hinzu: »Leider.«

»Lassen Sie es mich wissen, wenn Sie Ihre Meinung geändert haben. Darf ich Sie irgendwann mal zum Essen einladen? Ich ... ich mag Sie.«

Noras Atem setzte einen Moment aus. Sie sagte nichts.

Er lächelte: »Ich weiß schon, das klingt nach den berühmten letzten Worten aus dem Munde des Serienkillers.«

»Bevor er sich mit der Kettensäge auf sein nächstes Opfer stürzt!«

Sie lachten beide. Dann wurde ihr bewusst, was sie hier eigentlich tat. Sie flirtete mit einem Verdächtigen! Das war nicht gut, gar nicht gut. Selbstbeherrschung war angesagt, knackiger Hintern hin oder her. Sie straffte die Schultern und sagte streng: »Ich melde mich wieder, wenn ich noch Fragen habe.«

Er schien zu spüren, was für einen Kampf sie mit sich ausfocht, und nickte ernst. »Jederzeit.«

Eine halbe Stunde später traf Nora im Laboratorium für Kriminaltechnik ein. Tamar Goldstein riss die Tür auf, ganz wehendes rotes Haar und schneeweißer Mantel. Kaum hatte sie sie geöffnet, wurde Nora von einem Gestank nach faulen Eiern fast erschlagen.

»Ein Experiment«, erklärte Tamar. »Ich wollte herausfinden, ob eine bestimmte Kombination von Gasen einen ekligen Geruch verursacht.«

»Das ist dir definitiv gelungen«, sagte Nora.

Tamar bat sie herein, wusch sich die Hände und fragte: »Was ist es heute?«

»Das hier.« Nora hielt ihr die Wurzel aus Kowalskis Pultschublade hin. »Ist das Ginseng? Oder Ingwer?«

Tamar schaute das verschrumpelte Gebilde erstaunt an. »Weder noch. Woher hast du das?« Sie lehnte sich an die Chromstahlplatte, auf der etwa fünfzig Proben in Gläsern nebeneinanderstanden. Anscheinend war sie gerade dabei gewesen, sie zu beschriften. Klebeetiketten und ein Filzstift lagen daneben.

»Nun sag schon, Tami. Musst du die Wurzel untersuchen, um herauszufinden, worum es sich handelt, oder kennst du sie?«

Die andere schüttelte den Kopf. »Das sehe ich von Weitem.« Sie nahm das Stück, drehte es von einer Seite zur anderen. Sie schnupperte daran, kratzte mit ihrem gefährlich langen Fingernagel etwas Rinde weg und murmelte: »Mandragora officinarum.«

»Was auf Deutsch bedeutet …?«

»Alraune. Giftpflanze aus der Familie der Solanaceae, der Nachtschattengewächse. Wie Hyoscyamus niger, Datura stramonium und Atropa belladonna.«

»Belladonna – die Tollkirsche?«

»Genau. Und Bilsenkraut und Stechapfel und etliche andere. Diese Gewächse lösen schon in kleinsten Mengen Halluzinationen aus und führen bei Überdosis zum Tod. Die Mandragora enthält eine beträchtliche Menge an psychoaktiven und anticholinergen Tropan-Alkaloiden, vor allem Scopolamin, Atropin und Hyosyamin. Früher war das Alkaloidgemisch unter dem Namen Mandragorin bekannt. Aber ich will dich nicht länger mit Fachwörtern nerven. An der Mandragora ist alles giftig, Blätter, Stiele, Blüten, Beeren. Am potentesten ist jedoch die Wurzel.«

»Ich wusste es!«, stieß Nora so laut aus, dass eine der anderen Mitarbeiterinnen erstaunt vom Mikroskop aufblickte. »Hör mal, Tami, ist es möglich, einen Auszug oder Saft dieser Mandragora in Alkohol zu mischen?«

Tamar nickte und steckte die Hände in ihren weißen Kittel. »Das wurde früher oft gemacht. Im Mittelalter waren Alraunenweine und -schnäpse bekannt. Um den bitteren Geschmack zu übertünchen, braucht es allerdings eine Menge Gewürze.«

»Aber es ist möglich, diese Mischung so hinzukriegen, dass jemand die Bitterkeit nicht wahrnimmt?«

»Vielleicht«, sagte sie. »Wenn jemand bereits alkoholisiert ist, dazu etwas isst, vor allem Nahrungsmittel mit Bitterstoffen wie Oliven oder Ähnliches … Könnte sein. Reden wir hier davon, dass jemand absichtlich vergiftet wurde?«

»Ja«, sagte Nora, »davon reden wir.«

»Die Mandragora«, las Jan vom Bildschirm ab, »war jahrhundertelang die Zauberpflanze par excellence.«

Nora tigerte im Büro auf und ab, während er weitere Informationen über das Nachtschattengewächs suchte.

»Die psychoaktive Arzneipflanze«, fuhr er fort, »stammt ursprünglich aus dem asiatischen und mediterranen Raum. Sie wurde bei folgenden Leiden eingesetzt: Abszessen, Arthritis, Besessenheit, Geschwulsten, Gicht, Impotenz, Krämpfen, Melancholie, Schlangenbissen, Unfruchtbarkeit, Zahnschmerzen und bei unzähligen weiteren Beschwerden. Schon die alten Griechen und Römer verwendeten sie rituell. Sie war als kraftvolles Aphrodisiakum bekannt. Im Mittelalter geriet die

Pflanze in Verruf. Man vermutete, sie werde für Teufelssalben verwendet. Man erntete sie unter angeblicher Todesgefahr. Ein schwarzer Hund musste die Pflanze aus der Erde ziehen, am besten um Mitternacht bei Vollmond. Wagte man es, das Zaubergewächs dabei anzuschauen oder falsch zu ernten, stieß die Mandragora einen markerschütternden Schrei aus, der einen zu Stein erstarren ließ. Da die Inhaltsstoffe einem das Gefühl geben, abzuheben oder schwerelos zu sein, sind die Legenden von fliegenden Hexen eine Mischung aus Aberglauben und Erlebnisberichten von tatsächlichen Rauschzuständen. Viele der Kräuterfrauen, die die Salben und Säfte herstellten, wurden während der Inquisition verbrannt.«

»Wie äußert sich eine Vergiftung?«, fragte Nora.

Jan suchte weiter unten im Text und las vor: »Innere Hitze, sexuelle Erregtheit und Leidenschaft. Bei größeren Mengen scharlachrote Wangen, Mundtrockenheit, erhöhter Puls, erweiterte Pupillen. Der Blick kann nicht mehr fokussiert werden. Euphorie und orgiastische Empfindungen von Verschmelzung und Einssein mit allem. Bei hohen Dosen Panikattacken und wahnhaftes Verhalten. Unkontrollierbare Tanzlust, das Gefühl, fliegen zu können, Schütteln, Lachen, Weinen, Raserei bis hin zum Selbstmord.«

»Genau die Symptome, die die beiden Männer vor ihrem Tod gezeigt haben!« Nora blieb vor der Pinnwand stehen und starrte auf die Kärtchen mit den Namen der Verdächtigen, die Jan dort platziert hatte. »Wir haben es mit einem durchtriebenen Täter zu tun. Jemand, der sich die Hände nicht selber schmutzig macht, aber die tödlichen Folgen kennt.«

»Hier steht noch«, sagte Jan, »dass die Wirkungsdauer nur schwer berechnet werden kann und die Symptome stunden- bis tagelang anhalten können.«

»Das heißt, bis die Person tot ist, hat der Mörder längst ein Alibi. Er muss gar nicht vor Ort sein. Wir können die Tathergänge vergessen, Jan. Es spielt keine Rolle, wer sich wo aufgehalten hat, als Kowalski und Wehr starben. Der Täter konnte den ausgelösten Selbstmord in aller Ruhe von Weitem beobachten. Es muss nicht einmal jemand von der Firma sein. Das Einzige, was zählt, ist das Motiv.«

»Wenn wir das früher gewusst hätten, hätten wir ganz anders vorgehen können.« Jan fuhr sich durch die wenigen Haare, die er noch hatte. »Wir hätten den zweiten Mord vielleicht verhindern können. Ich mach mir echt Vorwürfe, Nora. Ich hätte die Wurzel erkennen müssen. Ich hab sie einfach zurück in die Schublade gelegt und bin davon ausgegangen, es sei Ginseng. Das war unprofessionell.«

»Hör schon auf, Jan! Wie hättest du darauf kommen sollen? Wir wissen es jetzt und können uns neu ausrichten.«

Er schien nicht überzeugt. Fast trotzig sagte er: »Aber ich kauf mir gleich ein Pflanzenerkennungsbuch und lern Hunderte von Kräutern auswendig, damit mir so was nicht noch mal passiert.« Er machte Anstalten, sich auf einer Bücherseite einzuloggen, doch Nora fuhr dazwischen.

»Jan, das ist jetzt nicht das Dringendste! Finde heraus, ob diese Wurzel in Apotheken verkauft wird. Ob man sie übers Internet bestellen kann. Ob sie in Asienshops, Gärtnereien oder esoterischen Läden erhältlich ist. Und wer in letzter Zeit Bestellungen aufgegeben hat.«

»Okay, Chef.«

»Dann bleibt noch die Frage, warum jemand die Mandragorawurzel in Kowalskis Büro gelegt hat.«

»Als Drohung. Oder Ankündigung«, sagte Jan.

»Ja, das denke ich auch. Was ist das für ein Mensch, der das tut? Einer, der die Angst genießt, die sein Opfer vor dem Tod empfindet? Dann müsste das Opfer jedoch wissen, um welche Pflanze es sich handelt.«

»Was ich für eher unwahrscheinlich halte.«

Sie nickte. »Bleibt noch, dass sich der Täter oder die Täterin in einer symbolischen Sprache ausdrückt.«

»Das spricht gegen die Auftragskillertheorie«, sagte er. »Diese Typen zeichnen sich im Allgemeinen durch reine Profitgier aus, haben eine nüchterne Einstellung und keinerlei Sinn für Symbolik.«

»Auftragsmord oder nicht – wer profitiert vom Tod der beiden Männer? Und was hatten Kowalski und Wehr gemeinsam?« Sie überlegte eine Weile. »Hast du in Wehrs Büro auch eine Wurzel gefunden?«

Er schüttelte den Kopf und wirkte leicht beleidigt. »Das wär mir dann doch aufgefallen.«

»Falls er auch eine bekommen hat, hat er sie vielleicht fortgeschmissen, weil er nicht wusste, was sie bedeutete. Oder bei sich zu Hause aufbewahrt. Oder ...«

»... oder er hatte sie dabei.«

Nora griff zum Telefon und rief Mike an.

»Sag mir, dass es was Wichtiges ist, Tabani«, meldete er sich, und Nora merkte schon seiner Stimme an, dass er unter Stress stand.

»Ja, Salzmann. Nur eine kleine Frage: Habt ihr in Roland Wehrs Kleidern etwas Ungewöhnliches gefunden?«

»Du bist ja immer noch mit deinen Mordhypothesen beschäftigt! Was meinst du mit ungewöhnlich? Eine Handgranate mit Zeitzünder? Ein Bekennerschreiben der Al Qaida, ein Kilo Heroin?«

»Viel harmloser«, lachte sie. »Habt ihr eine Wurzel entdeckt?«

»Eine Wurzel? In was verbohrst du dich da?«

»Und? Habt ihr?«

Er stöhnte. »Ich weiß es nicht. Seine Taschen wurden geleert, der Inhalt liegt noch im IRM. Ich erinnere mich an ein Portemonnaie mit Seetang drumrum. Aber geh selber hin, wenn du es genau wissen willst. Ehrlich, Tabani, dein Vater würde sich –«

»Ja, Mike, das würde er. Danke für die Infos.«

Dann rief sie Sarah Dobler an, informierte sie über die neuesten Erkenntnisse und bat sie, niemandem in der Firma von der Vergiftungstheorie zu erzählen.

14

Es ging gegen Abend, als Nora das Institut für Rechtsmedizin betrat. Keiner der Ärzte war mehr im Haus. Von hinten hörte sie Musik. Im Asservatenraum saß Svetlana Iljanovic über einen Block gebeugt und schrieb, neben sich einen CD-Player, aus dem ein Black-Metal-Song dröhnte. Sie trug ein kurzärmliges schwarzes T-Shirt, das die Tätowierungen auf ihren Oberarmen freigab; gothische Buchstaben und verschlungene Zeichen. Nora fragte sich, ob es einen Körperteil der Präparatorin gab, der nicht tätowiert war.

Svetlana drehte sich um. »Hey Sherlock! Auf Mördersuche?«

»Hey Scarpetta!«, gab Nora zurück. »Überstunden?«

»Immer. Du weißt: Mein Job ist mein Hobby. Was kann ich für dich tun?«

»Habt ihr die Effekten von Roland Wehr noch aufbewahrt?«

»Na klar. Bis seine Angehörigen sie abholen. Wonach suchst du denn?«

»Kann ich die Sachen sehen?«

Svetlana ging zum Schrank und nahm eine Plastikbox heraus. Sie stellte sie auf den Tisch und öffnete sie. »Hier, alles ganz unspektakulär. Bei seinem Todeskampf unter Wasser ist ihm wohl der Schlüsselbund aus der Hosentasche gerutscht. Sonst hatte er nur seine Brieftasche mit den Ausweisen und etwas Bargeld bei sich. An seinen Kleidern hingen Schlingpflanzen aus dem See.«

»Ich verstehe«, sagte Nora beiläufig, »Algen, Tang und …«

»… so ein komisches verschrumpeltes Teil.« Sie hob eine Wurzel aus der Box und zeigte sie Nora. »Hat sich in seiner Hosentasche verfangen.« Dann fragte sie erstaunt: »Was strahlst du mich so an? Hab ich was gesagt?«

In diesem Moment läutete das Telefon. Svetlana nahm den Anruf entgegen. Blitzschnell brach Nora ein Stück von der Wurzel ab, steckte es ein, dann versorgte sie die Box wieder im Effektenschrank. »Ich geh dann mal«, flüsterte sie in Svetlanas Richtung. Diese winkte ihr zu und telefonierte weiter.

Kurz darauf war Nora im Laboratorium in der Rieterstrasse angekommen und erwischte Tamar gerade noch, bevor die das Haus verließ.

»Nur um ganz sicher zu sein, Tami.« Nora hielt ihren Fund – naja, ihr Diebesgut – der Kriminaltechnikerin unter die Nase. »Ist das auch eine Alraune?«

Tamar hatte bereits die Jacke angezogen und das Licht gelöscht. »Ich wollte gerade aufbrechen, habs eilig.« Sie lächelte. »Familienfeier.« Sie nahm die Wurzel in die Hand und betrachtete sie. »Hundertprozentig. Ob es sich um ein Rhizom der Mandragora officinarum oder der Mandragora autumnalis handelt, kann ich zwar von bloßem Auge nicht erkennen – eine Frühlings- oder eine Herbstalraune. Aber die Gattung stimmt. Kein Zweifel.«

»Vielen Dank, Tami. Und dann feiere mal schön. Hat jemand Geburtstag?«

Tamar schloss das Labor ab. »Nein, es ist Pessach.«

»Oh, das wusste ich nicht.«

»Kein Problem«, sagte Tamar, »ich bin gewohnt, dass ihr unsere Feiertage nicht kennt.«

»Tut mir leid.«

»Hör schon auf! Das hat durchaus seine Vorteile. Du kannst dir gar nicht vorstellen, wie oft ich mich während meiner Ausbildung vor Prüfungen gedrückt habe, indem ich einen jüdischen Feiertag erfand! So, ich muss los, viel Glück mit deinen Giftpflanzen!« Und sie rauschte davon.

Feierabend. Ruth Mäder goss die Orchidee auf dem Fenstersims, wusch die Kaffeetassen ab und wischte ihre Schreibfläche sauber. Die von Claudia ebenfalls, und mit einem Schauer auch die von Roland. Später würde zwar das Putzpersonal alle Zimmer reinigen, doch Ruth hinterließ am Ende eines Tages ihren Arbeitsplatz gern aufgeräumt. Aus ihrer Tasche nahm sie den kleinen Handspiegel, kontrollierte ihre Frisur und tupfte sich den verschmierten Lippenstift vom Mund. Dann verließ sie das Büro.

Als sie durch den Gang ging, hörte sie Cedric Starks Stimme am Telefon. Sie klang anders als sonst. Verhaltener, vorsichtiger. Das hatte sie in den letzten Tagen vermehrt festgestellt. Natürlich hatte sie gelauscht. Schließlich musste sie informiert sein über das, was sich in diesen Räumen abspielte. Sie hasste es, wenn andere Geheimnisse vor ihr hatten. Allerdings passierte das selten. Man hielt sie im Allgemeinen für eine uninteressante ältliche Dame, nett, aber prüde, und niemand traute ihr etwas Raffiniertes zu. Die Leute erzählten ihr meistens schon nach kurzer Zeit die intimsten Dinge im Glauben, dass sie sorgsam damit umging. Ging sie auch. Sie nutzte ihr Wissen ausschließlich für sich selbst.

Ruth schaute sich um, dann legte sie ihr Ohr an die Tür zu Starks Büro.

»Es geht nicht«, zischte er leise, aber mit entnervtem Unterton ins Telefon. »Wenn sie hier ermitteln will, mach ich mich nur verdächtig, wenn ich versuche, sie davon abzuhalten. Nein, Antje. Nein … überlass das mir.«

Ruth drückte ihr Ohr noch dichter dran, doch sie hörte nichts mehr. Vielleicht hatte er aufgelegt, vielleicht hielt Antje auch einen längeren Monolog. Ruth wusste seit Langem, dass Stark eine Affäre mit Kowalskis Frau hatte. Und Stark wusste, dass sie es wusste. Am Anfang hatte er Ruth umschmeichelt, auf seine eigene schmierige Art, aber sie hatte es genossen. Hier eine Eintrittskarte fürs Theater, dort ein Galadiner. Als sie ihm durch die Blume, aber unmissverständlich klargemacht hatte, was sie von Seitensprüngen hielt, hatte er seine Bemühungen intensiviert. Einmal hatte er ihr ein Kuvert mit drei Hundertern zugesteckt, bald darauf waren die Überweisungen regelmäßig eingetroffen. Viel war es nicht, aber es reichte für ein paar kleine Extras monatlich, die Ruth nicht mehr missen wollte.

Doch jetzt, dachte sie, könnte er eigentlich noch mehr springen lassen. Es schien sich nicht nur um eine unangemessene Beziehung zu handeln, sondern auch um etwas anderes. Stark hatte Angst. Er fürchtete die Nachforschungen dieser Detektivin. Was hatte er zu verbergen? Was immer es war, Ruth war zuversichtlich, dass sie auch dieses Wissen gewinnbringend einsetzen konnte.

Jan verzieh es sich immer noch nicht, dass er nicht früher misstrauisch geworden war, als er die Alraune entdeckt hatte. Um es wiedergutzumachen, versuchte er, so viel wie möglich über das Gewächs herauszufinden. Nicht nur über die Bezugsquellen, von denen es mehr gab, als man ahnen könnte, sondern auch über frühere Morde mit der Giftpflanze. In der Schweiz schien solch ein Fall noch nie vorgekommen zu sein. Das heißt, korrigierte er sich, es wurde noch nie einer entdeckt. Er und Nora hatten ja miterlebt, wie zwei Morde als Unfälle durchgingen. Nora hatte ihn vorhin angerufen. Bei Roland Wehr hatte sie ebenfalls eine Wurzel gefunden. Also mussten sie von einem mehrfachen Mörder ausgehen, der aus welchen Gründen auch immer seine Taten ankündigte. Drei Wochen war es jetzt her seit dem Tod von Kowalski.

Jan recherchierte weiter und stieß auf Vergiftungen mit Tollkirsche, Engelstrompete und Stechapfel. Keine Alraune.

Im Aargau war vor ein paar Jahren eine alte Frau tot aufgefunden worden mit Symptomen, die derjenigen einer Vergiftung glichen, doch die Resultate der Autopsie waren nicht eindeutig gewesen. Ein Täter – falls es denn einen gegeben hatte – wurde nie gefasst.

Jan suchte weiter im Internet, machte keine Pause, verbot sich sein heiß geliebtes Nutellabrötchen. Ein bisschen Strafe musste schließlich sein. Nach einer Weile stieß er auf okkulte Seiten. »Wie mischt man eine Hexensalbe?«, stand auf einer. »Umgang mit den dunklen Mächten« war zu lesen. »Mandragora, Königin der Zauberpflanzen« und »Selbsterfahrung mit psychoaktiven Drogen«. In verschiedenen Foren diskutierten die Teilnehmer über die beste Verwendung von Nachtschattengewächsen. Von essen, trinken, rauchen, inhalieren bis zu einreiben und genital einführen. Sex, las er, werde um ein Vielfaches intensiver, wenn die Geschlechtsorgane mit dem Absud der Alraune bestrichen würden.

Keine Morde, keine mysteriösen Todesfälle.

Plötzlich hielt er inne. Der Artikel einer längst eingestellten Lokalzeitung zog Jans Aufmerksamkeit auf sich. Vor beinahe einer Generation, erfuhr er, wurde ein junges Paar in der Nähe des Hirzels tot in seinem Bauernhaus gefunden. Gewalteinwirkung von Drittpersonen wurde ausgeschlossen, die Diagnose lautete Doppelselbstmord. Ronny und Rebekka Dahl, beide 27 Jahre alt, starben anscheinend durch eigene Hand an einer Überdosis Scopolamin, Hauptbestandteil der Mandragora.

Vielleicht hatte es nichts zu bedeuten, war zu lang her oder nicht mehr nachvollziehbar, dennoch rief er Nora an und erzählte es ihr. Auch sie war der Meinung, er solle sich auf die Suche nach diesem Bauernhaus machen. Vielleicht erinnerten sich die Nachbarn an das Paar, vielleicht konnte er sogar mit der ansässigen Polizei sprechen. Jan packte die Taschenlampe ein und machte sich auf den Weg aufs Land.

»Mike«, sprach Nora ins Handy, während sie vom Kriminallabor Richtung Innenstadt ging, »ich weiß, ich belästige dich in letzter Zeit oft, aber hör dir das an.« Sie berichtete von ihren Entdeckungen und von Tamars Bestätigung. »Zwei Tote in derselben Firma innerhalb kurzer Zeit. Beide gehen im IRM als Unfälle durch, weil nichts auf ein Tötungsdelikt schließen lässt. Beide haben sich vor ihrem Tod eigenartig verhalten, so wie es bei einer Mandragoravergiftung beschrieben ist.«

»Wie es aber auch bei normaler Trunkenheit der Fall sein kann«, entgegnete er.

»Stimmt. Aber die Alraunenwurzel, die wir bei beiden gefunden haben! Das ist doch eindeutig!«

»Eindeutig ist gar nichts, Tabani. Es ist eine Zusammenstellung von Indizien, die vor Gericht niemals standhalten würde. Ich gebe zu, das Ganze hat etwas Bizarres an sich. Doch die Autopsien sind abgeschlossen.«

»Lasst beide noch mal obduzieren«, drängte Nora. »Untersucht die Leichen auf Scopolamin.«

»Unmöglich!«

»Könntest du das auf dir sitzen lassen? Dass ein Mörder frei herumläuft und du nicht dein Bestes gegeben hast, um ihn zu fassen?«

Am anderen Ende wurde es still. Nora wusste, dass sie Mikes wunden Punkt getroffen hatte. »Also, Tabani«, sagte Mike nach einer Weile, und alles Ruppige war aus seiner Stimme verschwunden, »ich schau, was ich machen kann. Es wird allerdings schwierig. Wehrs Leiche ist bereits für die baldige Kremation freigegeben worden. Doch ich red mit Reinhard, ob er noch mal Tests vornehmen kann.«

»Bei Kowalski auch«, sagte sie.

»Ausgeschlossen. Er wurde bereits beerdigt.«

»Exhumiert die Leiche.«

»Tabani!«, rief er aus. »Du stellst dir das so einfach vor! Du weißt, dass eine Exhumierung nur vom Staatsanwalt angeordnet werden kann. Das ist ein umständliches Verfahren. In all meinen Jahren bei der Kripo hab ich das höchst selten erlebt!«

»Dann rede ich mit dem Staatsanwalt.«

Es dämmerte. Jan fuhr mit seinem altersschwachen Renault über Thalwil nach Horgen, ließ Wührenbach hinter sich. Er erreichte das Dorf Hirzel und stellte das Auto auf dem Parkplatz vor der reformierten Kirche ab. Er hatte einen Google-Map-Ausdruck dabei und versuchte in der einsetzenden Dunkelheit, den Weg auf dem Plan zu erkennen. Es war idyllisch still hier oben. Die Häuser und Gehöfte waren oft mit gepflegten Gärten umgeben. Das einzige Geräusch, das er hörte, war das entfernte Gebimmel von Kuhglocken. Kein Mensch war unterwegs.

Er ging ein Stück die Bergstrasse entlang, dann bog er rechts ab und ließ den Dorfkern hinter sich. Nachdem er an mehreren Weiden vorübergekommen war, auf denen Rinder grasten, erreichte er einen schmalen Feldweg, der aufwärts führte. Vom Hügel hatte er einen überwältigenden Blick auf die umliegende Landschaft und die andere Seeseite. Die Lichter der Häuser und Straßenlaternen spiegelten sich im Wasser. Richtung Innerschweiz erkannte er den Pilatus und die Rigi.

Als er merkte, dass er zu weit gegangen war, kehrte er um und fand den richtigen Pfad. Der Weg schien früher bis zum gesuchten Bauernhaus geführt zu haben und endete nun in einer Wiese. In den parallel verlaufenden Vertiefungen, die einst Traktorspuren gewesen sein mussten, wuchs wadenhohes Gras. Jan stapfte weiter. Inzwischen war es Nacht geworden. Das Gebäude war unbeleuchtet und sah verwaist aus. Wohnte hier überhaupt noch jemand? Er kam näher und entdeckte den Garten. Er konnte zwar nur schemenhaft die Formen erkennen, doch es sah so aus, als seien die Beete sauber gejätet. Es roch nach feuchter Erde und frischen Kräutern.

Jan schlich durch den Garten und erreichte das Haus. Er

klopfte und wartete. Nichts rührte sich. Er drückte die Klinke hinunter. Verschlossen. Natürlich. Dann spähte er durch ein gekipptes Seitenfenster. Es war stockfinster im Inneren. Vorsichtig umrundete er das Haus, stolperte im Dunkeln über einen Rechen und eine Sense und landete wieder bei dem halb offenen Fenster. Kurz entschlossen griff er hinein und drehte den Griff, der nach oben zeigte, zur Seite. Die Angeln quietschten, dann rasteten sie aus. Die Scheibe war nur noch an einer Ecke arretiert und ragte schräg nach innen. Jan drückte sich durch den Spalt. Hätte Nora gesehen, wie er sich ächzend durch die Öffnung quetschte, hätte sie sich eine Bemerkung über weitere Ausdauertrainings nicht verkneifen können.

Endlich hatte er es geschafft und war drin. Anscheinend war er in einer Abstellkammer gelandet. Er knipste die Taschenlampe an, reduzierte die Helligkeit und schaute sich um. Zwei Wände des Räumchens waren vollgestellt mit Gartenwerkzeugen, Kübeln, leeren Töpfen und allerlei Gerümpel. So leise wie möglich verließ er die Kammer und kam auf einen Korridor. Es roch nach Holz. Er ging den Gang entlang und öffnete die erstbeste Tür. Eine altmodische Küche. Er leuchtete hinein und fand Spuren eines kürzlich eingenommenen Mahls. Verkrustete Teller lagen aufeinander, darin Gabeln und Messer mit Speiseresten. Er machte den Kühlschrank auf und schaute hinein. Viel Gemüse und Salat. Kartoffeln, Kohl, Karotten.

Er schlich weiter. Entdeckte das Wohnzimmer mit dem Kachelofen und einer Sitzecke, in der bunte Decken und Kissen lagen. Das Zimmer war niedrig, die Möbel zerschlissen. Er öffnete ein paar Schubladen, fand aber nur Geschirr, das nicht zusammenpasste, Kerzen, Nähutensilien und alte Bücher. Staub wirbelte auf. Nachdem er Badezimmer, Esszimmer und einen undefinierbaren Raum, in dem sich nur leere Schachteln und Kisten befanden, durchsucht hatte, gelangte er in den oberen Stock. Im Gang stand eine altertümliche Pendeluhr, die nicht mehr lief. Er trat ins Schlafzimmer. Eine schmale Matratze lag auf dem Boden, umgeben von einer Unmenge schwarzer Kerzen, die Wachstropfen bedeckten das halbe Parkett. Das Bett war nicht gemacht, zwei Daunendecken lagen zurückgeschlagen übereinander. Das Fixleintuch war zerknittert. Brosamen waren darauf verstreut. Jan untersuchte das Nachttischchen und fand ein Märchenbuch darin. Er schaute auf den Titel. »Das Mädchen ohne Hände«, hieß es. Dann durchwühlte er die Kleider im Schrank. Viele Röcke, keine Hosen. Dunkle und rote Farben. Wolle, Baumwolle, Leinen. Keine Kunststoffe. Bis zu diesem Augenblick hatte er das Bild einer älteren Frau vor sich, die allein wohnte, weder Computer noch Fernseher besaß und nicht einmal ein Telefon hatte. Nicht gerade eine typische Mörderin.

Zuhinterst unter den Winterpullovern fand er einen Karton und öffnete ihn.

Ein Stoß Zeitungsausschnitte war hineingestopft. Jan kniete nieder, leuchtete mit der Taschenlampe darauf und zog den ersten Ausschnitt hervor. Er war vergilbt, das Papier brüchig, die Fotos schlecht. Erschienen war der Artikel vor etlichen Jahren. Zwei junge Menschen waren abgebildet, ein Mann und eine Frau, die in die Kamera lächelten. »Grausiger Fund auf dem Zimmerberg«, lautete die Schlagzeile. Darunter stand: »Gestern Mittag wurden die Leichen der 27-jährigen Rebekka und des gleichaltrigen Ronny Dahl in ihrem Bauernhaus in einem Weiler in der Nähe des Hirzels gefunden. Das junge Paar, das vor gerade mal 27 Tagen geheiratet hatte, hat sich gemeinsam das Leben genommen. Todesursache scheint eine Überdosis der Giftpflanze Alraune zu sein. Das Paar hinterlässt ein neunjähriges Mädchen.«

Jan starrte eine Weile auf den Text, der ähnlich lautete wie derjenige, den er im Internet entdeckt hatte. So tragisch dieser Doppelsuizid war, ob er etwas mit Noras und seinem Fall zu tun hatte, war fraglich. Jan brauchte zusätzliche Informationen. Er stöberte weiter und stieß auf spätere Berichte über dasselbe Ereignis. In einem Artikel stand in riesigen Lettern: »Tod im Bauernhaus«, in einem anderen »Entsetzliches Ende der Frischvermählten«.

In diesem Moment knarrte es.

Jan zuckte zusammen. Stieg jemand die Treppe hinauf? Blitzschnell knipste er die Taschenlampe aus. Hielt den Atem an. Lauschte. Das Geräusch wiederholte sich nicht. Doch er hätte schwören können, etwas gehört zu haben. Stocksteif kauerte er im Dunkeln. Nichts. Ohne das Licht wieder anzuzünden, versorgte er die Zeitungsartikel in der Schachtel und diese im Schrank. Er schloss die Schranktür, tastete sich aus dem Zimmer, fand die Treppe.

Dann hörte er es wieder.

Es knarrte neben ihm. Es knackte. Es atmete.

15

Alruna hatte den Eindringling schon von Weitem gesehen. Sie war im Estrich gewesen, als sie gespürt hatte, dass sich jemand ihrem Haus näherte. Sie schaute aus der Dachluke. Da kam er den Hügel herauf, geradewegs auf sie zu. Es war zu dunkel, um zu erkennen, wer es war. Sie hörte ihn hereinklettern und in der Abstellkammer rumpeln. Er drang in ihr Haus ein! Wie dumm von ihr, dass sie das Fenster offen gelassen hatte, wie hatte sie das nur tun können! Er schlich in die Küche, öffnete den Kühlschrank, wühlte in der Stube herum. Leuchtete mit seiner Lampe in jede Ecke ihres Heims. Sie fühlte, wie die Wut in ihre Eingeweide fuhr. Was wollte der Mann? Wer war er?

Ohne das geringste Geräusch zu verursachen, stieg sie in den ersten Stock hinunter. Wartete hinter der großen Standuhr. Da kam er hoch. Betrat das Schlafzimmer, fand den Karton. Alruna hörte die Dämonen in ihrem Inneren flüstern. Ihr Puls raste. Der Mann las die Zeitungsartikel. Sie sah ihn nur von hinten, erkannte ihn nicht. Die bleichen Gestalten in ihr drängten sie zu handeln, wurden lauter, schriller. Dünne Finger zeigten auf den Fremden in ihrem Haus. Alruna bewegte sich, und der Holzboden ächzte. Der Mann hielt inne, löschte das Licht, hatte Angst. Im Dunkeln tapste er aus ihrem Schlafraum. Kam direkt an ihr vorbei.

Sie atmete aus. Er erstarrte.

Es war bereits halb acht Uhr abends, als Nora in Gockhausen ankam. Sie fand das Haus auf Anhieb. Nachdem sie bei Flint geläutet hatte, wartete sie. Schritte waren zu hören, dann das Drehen eines Schlüssels. Nora seufzte auf – die Staatsanwältin war zu Hause. Die Tür öffnete sich, und Regina Flint trat heraus.

Erstaunt erkannte sie Nora und lächelte. »Sie hätte ich nicht erwartet.«

Nora hatte Regina Flint vor einigen Monaten kennengelernt, als diese sie für einen Fall engagierte, für den sie vertrauliche Informationen brauchte. Flint war damals unter großem Stress gestanden. Jetzt wirkte sie in sich ruhend, aber auch verletzlich. Sie trug ein weites Flanellhemd über ihrer Jeans, eher ungewöhnlich für die Frau, die sich sonst elegant kleidete. Ihre Sommersprossen waren noch ausgeprägter, als sei sie in letzter Zeit vermehrt an der Sonne gewesen.

»Tut mir leid«, sagte Nora, »dass ich Sie um diese Zeit belästige. Mike Salzmann teilte mir mit, dass Sie im Mutterschaftsurlaub sind. Da ich Sie telefonisch nicht erreichen konnte, bin ich hergekommen. Es ist wichtig.«

»Sie stören gar nicht«, entgegnete Flint, »treten Sie doch bitte ein.« Das Weinen eines Säuglings drang aus dem Inneren der Wohnung. Flint eilte in die Richtung, aus der es kam, und rief über die Schulter: »Bin gleich zurück.«

Der Duft von Essen lag in der Luft, irgendetwas mit Paprika und asiatischen Gewürzen. Nora setzte sich an den Wohnzimmertisch und betrachtete die Bilder an der Wand, Reproduktionen von Paul Klee. Bald verstummte das Weinen des Kindes, und die Staatsanwältin kam zurück. Sie setzte sich Nora gegenüber und fragte: »Was führt Sie zu mir, Frau Tabani?«

Nora erzählte von Kowalskis und Wehrs Tod und von der Alraunenwurzel, die sie bei ihnen gefunden hatte. »Die Gemeinsamkeiten sind zu auffällig, verstehen Sie? Beide Todesfälle wurden als Unfall in alkoholisiertem Zustand deklariert, doch die Symptome sprechen eine andere Sprache. Die geröteten Gesichter, das hitzige und irre Verhalten, bevor sie in die

Tiefe sprangen. Das sind alles Symptome einer Mandragoravergiftung.«

Flint schwieg eine Weile. Dann fragte sie: »Die Obduktionen sind abgeschlossen?«

Nora nickte. »Leider. Darum wende ich mich an Sie. Ich bitte Sie, eine erneute Autopsie von Wehr und eine Exhumierung von Kowalski anzuordnen.«

Die Staatsanwältin schaute sie ernst an. »Das ist schwierig. Erstens ist während meines Urlaubs jemand anders dafür zuständig. Und zweitens kann eine Privatperson, als die Sie rechtlich gelten, einen solchen Antrag nicht stellen.«

»Ich weiß«, sagte Nora. »Ich habe bereits mit Ihrem Stellvertreter gesprochen. Er hat mich abgewimmelt. Doch die Indizien sind so klar, dass sie ihn überzeugen müssten. Auch die Polizei kann etwas übersehen. Ich hab das mehr als einmal erlebt, als ich noch bei der Kripo war.«

Regina Flint spielte mit einer Haarsträhne und schien zu überlegen. Dann sagte sie: »Ich kann Ihnen nichts versprechen. Eine Exhumierung ist eine komplizierte Angelegenheit, die nicht leichtfertig angeordnet wird. Es braucht triftige Gründe dafür. Das Einzige, was ich tun kann, ist, mit meinem Stellvertreter zu reden.«

»Würden Sie das tun?«

Die Staatsanwältin nickte. »Ich versuche, ihn morgen zu erreichen. Aber machen Sie sich keine großen Hoffnungen. Die Chance, dass ich damit durchkomme, ist verschwindend klein.«

Marco Benedetto fuhr zu den Lagerräumen hinunter. Er hatte unter einem Vorwand länger gearbeitet und dann gewartet, bis alle anderen gegangen waren. Falls um diese Zeit noch Mieter Einlass in ihre Kabinen verlangten, mussten sie den Nachtschalter betätigen, und einer vom U2 würde sie einlassen. Marco hatte freie Bahn. Er ging den Gang 3 entlang und kam zu Raum 17. Er schaute sich um. Niemand war da. Um diese Zeit wirkten die Lagerhallen unheimlich. Wie Gerhard es hier unten bloß aushielt? Tag für Tag war er allein in diesem unterirdischen Bereich. Tim zwar auch, aber der traf sich ab und zu mit der Crew von oben. Gerhard war einfach nur schräg. Er hatte was von Gollum aus *Herr der Ringe*, war ein lichtscheues Wesen mit ekliger Haut. Richtig gruselig. Auch ihm hatten es funkelnde Dinge angetan. Schmuck und Uhren. Ganz zu schweigen von Gold. »Mein Schatzzzzz«, hörte Marco die zischende Stimme von Gollum im Ohr, die der von Gerhard so ähnelte.

Er steckte die Mastercard in den Schlitz und betrat den Raum. Die Tür ließ er ein wenig offen, damit er etwaige Geräusche rechtzeitig hören konnte. Er hob einen Karton um den anderen runter, durchsuchte sie, klaubte hier und dort eine Kleinigkeit heraus und stellte sie wieder auf den Stapel. Dann streckte er seinen Kopf aus dem Türspalt und lugte in den Gang. Immer noch niemand.

Er machte weiter. Nach wenigen Minuten hatte er ein ansehnliches Häufchen wertvoller Gegenstände in seinen Hosentaschen. Goldringe, mit Rubinen verzierte Haarspangen, eine Perlenkette, eine glänzende Brosche in Form eines Schwanes. Wenn ihn nicht alles täuschte, waren die durchsichtigen Steinchen auf dem Schwanenhals Diamanten. Die Alte, der die Kabine gehörte, war dement, von ihr war nichts zu befürchten. Und falls Gerhard bei seinen weiteren Beutetouren merken sollte, dass mehr fehlte, als er entwendet hatte, würde ihm keiner glauben, dass nicht er der Dieb war. Tim musste es Sarah weiterleiten, und diese würde Gerhard bald entlassen. Und Marco konnte in Ruhe weiterklauen.

Jan spürte die Anspannung in jeder Faser seines Körpers. Jemand stand im Stockfinsteren neben ihm, atmete ihm ins Gesicht. Hatte vielleicht genauso Angst wie er. Oder hielt ein gezücktes Messer in der Hand. Jans Herz hämmerte so laut, dass er glaubte, die andere Person müsse es hören. Er hatte sie nicht gesehen, sie hatte ihn nicht gesehen. Die Taschenlampe machte er nicht an. Mit einem waghalsigen Sprung hechtete er in die Richtung, in der er die Treppe vermutete. Er ruderte im Dunkeln, fand das Geländer, klammerte sich daran fest. Wie von Furien gejagt, raste er die Stufen hinunter, stolperte, knallte auf die Knie. Er rappelte sich hoch, fand die Abstellkammer, öffnete das Fenster und hechtete hinaus. Dann lief er die Felder hinunter zum Dorf. Immer wieder warf er einen Blick zurück, um zu überprüfen, ob ihm jemand folgte. Doch er konnte niemanden erkennen.

Nach einer Weile drosselte er sein Tempo. Als er sich etwas erholt hatte, drehte er sich keuchend um und blieb stehen. Das Haus war weit entfernt und immer noch unbeleuchtet. Warum war er eigentlich so in Panik geraten? Okay, er war unerlaubterweise in ein Gebäude eingedrungen. Hausfriedensbruch könnte man ihm anhängen. Doch das war nicht der Grund für seine Angst. Er hatte etwas gespürt. Das abgelegene Bauernhaus hatte etwas Bedrohliches an sich. Als wäre es ein Hort des Bösen.

Als ihm klar wurde, wohin seine Gedanken abgedriftet waren, musste er über sich selbst lachen. Wo blieb seine Vernunft, seine Logik? Irgendwann einmal hatte sich in diesen Wänden eine Familientragödie abgespielt, doch das war lang her. Jetzt lebte hier vermutlich nur eine alleinstehende Frau, die alte Zeitungsartikel sammelte. Kein Grund, die Nerven zu verlieren.

Er betastete durch die Hose seine Knie, die hart aufgeschlagen waren, und zuckte zusammen. Da würden sich bis morgen zwei schillernd blaue Beulen bilden. Erst jetzt fühlte er den Schmerz. Leicht humpelnd ging er weiter, durchquerte das Dorf und stieg ins Auto. Dann fischte er das Handy hervor und rief Nora an.

»Du fieses Biest!«, schrie Gerhard Furrer quer durch die Halle, als Nora im 1. Untergeschoss von Store & Go eintraf. Sie hatte Sarah Dobler gesucht, und Marco hatte ihr mitgeteilt, sie sei bei Furrer. Jetzt platzte Nora mitten in einen Streit zwischen den beiden.

»Du gemeine Kuh!« Der blasse Mann spuckte in Doblers Richtung. »Du hast überhaupt nicht das Recht, mich zu feuern!«

Sarah Dobler redete beschwichtigend auf ihn ein, er fuhr fort, sie zu beleidigen. Dann unterbrach er sich, starrte Nora an und zeigte mit dem Finger auf sie. »Sicher ist die daran schuld! Sie hatte es von Anfang an auf mich abgesehen!«

»Beruhige dich, Gerhard.«

»Nein, das werd ich nicht! Ich arbeite seit dem ersten Tag für diese Firma. Du kannst mich nicht einfach rausschmeißen!«

»Du weißt, was im Vertrag steht. Kowalski hat mich ermächtigt, in solchen Fällen –«

»Ich gehe nicht! Ich leg die Sachen zurück in die Kartons und bleibe. Diese Chance musst du mir geben.«

Dobler schüttelte den Kopf. »Kowalski hat dir vor drei Jahren schon einmal eine gegeben.«

Er glotzte sie an. »Woher weißt du das?«

»Er hätte dich nach dem ersten Mal entlassen müssen. Ich kann nur ahnen, in wie vielen Kabinen du dich in der Zwischenzeit bedient hast. Unter diesen Umständen können wir nicht mehr mit dir zusammenarbeiten. Sicherheit ist unsere höchste –«

»Verschon mich mit deinem Werbeslogan!« Sein Kinn zitterte. Er wirkte weniger wütend als vielmehr verzweifelt. Nora zog sich zurück, doch er kam auf sie zu. »Kein Schwein wird mich noch irgendwo anstellen!«, sagte er. »Ich bin doch untenraus in meinem Alter!«

Nora wusste nicht, ob er eine Antwort von ihr erwartete, und schwieg.

Sarah Dobler wandte ein: »Du hättest deinen Job bis zu deiner Pensionierung behalten können. Du hast dich selbst in diese Situation hineinmanö –«

»Halt den Mund!« Er krallte sich Hilfe suchend an den Hosentaschen seines Overalls fest. »Ihr seid doch alle froh, dass ihr mich loswerdet!« Er stampfte zum Lift, knallte die Tür zu und fuhr nach oben.

Dobler seufzte. »So habe ich ihn noch nie erlebt. Als ob unsere Firma nicht schon genug gebeutelt wäre.«

»Wie haben Sie davon erfahren?«, fragte Nora.

»Tim Stalder hat mir erzählt, dass Gerhard stiehlt. Erst hatte er vor, sein Wissen für sich zu behalten, weil er, wie er sagt, seinem Kollegen nicht in den Rücken fallen wollte. Dann wurde ihm klar, was es bedeutet, wenn man sich in unserem Geschäft nicht hundertprozentig auf die Mitarbeiter verlassen kann. Das hat uns jetzt wirklich noch gefehlt.« Sie machte eine Pause und fasste sich wieder etwas. »Sie wollten mich sicher aus einem bestimmten Grund sprechen.«

Nora hielt ihr die Alraune hin. »Wir haben ein Zeichen des Mörders bei Kowalski und bei Wehr gefunden.«

»Ein Zeichen?« Sie nahm die Wurzel in die Hand und war sichtlich verwirrt. »Was ist das?«

»Eine Mandragora. Gewisse Täter markieren ihre Tat mit einem Symbol«, erklärte Nora. »Einige wollen insgeheim geschnappt werden, andere sammeln Trophäen ihrer Opfer. Dieser hier hat etwas hinterlassen, das ich als Ankündigung seiner Morde interpretiere.« Sie erzählte von Jans Recherche.

Plötzlich schnellten beide herum. Eine Gestalt hatte sich hinter einer Säule gelöst und rannte davon. Sie musste jedes Wort belauscht haben.

»Wer war das?«, frage Nora.

Sarah Dobler schaute der verschwindenden Person nach. »Ich habe keine Ahnung.«

Am Nachmittag fuhr Jan noch mal auf den Hirzel. Diesmal würde er die Nachbarn über das Bauernhaus und seine Besitzer befragen, vielleicht konnten die Dorfbewohner ihm weiterhelfen. Allzu offen durfte er dabei nicht vorgehen, vorläufig wollte er nicht, dass seine Nachforschungen auffielen. Sein Auto hatte er etwas entfernt abgestellt. In seiner Wanderkleidung und mit einem Rucksack bepackt, marschierte er an der Kirche vorbei. Von weit her näherte sich ein Bauer in Gummistiefeln. Jan blieb vor einem Wegweiser stehen und starrte auf die Angaben. »Zimmerberg: 40 Min.« stand da und darunter »Kilchberg: 3½ Std.«. Er nahm seine Karte hervor, drehte sie mehrmals um hundertachtzig Grad, damit kein Zweifel aufkam, dass er sich restlos verlaufen hatte.

Wie erhofft, kam der Mann auf ihn zu und fragte: »Kann ich Ihnen helfen? Wo müssen Sie denn hin?«

»Oh, das wäre sehr nett. Eigentlich wollte ich nach Schönenberg. Aber es gibt zwei verschiedene Wegweiser. Ich werde wohl rechts hoch gehen.«

Der andere lachte gutmütig. »Da sind Sie aber völlig falsch!« Er zeigte in die entgegengesetzte Richtung und erklärte Jan lang und breit, welchen Weg er zu nehmen habe.

»Wie lang dauert es denn bis dorthin?«

»Eine Stunde bis anderthalb. Je nachdem, wie fit Sie sind.« Er schaute auf Jans Leibesfülle, als bezweifle er, dass Jan es überhaupt schaffen würde.

Jan versuchte, unschlüssig dreinzuschauen. »Das ist etwas sehr weit.« Er entdeckte weiter hinten die Cafeteria Spyrigarten. »Dann werd ich mir wohl ein erfrischendes Bier genehmigen. Trinken Sie eins mit?«

Der Bauer schüttelte den Kopf. »Der Spyrigarten ist um diese Zeit geschlossen. Es ist schon nach fünf. Aber Sie haben doch sicher eine Thermoskanne Tee dabei.«

Das hatte Jan. Die beiden setzten sich bei der Bushaltestelle auf eine Bank. Jan bot dem Mann einen Schluck Tee an, und sie begannen zu plaudern. Besser hätte er es sich nicht wünschen können.

»Woher kommen Sie denn?«, fragte der andere.

»Aus Zürich«, antwortete Jan. »Darum genieße ich die Landluft umso mehr. Und Sie sind hier aufgewachsen?«

Der Bauer schlug sich stolz auf die Brust. »Ich lebe seit fünfundsechzig Jahren im Dorf. Habe Amerika gesehen und Kanada bereist, bin aber mehr als gern zurückgekehrt.«

»Dann kennen Sie das Dorf sicher gut.«

»Das kann man wohl sagen!«

»Und seine Bewohner und deren Kinder.«

»Aber natürlich«, sagte er voller Inbrunst. »Ich kenne alle.«

Jan tat, als überlege er eine Weile, dann sagte er: »War das nicht hier, als vor vielen Jahren ein junges Paar erschossen wurde?«

»Nicht erschossen! Die haben sich selber umgebracht!«

»Mein Gott, warum denn das?«

»Es waren Hippies!«, sagte der andere, als erkläre das alles.

»Ach so, sie sind an einer Überdosis gestorben. Wer hätte das gedacht, Drogentote auf dem Hirzel.«

Jetzt ereiferte sich der Bauer. Er schüttelte heftig den Kopf. »Wir haben keine Drogen auf dem Hirzel! Das waren Auswärtige! Wahrscheinlich sind sie von Zürich aufs Land gezogen. Niemand weiß das so genau. Wir haben natürlich jeden Kontakt zu ihnen vermieden. Aber ihr Haus!« Er machte eine wegwerfende Handbewegung. »Das hätten Sie sehen sollen! Die Bilder waren später in der Zeitung. Das war ein einziger Saustall! Die haben in einer Kommune gelebt und hatten sogar ein Kind.«

»Ach ja?«

»Man kann es kaum glauben. Ihr Mädchen, Lisa hieß es … es muss damals etwa acht oder neun gewesen sein … kam nach dem Tod der Eltern zu einer Pflegefamilie. Als sie erwachsen war, kehrte sie wieder in das Haus zurück. Niemand konnte verstehen, dass sie am Ort der Tragödie leben konnte.«

»Sie wohnt jetzt noch dort?«

Er nickte. »Ganz allein. Eine sonderbare Person. Muss jetzt Ende zwanzig sein, verhält sich aber wie eine alte Frau. Man sieht sie höchst selten. Viele haben Angst vor ihr. Die Nachbarskinder halten sie für eine Hexe. Die Erwachsenen für eine geistig Behinderte. Kein Wunder. Nach all dem, was sie erlebt hat. So, ich muss los.« Ohne Übergang stand er auf, klopfte sich auf die Hose und sagte: »Schöne Wanderung noch. Und danke für den Tee.«

Nora fuhr mit dem Lift vom Untergeschoss ins Parterre hoch. Als er hielt und sie aussteigen wollte, prallte sie mit Tim Stalder zusammen, der gerade den Fahrstuhl betreten wollte.

»Schon wieder!«, lachte er. »Das scheint unsere bevorzugte Kontaktaufnahme zu sein!«

»Hallo«, sagte sie und spürte eine unerträgliche Befangenheit.

»Selber hallo.«

Ein paar Sekunden lang blieben sie stehen und schauten sich an, während die Tür mehrmals auf- und zuging.

»Ich glaube, ich muss jetzt aussteigen«, murmelte sie.

»Das wär vielleicht eine gute Idee.« Er machte ihr Platz und betrat den Aufzug.

Nora durchquerte die Ausgangshalle und widerstand der Versuchung, sich umzudrehen. Sie ging durch die große Glastür, dann konnte sie nicht mehr an sich halten und wagte einen Blick zurück. Stalder stand im Lift und lächelte sie an. Sie erwiderte das Lächeln, dann wich sie einem Store-&-Go-Umzugswagen aus und lief über die Straße. Nach ein paar Metern blieb sie stehen und blickte zum Haus hinauf. Im obersten Stock erschien Stalder am Fenster. Es sah aus, als nähme er etwas aus seiner Hosentasche. Kurz darauf piepste Noras Handy.

Sie las die SMS. »Abendessen zusammen?«, stand da. »Ich würde mich freuen. Tim Stalder.«

Nora sah zu ihm hoch, merkte, wie ihre Mundwinkel sich nach oben zogen, ohne dass sie etwas dagegen hätte tun können. »Ja«, schrieb sie zurück.

Jan saß eine weitere Viertelstunde auf der überdachten Bank bei der Busstation. Er ließ einen Bus Richtung Wädenswil an sich vorbeifahren und trank Tee, als eine ältere Frau mit ihrem Hund, einer unbeschreiblich hässlichen Mischung aus Mops und einer kleinen, haarigen Rasse, an ihm vorüberkam. Wie auf dem Land üblich, sagte er Guten Abend, und sie grüßte zurück. Die Chance durfte er sich nicht entgehen lassen, wenn er nicht die nächste Stunde allein hier sitzen und warten wollte. Von Überbevölkerung konnte auf dem Hirzel wahrlich nicht die Rede sein.

»Ein schönes Dorf«, sagte er aufs Geratewohl, was ihm völlig abgedroschen vorkam, seine Wirkung aber nicht verfehlte.

»Vielen Dank«, antwortete sie, als hätte er ihr persönlich ein Kompliment gemacht. »Das finden alle.« Sie blieb vor ihm stehen, sagte zu ihrem Hund: »Sitz, Nero« und zu Jan: »Wissen Sie, wir haben nur Vorteile in dieser Lage. Nah an Horgen und Zürich, Seeblick, Ruhe und …« Sie begann, die Vorzüge Hirzels aufzuzählen, und Jan überlegte fieberhaft, wie er das Gespräch in die von ihm gewünschte Richtung lenken könnte. Der Hund wedelte mit seinem halblangen Schwanz, den er irgendwann gebrochen haben musste, das struppige Fellbüschel ragte starr nach hinten, hatte in der Mitte einen Knick und baumelte dann schlaff hinunter.

»Ist ja gut, Nero«, sagte sie zu ihm, »wir gehen gleich. Lass uns noch etwas mit dem netten Herrn aus Zürich plaudern. Wie gesagt«, jetzt wandte sie sich wieder an Jan, »wir sind ein spezielles Völkchen, wir sind stolz auf unseren Hirzel, wir pflegen die alten Traditionen, wir haben ein reges Gemeindeleben, wir …« Und wieder dozierte sie minutenlang, holte aus, schweifte ab, schmückte ihre Schilderung mit reizvollen Details.

Nero winselte. Jan bald auch, dann platzte er mitten in ihren Redefluss: »Die Hippies –«

»Ja«, nahm sie den Faden sofort auf. »Die Hippies. Familie Dahl, wenn man so was überhaupt Familie nennen kann. Doppelselbstmord hieß es damals. Einer der Polizisten, die nach der grausigen Tragödie gerufen wurden, war der Schmid Werner, Neffe meines Cousins mütterlicherseits. Er erzählte mir alles haarklein. Und wissen Sie was?«

Er wollte antworten, doch sie fuhr gleich fort: »Die tödlichen Pflanzen, mit denen sie sich umbrachten, hatten sie selber gezogen. Der ganze Garten war ein einziges Giftfeld. Tät mich nicht wundern, wenn die Tochter, diese merkwürdige Person, jetzt noch solches Zeug anpflanzen würde.« Sie nickte ihm verschwörerisch zu. »Keiner nähert sich ihrem Haus. Da passieren absonderliche Dinge, glauben Sie mir, ganz absonderliche Dinge. So, Nero, komm. Sag dem netten Mann aus Zürich Auf Wiedersehen.« Sie zupfte an der Leine herum und zerrte ihren Hund weg.

Jan blieb reglos sitzen. Wieso hatte er nicht früher daran gedacht? Apotheken hatte er ausfindig gemacht, sich bei Online-Lieferdiensten von »Zauberpflanzen« eingeloggt, Esoterikläden besucht, aber nie ans Einfachste gedacht: ein Garten voller Giftpflanzen!

16

»Guten Appetit!«

Tim Stalder schob sich eine Gabel Safrannudeln in den Mund, Nora genoss einen Teller voll indischer Spezialitäten. Sie saßen im oberen Stock des vegetarischen Restaurants Hiltl. Die Tische waren weiß gedeckt, der Wein schmeckte, und ihr Gespräch plätscherte dahin. Tim war seit seiner Kindheit Vegetarier. Er achte auch sonst auf seine Ernährung, erzählte er ihr. Nora überlegte sich, was sie heute schon für ihre Gesundheit getan hatte: kein Frühstück, dafür zwei Tassen Kaffee; unterwegs hastig einen Kebab verschlungen, abgerundet von einer halben Tafel Schokolade und ausgeglichen mit einem weiteren halben Liter Kaffee. Da gab es tatsächlich Verbesserungspotenzial.

»Ich hoffe, dass die ganze Sache bald vorbei ist«, sagte er und nahm einen Schluck Rotwein.

»Die Sache?«

»Ihr Fall. Sobald Sie den Täter geschnappt haben, werden Sie mich von der Liste der Verdächtigen streichen. Dann können wir uns in entspannterer Atmosphäre treffen.« Er trank das Glas aus und fügte leise hinzu: »Ich meine natürlich, nur, wenn Sie das möchten.«

»Die Vorstellung, mit einem potenziellen Mörder zu dinieren, hat durchaus etwas Reizvolles«, gab sie zurück.

Er lächelte etwas traurig. »Lieber wärs mir anders.«

Nora betrachtete ihn. Er trug Jeans und ein königsblaues Hemd. Seine dunklen Haare hatten keinen eigentlichen Schnitt, sondern standen wild ab wie die eines Outdoorsportlers. Die Wangenknochen waren markant und deuteten auf Willensstärke hin. Im geschwungenen Kinn wiederum sah sie Sensibilität und Kreativität. Nora hatte keine Ahnung, wie sie auf diese Begriffe kam, doch sie fühlten sich stimmig an. Das Schönste an ihm aber waren seine Augen. Sie konnten ihrem Blick standhalten, strahlten etwas Faszinierendes und Unergründliches aus, aber auch eine Sanftheit, die sie selten bei einem Mann angetroffen hatte. Tim Stalder schien einer zu sein, der keine Angst vor tiefen Gefühlen hatte, dies anderen aber nicht auf die Nase band.

»Sie mustern mich?«

»Sorry«, sagte sie und merkte, wie sie rot anlief. »Ich wollte nicht starren.«

»Nur zu«, meinte er. »Passiert mir selten genug.«

»Ach was!«

»Doch, ehrlich. Ich leg es nicht auf schnelle Eroberungen an, glauben Sie mir.« Er holte sein Portemonnaie hervor und zeigte ihr das Foto einer schönen Frau Mitte dreißig, die offen in die Kamera lachte. »Das war Sandra.«

»War?«

»Sie starb vor zwei Jahren an Leukämie. Wir waren acht Jahre zusammen.«

»Tut mir leid«, murmelte sie.

»Das muss es nicht. Es war am Schluss gut, dass sie sterben konnte. Ich habe nie eine temperamentvollere Frau kennengelernt. Doch ihr Leben hatte sich in all den Jahren der Krankheit von einem farbigen Feuerwerk in ein blasses Dahinsiechen verwandelt.« Er steckte das Foto zurück. »Ich erzähl das nur, damit Sie wissen, wer ich bin. Sandra ist immer noch in meinem Herzen. Aber langsam gibt es Platz für einen neuen Menschen. Es müsste jemand sein, der akzeptiert, dass ich kein unbeschriebenes Blatt bin.« Er beugte sich zu ihr vor und fuhr mit weicher Stimme fort: »Ich wünschte, Sie könnten es sein. Möchten Sie das?«

Nora war platt. Mit so viel Direktheit hatte sie nicht gerechnet. Gleichzeitig war seine Frage in Zeiten von Internetaffären, Chats und Kontaktshows so sympathisch altmodisch. Ein Kellner kam vorbei und wollte die Dessertbestellung aufnehmen, erhielt keine Antwort und verzog sich wieder. In Noras Körper breitete sich eine Wärme aus. So, wie in diesem Augenblick, hatte sie noch nie empfunden. Die unglücklichen und schnelllebigen Beziehungen der letzten Jahre wirkten daneben schal und hohl.

»Ja«, sagte sie.

Er strahlte und nahm ihre Hand in die seine. »Ich bin Tim.«

»Nora.«

Sarah hatte eine Kleinigkeit gegessen und ging zurück in ihr Büro. Es war Donnerstagabend, sie hatte viel zu tun und würde heute länger bleiben. Sie setzte sich vor den Bildschirm, beantwortete mehrere Mails, schickte die Buchhaltungsdaten des letzten Monats an den Treuhänder und entwarf einen Rundbrief an die Kundschaft. Irgendwann mussten die Mieter erfahren, dass Maximilian Kowalski gestorben war und Store & Go sich in einer Übergangsphase befand, bis der neue Geschäftsführer, vermutlich Cedric Stark, die Firmenleitung übernehmen würde. Sie wollte alles noch vor dem Wochenende erledigen.

Mitten im Tippen hielt sie inne. Es fiel ihr schwer, sich zu konzentrieren. Nora Tabanis Bericht hatte sie aufgewühlt. Einerseits war sie froh, dass ihr Gefühl sie nicht getäuscht hatte – Roland und ihr Chef waren tatsächlich umgebracht worden. Andererseits war der Gedanke, unter ihren Kollegen könnte sich ein Mörder befinden, mehr als beunruhigend. Sie konnte sich nicht vorstellen, wer von ihnen zu so etwas fähig sein sollte, geschweige denn, warum. Und irgendjemand in der Firma war vielleicht in einen Waffenhandel verwickelt, was sie noch vor einem Monat für völlig unmöglich gehalten hätte. Wer war skrupellos genug? Wem waren Menschenleben so egal, dass er kistenweise Pistolen lagerte oder weiterverkaufte?

Ohne dass sie es verhindern konnte, tauchte das Bild von Cedric Stark vor ihr auf. Stopp, sagte sie sich. Ich muss fair bleiben. Nur weil sie ihn nicht mochte und seine scharfe Zunge fürchtete, war er noch kein Verbrecher. Aber wer dann? Was wusste sie wirklich über die Mitarbeitenden?

Vielleicht steckte doch ein Außenstehender hinter den Morden an Kowalski und Roland. Womöglich hatte Marco sogar recht, und die Mafia oder eine andere kriminelle Vereinigung war dafür verantwortlich.

Sarah beendete den Rundbrief und korrigierte ihn. Als sie mit dem Geschriebenen zufrieden war, druckte sie es aus. Dann speicherte sie ihre Daten auf einem USB-Stick und fuhr den Computer herunter.

Sie ging zur Toilette. Als sie an Starks Büro vorüberging, bemerkte sie, dass noch Licht brannte. Sie fühlte sich etwas schwindlig. Mit kaltem Wasser wusch sie sich die Hände und kühlte ihren Nacken. Das tat gut. Sie hatte wieder stundenlang ohne Pause gearbeitet, etwas, das sie sich eigentlich abgewöhnen wollte. Kürzlich hatte sie gelesen, wie nützlich sogenannte Mikropausen seien. Fünf Minuten aufstehen, herumgehen, bei offenem Fenster die Glieder recken – und gleich sei man viel fitter. Ein paar Wochen hatte sie den Tipp befolgt, dann war sie wieder in ihr altes Muster zurückgefallen. Sie trocknete sich die Hände ab, machte das Licht aus und kehrte an ihren Arbeitsplatz zurück.

Als sie die Tür öffnete, erschrak sie zu Tode.

Auf ihrem Schreibtisch lag eine Alraunenwurzel.

Schrumpelig, sandfarben, in Form eines krummbeinigen Gnoms.

Eine Weile blieb sie reglos stehen und starrte darauf. Dann

kramte sie mit zittrigen Fingern Nora Tabanis Nummer hervor und griff nach dem Telefon. Trotz ihrer Panik dachte sie daran, das Gewächs nicht zu berühren, vielleicht ließen sich Fingerabdrücke davon nehmen. Die kurze Zeit ihrer Abwesenheit schien jemandem gereicht zu haben, die Giftpflanze zu deponieren und Sarah damit in Todesangst zu versetzen.

Sie versuchte, sich zu beruhigen, tiefer zu atmen, ihre Energie auf das Hier und Jetzt zu lenken. Noch lebte sie, konnte nachdenken und handeln. Sie würde sich nicht unterkriegen lassen. Sie würde von niemandem ein Getränk oder etwas zu essen annehmen, sondern nur noch abgepackte Sachen kaufen, die sie selber öffnete.

Es durchfuhr sie siedend heiß. Vielleicht war es dafür schon zu spät! Was hatte sie heute Nachmittag alles getrunken? Tee, Kaffee, Wasser. Und den abgestandenen Rest einer Cola, die schon länger offen herumgestanden war. Hatte das Getränk nicht eigenartig geschmeckt? Hatte sie beim Trinken nicht gestutzt und es dann gedankenverloren zu sich genommen? Warum war sie nicht wachsamer gewesen? Der Mörder hatte die perfekte Möglichkeit gehabt, sie zu vergiften.

Bevor sie die Telefonnummer der Detektivin zu Ende gewählt hatte, legte sie den Hörer auf, langsam, mit blutleeren Fingern. Nora Tabani konnte ihr nicht helfen. Einen Moment dachte sie daran, die Polizei zu rufen. In ein Taxi zu springen und sich ins Spital fahren zu lassen. Doch tief in ihrem Inneren glaubte sie nicht an eine Rettung. Steif, wie in Trance, wankte sie zur Toilette. Sie schloss sich ein und steckte den Finger in den Hals. Sie würgte und schaffte es, etwas Flüssigkeit zu erbrechen. Doch sie machte sich keine Illusionen. Was immer in der Cola gewesen sein mochte, es war schon lang in ihrem Blut.

Am Freitagmorgen waren Nora und Jan dabei, neue Karteikarten an die Pinnwand zu heften.

»Ich glaube, dich hats erwischt«, sagte Jan.

»Hm?«, gab Nora geistesabwesend zurück.

»Du bist verliebt. Stimmts?«

»Wie kommst du darauf?«

»Komm schon, Chef, dazu kenn ich dich gut genug! Erinnere dich an meine weibliche Intuition!«

Sie lachte.

Er befestigte eine Karte in der Mitte, auf der stand: »Doppelselbstmord vor 19 Jahren auf dem Hirzel«. Dann verschob er zwei andere, pinnte »Cedric Stark« über »Marco Benedetto« und schrieb auf eine leere Karte »Lisa, Tochter der Hippies«. Er hatte Nora erzählt, was er auf dem Hirzel erfahren hatte. Er glaubte zwar, es könnte eine Spur sein, doch die Verbindung zum Fall fehlte. Bis jetzt hatten sie kein Motiv und keinen Bezug zur Firma Store & Go gefunden. Eine Lisa vom Hirzel hatte nie in der Lagerhausfirma gearbeitet oder dort Räume gemietet. Jan kannte ihren Nachnamen nicht, da sie weder ein Telefon besaß noch ihre Türklingel beschriftet hatte. Falls sie ledig geblieben war, hieß sie noch immer Dahl wie ihre Eltern, falls sie geheiratet hatte, trug sie wahrscheinlich einen neuen Namen. Jan würde der Sache nachgehen und, sollte sich das Ganze als Sackgasse erweisen, seine Energie wieder auf Zürich und die Personen richten, die mit Kowalski und Wehr zu tun gehabt hatten. Bei der Recherche über den Waffenlieferanten Emmanuel Zacharias war er keinen Schritt weitergekommen. Irgendwie hing der Fall momentan durch. Jan glaubte an Mord, doch solange eine Exhumierung von Kowalski und eine erneute Untersuchung von Wehr nicht angeordnet wurde, waren ihnen die Hände gebunden.

»Reden wir doch von deiner Liebe«, sagte Nora. Sie nahm die Karte mit Tims Namen aus der Reihe der Verdächtigen, hielt sie einen Augenblick in der Hand und hängte sie dann bedauernd wieder zurück. »Erzähl mir von deinen Heiratsvorbereitungen.«

»Nun ja, Monika und ich mögen es nicht pompös, was die Hochzeit anbelangt.«

»Wo heiratet ihr?«

»Standesamtlich im Stadthaus. Ganz unspektakulär. Aber die Flitterwochen auf Madeira, ich sage dir … das Hotel ist erste Klasse! Direkt am Meer. Riesiger Pool, gigantisches Frühstücksbüfett. Wellness- und Fitnessbereich, ganz nach deinem Sinn, und vor allem ein wunderbarer Garten mit exotischen Pflanzen.« Das brachte ihn zum Hirzel zurück. »Was hältst du von der Hippiegeschichte?«

»Scheint mir zu weit hergeholt«, sagte sie. »Aber wir bleiben dran.«

Das war leichter gesagt als getan. Das Wochenende verlief ereignislos, und die neue Woche begann harzig. Nora und Jan untersuchten alle möglichen Spuren und kamen nicht vorwärts. Seit Donnerstag hatte Nora keinen Kontakt zu Sarah Dobler gehabt. Nicht, dass es viel zu berichten gegeben hätte, aber sie wollte sich wieder einmal bei ihrer Auftraggeberin melden, damit diese wusste, dass Nora und Jan all ihre Energie in die Aufklärung des Falls steckten. Sie wählte die Durchwahl von Doblers Büro, doch niemand ging ran. Nora versuchte es auf Doblers Handy. Fehlanzeige. Sie hinterließ eine Nachricht auf der Combox, dann rief sie die Hauptnummer von Store & Go an. Benedetto nahm ab. Er teilte ihr mit, er habe die Chefsekretärin seit zwei Tagen nicht mehr gesehen. Nora ließ sich mit Cedric Stark verbinden.

Cedric hatte in den letzten Wochen viel zu viel gearbeitet, denn die baldige offizielle Übernahme der Geschäftsführung hatte ihren Preis. In Kowalskis Testament hatte gestanden, im Fall seines Todes solle nach einer Übergangszeit von einem Monat er, Cedric, zum Chef aufsteigen. Dieser Monat war demnächst vorbei. Man konnte Stark einiges nachsagen, aber ungeduldig war er nicht. Im Gegenteil. Wenn er wusste, was am Ende auf ihn wartete, bewies er einen Durchhaltewillen, von dem andere nur träumen konnten. Die Firma verlangte nach einem geeigneten Führer. Einer, der weder den Frauen nachstieg, wie Kowalski es getan hatte, noch sich durch Alkoholeskapaden lächerlich machte. Allerdings hatte Kowalskis Vorliebe für Hochprozentiges Cedric Zutritt zum Chefzimmer gewährt.

Das Telefon klingelte. Hoffentlich nicht wieder Antje. Kowalskis Witwe lag ihm seit Wochen in den Ohren, er solle mit ihr einen Ausflug machen. Natürlich kam das nicht infrage. In den nächsten Monaten mussten sie sich ganz normal verhalten. Niemand außer dieser alten Schachtel Ruth Mäder wusste, dass er seit längerer Zeit eine Affäre mit der Deutschen hatte, und in einer solchen Situation hätte es auch keiner gutgeheißen. Inzwischen war ihm Antje zuwider geworden, je länger, je mehr. Ihre Anhänglichkeit, ihr verliebtes Geturtel, einfach ekelhaft. Doch da musste er durch.

Es klingelte erneut. Er ließ es eine Weile läuten, schließlich sollte der Anrufer merken, dass er es mit einem viel beschäftigten Geschäftsmann zu tun hatte. Dann nahm er ab.

»Tabani«, sagte es am anderen Ende.

Auch das noch. Diese vorwitzige Schnüfflerin schlich immer wieder durch die Räume und hetzte die Mitarbeiter gegeneinander auf. »Was wollen Sie?«, fragte er und hoffte, seine Stimme klinge abweisend genug.

»Ich suche Sarah Dobler und kann sie nicht erreichen. Haben Sie eine Ahnung, wo sie sein könnte?«

»Woher soll ich das wissen?«, gab er zurück. »Das heißt, warten Sie, sie hat sich heute Morgen krankgemeldet.«

»Was nun? Ist sie krank, oder wissen Sie es nicht?«

»Sie ist krank.«

»Was hat sie?«

»Grippe, Erkältung! Was weiß ich! War das alles?«

»Das war alles.«

Nora legte auf. So ein unangenehmer Typ. Sie versuchte es auf Doblers Privatnummer, dann noch mal auf ihrem Handy. Sarah Dobler nahm nicht ab. Vielleicht schlief sie und hatte ihre Telefone ausgeschaltet. Nora schrieb ihr eine Mail und fasste die neuesten Ermittlungsschritte zusammen. Viele waren es diesmal nicht. Sie schickte die Mail ab.

Danach rief sie die Staatsanwältin an.

»Flint.«

»Hier Tabani, ich wollte mich nur erkundigen, ob Sie schon mit Ihrem Stellvertreter sprechen konnten.«

»Das habe ich«, antwortete sie. »Leider ist es so, wie ich vermutete. Er hält die Beweise für zu dürftig. Doch er hat mir versprochen, Rücksprache mit den ermittelnden Kriposachbearbeitern zu halten. Sollten die ihn überzeugen, wird er erneute toxikologische Untersuchungen anordnen. Am besten drängen Sie ihn nicht. Wenn man ihn stresst, reagiert er kontraproduktiv. Geben Sie ihm ein paar Tage.«

So viel Zeit hatte Nora nicht. Sie konnte nicht warten, bis der Mörder wieder zuschlug. Sie würde diesem Staatsanwalt Beine machen. Und sie wusste auch schon, wie. »Vielen Dank, Frau Flint«, sagte sie.

»Gern geschehen und alles Gute.«

Nora wählte Mikes Nummer. Als er sich meldete, sagte sie: »Salzmann, ich brauche deine Hilfe.«

»Wann nicht, Tabani?«, gab er zurück und seufzte. »Wann nicht?«

»Ich hab mit Regina Flint gesprochen, und sie –«

»Du hast dich an sie gewandt?«, dröhnte er. »Ich hab dir doch gesagt, sie ist im Mutterschaftsurlaub!«

»Sie hat trotzdem mit dem stellvertretenden Staatsanwalt Kontakt aufgenommen.«

»Das sieht ihr ähnlich. Sie ist viel zu freundlich, sogar im Urlaub kann sie nicht Nein sagen. Ich persönlich würde dich erbarmungslos hängen lassen.«

»Nein, das würdest du nicht, Salzmann, das wissen wir beide.«

Er lachte donnernd. »Du schaffst es immer, mich um den Finger zu wickeln. Also, rück schon raus: Was willst du diesmal?«

»Du sollst den Staatsanwalt dazu kriegen, die zweite Obduktion von Wehr und Kowalski zu bewilligen.«

»Und warum sollte ich das tun, Tabani?«

»Weil du tief im Inneren genau weißt, dass ich recht habe.«

17

Nachdem sich Jan Richtung Hirzel aufgemacht hatte, entschloss sich Nora, das IRM aufzusuchen. Sie wollte nicht warten, bis der amtierende Staatsanwalt die Erlaubnis zur zweiten Obduktion von Wehr gegeben hatte. Kowalskis Leiche war unter der Erde gut aufgehoben, Wehrs Untersuchung hingegen eilte, weil er demnächst kremiert werden sollte. Sie musste wissen, ob sich das Gift der Mandragora in seinem Blut befand. Vielleicht hatte der Gerichtsmediziner ein Einsehen und analysierte auch mal etwas Unvorgeschriebenes.

Eine halbe Stunde später war ihr bewusst, dass das nicht der Fall war. Reinhard lehnte es kategorisch ab, »dem Spleen einer Privatdetektivin«, wie er es nannte, nachzugeben, und rauschte aus dem Raum zu seiner nächsten Autopsie.

Svetlana, die Präparatorin, die alles mitgekriegt hatte, schaute entschuldigend zu Nora hinüber. »Du kennst ihn ja, so ist er nun mal.« Sie war dabei, den Obduktionstisch zu reinigen, rieb den Chromstahl auf Hochglanz und wischte ihn trocken. Dann verdrehte sie lächelnd die Augen. »Schau mich nicht so an, ich weiß, was du gleich fragen willst, aber es würde mich meinen Job kosten!«

Nora grinste. »Wie kannst du so was von mir denken! Aber du könntest zum Beispiel eine Zigarette rauchen gehen.«

»Das wollte ich sowieso gerade tun.« Sie spielte mit ihrem Lippenpiercing und fügte hinzu: »Du weißt sicher noch, wie die Kürzel unserer Asservate zusammengesetzt sind.«

»Hilf meinem Gedächtnis doch etwas auf die Sprünge.«

»Initialen, Jahrgang, Kontrollnummer.« Sie legte ihren

Mantel über die Stuhllehne, nahm ihre Zigaretten und ging zur Tür.

»Wie alt war Wehr noch mal?«, fragte Nora, doch Svetlana war schon verschwunden.

Nora ging in den Asservatenraum. Niemand war zu sehen. Es befanden sich nur Aufbewahrungsschränke darin. Fächer und Regale mit DNA-Proben, Haaren, Kleidungsstücken und Tatwaffen, daneben diverse Kühllager mit allem, was bei tiefen Temperaturen gelagert werden musste, wie Körperflüssigkeiten, Hautfetzen oder Organteile.

Nora öffnete den ersten Kühlschrank und durchforstete die Proben. Im zweiten Schrank wurde sie fündig. Sie nahm das Reagenzglas mit der Aufschrift »RW72.5« und steckte es in ihre Tasche. Wenn Reinhard das erfuhr, würde er ausflippen. Doch sie klaute ja nichts, sagte sie sich. Sie borgte nur etwas aus. Nur für kurze Zeit. Sie würde Wehrs Blutprobe höchstens einen klitzekleinen Moment, vielleicht einen Tag oder so, von ihrem Ort entfernen und anschließend wieder zurücklegen. Dann eilte sie aus dem Raum, verließ das IRM und brachte die Probe zu Tamar. Sie musste endlich Gewissheit haben.

Jan nahm den Weg über die Wiese und näherte sich dem Bauernhaus von der anderen Seite her. Es nieselte. Seine Schuhe wurden feucht, und an den Hosen klebten Grashalme. In der Ferne muhten Kühe. Ein einzelnes Auto fuhr über die Landstraße, dann wurde es wieder still. Jan kam an der Linde vorbei, die allein auf einem Hügel stand. Er schaute sich um und war sich sicher, nicht beobachtet zu werden. Dann betrat er den hinteren Teil des Gartens. Hier waren keine Beete, sondern Gartenwerkzeuge. Zwei Regenwassertonnen standen an der Hauswand, daneben Gießkannen in verschiedenen Größen, eine Schaufel und eine Hacke.

Licht brannte im Inneren. Geräusche waren zu hören.

Schnell schrieb er eine SMS an Nora: »Jemand ist im Haus.« Postwendend kam die Antwort: »Mach weiter!«

Er schlich auf die andere Seite des Gebäudes und versuchte, so wenig Lärm wie möglich zu verursachen. Inzwischen war aus dem Nieseln ein handfester Regen geworden, der seine Kleider durchweichte. Zum Glück war er nicht mit einer wallenden Lockenpracht gesegnet, die jetzt klatschnass an ihm kleben würde. Ab und zu war sein spärlicher Haarwuchs auch von Vorteil. Doch die Tropfen liefen ihm in den Kragen und den Rücken hinunter. Er hatte ein Seitenfenster gefunden, näherte sich vorsichtig der Scheibe und spähte hinein. Er konnte einen Teil der Stube erkennen, die er das letzte Mal gesehen hatte, aber keinen Menschen. Noch immer drangen Laute aus dem Haus.

Schritte. Ein Scheppern aus der Küche. Das Knarren des Holzbodens.

Jan duckte sich und kroch unter dem Sims zum nächsten Fenster. Der Regen peitschte schräg auf seinen Rücken und prasselte an die Glasscheiben. Von hier aus konnte er die andere Seite des Gartens überblicken. Und jetzt entdeckte er das, was ihm bei seinem letzten Besuch entgangen war. Nach all den Fotos, die er in den letzten Tagen im Internet betrachtet hatte, erkannte er sie sofort: Alraunenpflanzen, Dutzende davon, schön in Beeten angeordnet, mit Stroh unterlegt. Die dunkelgrünen Blätter wuchsen sternförmig nach außen, hatten dicke Adern und kräftiges Fleisch. Aus dem Zentrum sprossen Beeren. Glänzende Liebesäpfel. Wundermittel. Todesboten. Ob seine Entdeckung tatsächlich mit den Morden zu tun hatte, war immer noch fraglich, doch bemerkenswert war dieser Giftgarten auf jeden Fall.

Plötzlich merkte er, dass sich etwas verändert hatte. Er brauchte eine Sekunde, bis ihm klar war, dass die Geräusche aus dem Haus verstummt waren.

Es war eine Sekunde zu viel.

Hinter ihm raschelte es. Jemand streifte durchs Gras. Er wirbelte herum, sah den Arm mit dem Holzscheit auf sich zusausen, wich ihm aus. Vergebens. Der Schlag traf ihn an der Schläfe. Ein stechender Schmerz durchzuckte ihn. Dann wurde ihm schwarz vor Augen.

Nora hatte wieder mal ein Chaos im Büro angerichtet. Jans Recherchen lagen auf ihrem Tisch, daneben waren Notizzettel, Fotos und Ausdrucke von Internetseiten verstreut. Als sie hinausschaute, sah sie, dass durch die Seefeldstrasse Papierschnipsel flogen, aufgewirbelt von Wind und Regen, und an der Fensterscheibe kleben blieben. Wie innen so außen, dachte Nora. Sie spürte, dass sie kurz vor der Aufklärung stand. Die Liste der Verdächtigen lag vor ihr. Eine oder einer hatte gemordet. Es kam ihr vor, als läge ihr die Lösung auf der Zunge, als müsse sie den Namen nur aussprechen, dann würde es ihr wie Schuppen von den Augen fallen. Sie zermarterte sich das Hirn, ob sie etwas übersehen, vergessen oder falsch gedeutet hatte, aber sie kam nicht darauf.

Entnervt legte sie die Papiere auf einen Stapel, dann rief sie Sarah Dobler zum wiederholten Mal zu Hause an. Ohne Erfolg. Sie versuchte es im Büro. Benedetto teilte ihr mit, die Chefsekretärin sei noch immer krankgemeldet. Nora hinterließ erneut eine Nachricht auf Doblers Combox und schrieb ihr eine weitere Mail. Sie machte sich Sorgen. Dieses Verhalten passte nicht zur pflichtbewussten Sekretärin. Oder gab es eine logische Erklärung dafür? Sarah Dobler hatte sich ordentlich abgemeldet und sich vielleicht zurückgezogen, um sich auszukurieren. Wahrscheinlich trank sie Lindenblütentee, schlief viel, schwitzte das Fieber aus. Sie musste ja nicht vierundzwanzig Stunden erreichbar sein. Nora tigerte durchs Zimmer. So konnte es sich abspielen. Es konnte aber auch ganz anders sein.

Gerade als sie beschlossen hatte, die Sekretärin zu Hause

aufzusuchen, klingelte das Telefon. Nora machte einen Sprung und packte den Hörer. Endlich. Das musste Sarah Dobler sein.

Es war Elektro-Luigi. Shit.

Wenigstens war er diesmal freundlich. Mit einem wohltuend unterwürfigen Ton, den sie von ihm gar nicht kannte. Womöglich hatte es genützt, ihn das letzte Mal an ihr Entgegenkommen bezüglich des Honorars zu erinnern.

»Frau Tabani«, sagte er, »entschuldigen Sie bitte, wenn ich Sie noch einmal störe, ich weiß, Sie sind eine viel beschäftigte Person und ermitteln bestimmt noch in anderen, ebenso wichtigen Fällen, Sie sagten mir ja, dass Sie gerade in einer intensiven Arbeitsphase –«

»Nichts Neues. Sorry.«

»Okay, okay. Ich verstehe. Aber nachfragen darf man doch.«

»Darf man durchaus. Bald haben wir Ihren Dieb.« Sie hoffte, dass das stimmte. Es passte ihr nicht, Luigi noch länger zu vertrösten. Aber weitere Nächte in Jans Auto vor dem Unterhaltungselektronik-Laden lagen jetzt nicht drin.

Er murmelte eine Verabschiedung, und Nora legte auf. Fünfzehn Uhr. Nora schrieb eine SMS an Jan: »Wie läufts?«, erhielt aber keine Antwort. Möglicherweise hatte er sein Handy ausgeschaltet oder auf lautlos gestellt, um während seiner Beobachtung den Piepston hereinkommender Nachrichten zu vermeiden.

Dann kontrollierte sie ein letztes Mal ihre Mails.

Endlich. Sarah Dobler hatte geantwortet. »Liebe Frau Tabani, ich bin krank und brauche Ruhe. Habe Ihre Botschaften gehört. Melde mich, wenns mir besser geht. Sarah Dobler.«

Nora war erleichtert. Das hieß Planänderung. Sie musste Dobler nicht zu Hause aufsuchen, sondern konnte weiter recherchieren. Die Leute vom U2 bei Store & Go waren dran. Nora hatte die Befragung schon länger vorgehabt, obwohl ihr eine Verwicklung der Transportmänner in die beiden Morde unwahrscheinlich erschien. Sie packte den Schirm und ging aus dem Haus.

Als sie in der Lagerhausfirma ankam, traf sie im Untergeschoss auf erfreulich viele Mitarbeiter. Sie nahm sich die ersten paar vor, sprach mit mehreren Türken und zwei Albanern, die sie misstrauisch beäugten, ihr aber nichts Neues offenbarten. Natürlich konnten sie ihr etwas vormachen, doch Nora hatte ein Gefühl für Leute, die sich in Lügen flüchteten. Gerhard Furrer schien tatsächlich fristlos entlassen worden zu sein, sie sah ihn nirgends. Kurz vor fünf ging sie ins U1 und redete sich ein, dort nach dem Rechten sehen zu wollen.

Sie fand Tim auf Anhieb. Diesmal prallten sie nicht ineinander, sondern entdeckten einander schon von Weitem. Er kam ihr vom Ende des Gangs entgegen. Mit sportlichem Schritt im blauen Overall. Während er sich näherte, spürte sie, wie sich ein Lächeln auf ihrem Gesicht ausbreitete. Ja, sie sah hier unten eindeutig nach dem Rechten.

»Wie schön, dass du gekommen bist«, sagte er, als er vor ihr stand. Er schaute sie erfreut an, doch wie immer nahm sie auch eine Traurigkeit an ihm wahr. »Bald bin ich hier fertig. Hast du ein bisschen Zeit?«

Nora spulte innerlich alle losen Fäden vor sich ab: Mike würde mit dem Staatsanwalt wegen der Exhumierung von Kowalskis Leiche reden. Tamar würde ihr die Resultate von Roland Wehrs Blut morgen mitteilen. Von Sarah Dobler hatte sie inzwischen eine Antwort bekommen. Und Jan war auf dem Hirzel auf seinem Beobachtungsposten. Für sie, Nora, gab es momentan nichts zu tun. Wunderbar. Ja, sie hatte Zeit. Einen Abend und eine ganze Nacht.

Jan kam mit pochendem Kopf zu sich. Öffnete erst ein Auge, dann das andere. Blinzelte. Ein stechender Schmerz durchzuckte ihn. Seine Schläfe fühlte sich an, als sei sie mit einem

Schwert durchbohrt worden. Er spürte verkrustetes Blut an seiner Stirn und Wange, versuchte, die Wunde zu berühren. Es gelang ihm nicht. Seine Hände waren hinter seinem Rücken gefesselt. Der Mund war geknebelt. Irgendetwas drückte auf seine Brust. Er stöhnte auf. Seine Augenlider fielen wieder zu, er wollte zurück in die gnädige Ohnmacht abtauchen und nichts mehr spüren. Doch er zwang sich, wach zu bleiben und sich umzuschauen.

Ein Lichtermeer war das Erste, was er wahrnahm. Kerzen. Viele schwarze Kerzen, die auf dem Boden rings um ihn brannten. Es roch nach Wachs. Sein Gesichtsfeld verschwamm, der Schmerz an der Schläfe raubte ihm fast die Sinne. Mit eisernem Willen kämpfte er gegen die wiederkehrende Bewusstlosigkeit. Ein Blick nach links. Tisch, Stühle, geschlossene Fensterläden. Durch die Ritzen drang kein Tageslicht. Das leise Geräusch des Regens war zu hören. Welche Tageszeit war es? Wie lang war er bewusstlos gewesen?

Dicke Schnüre banden seinen Leib um etwas Hartes, Metallenes. Er schielte zur Seite, um zu sehen, was es war, erkannte einen Kachelofen, an den er gefesselt war. Als er den Kopf drehte und nach rechts schaute, entdeckte er ein paar grobe Schuhe, Beine in Strumpfhosen, einen farbigen Flickenrock. Kopfschmerz! Schwindel! Alles drehte sich in ihm. Er musste klar werden, die Kontrolle behalten, durfte sich nicht gehen lassen. Wo war er? Was war passiert? Sein Blick wanderte nach oben. Er nahm verschränkte Arme wahr, einen Hals, ein Gesicht, das er zuerst zu kennen glaubte. Es war eine Frau. Sie hatte etwas Uraltes an sich, obwohl ihre Haut faltenlos war. Dann sah er ihre Augen. Blickte in den Abgrund, der darin lag. Und wusste, dass er sie noch nie gesehen hatte.

»Warum …?«, wollte er fragen und konnte nicht. Er wand sich in seinen Fesseln hin und her, versuchte, nicht in Panik zu geraten. Der Knebel in seinem Mund fühlte sich wie Wolle an und löste Hustenreiz aus. Erst jetzt merkte er, dass er am linken Fuß Socke und Schuh trug, rechts jedoch barfuß war. Was in seinem Mund steckte, war seine eigene Socke.

Die Frau sah ihn unentwegt an. Er konnte nicht feststellen, was in ihr vorging. Genugtuung? Triumph? Rache? Jedenfalls hatte er noch nie in Augen geschaut, die einen so direkten Blick in die Hölle freigaben. Was immer ihr zugestoßen war, sie war daran irregeworden. Sie wirkte, als werde sie von grausamen Kräften in ihrem Inneren verfolgt und sei darauf selber zur Verfolgerin geworden. Jetzt näherte sie sich ihm. Er zuckte zusammen. Ihre Hände wichen den brennenden Kerzen aus, kamen auf ihn zu. Was würde sie tun? Ihn erwürgen? Das hätte sie schon längst tun können. Das hieß, sie wollte ihn nicht sogleich töten. Vielleicht genoss sie es, ihn zuerst leiden zu lassen, bevor sie ihm den Todesstoß versetzte. Er war in ihr Revier eingedrungen, hatte ihr ihr Geheimnis entrissen. Er wusste, was sie getan hatte, wusste, wer sie war.

Sie berührte ihn am Hemd, fuhr den Konturen seines Körpers nach, tastete sich an seinen Hosen entlang. Er hielt die Luft an. Ihre Finger schlüpften in seine Hosentasche, fanden das Handy, nahmen es heraus.

Erleichtert stieß er den Atem aus. Er hatte befürchtet, sie würde sich an ihm vergreifen. Doch sie wollte sichergehen, dass er keinen Kontakt zur Außenwelt aufnehmen konnte. Sie betrachtete das Display, drückte einige Tasten, las seine SMS. Dann tippte sie eine Nachricht.

In diesem Moment hörte er ein Rascheln aus dem Nebenzimmer. Hielt sie ein Haustier? Eine Katze, einen Hund? Vielleicht war es auch nur eine Maus gewesen. Oder war er nicht der einzige Gefangene hier, saß dort noch jemand gefesselt und geknebelt? Die Frau schickte ihre Botschaft ab, legte das Handy auf den Fenstersims, weit weg von ihm. Und starrte ihn wieder an. Dann verzog sich ihr Mund zu einem schiefen Lächeln, und das war noch grausiger als alles andere.

18

Nora stolperte lachend mit Tim die Treppe zu ihrer Mansarde hoch. Sie waren von Kopf bis Fuß durchnässt, hatten zwei Baccardis getrunken, eine Unmenge Salznüsschen genascht und sich die lustigsten Erlebnisse ihrer Jobs erzählt. Gerade berichtete Tim von einem Fund in einer der Mietkabinen. »Kurz nach den Terroranschlägen von 2001 ratterte und knatterte es plötzlich in einem der Räume. Gerhard kam zu mir gerannt und stammelte etwas von Al Qaida und Zeitbombe. Ich habe die Kabine geöffnet, bin dem Geräusch nachgegangen und habe ein vibrierendes Spielzeug entdeckt.« Er grinste. »Nein, nicht was du jetzt denkst!«

Nora hatte gar nichts gedacht. Sie genoss den Abend mit Tim und das perlende Gefühl des leichten Schwipses. Sie öffnete die Tür und machte das Licht an. »Was habt ihr denn in dem Raum gefunden?«

»Einen aufziehbaren römischen Soldaten mit Schild und Helm und Federbusch!« Er lachte und betrat hinter ihr die Wohnung. »Gerhard packte ihn und wollte ihn abstellen, da fiel ihm das Teil aus der Hand. Doch statt dass es reglos am Boden liegen geblieben wäre, stakste es zwischen den Umzugskartons herum. Gerhard lief ihm hinterher und streifte dabei eine der Kisten. Der Stapel geriet ins Wanken, kippte und begrub Gerhard unter sich. Zum Glück waren nur Stoffe drin. Während Gerhard unter dem Berg vor sich hin fluchte, wackelte der Soldat zielstrebig in die hinterste Ecke. Dort hat er noch zwei volle Tage vibriert!«

Nora lachte ausgelassen. »Die spinnen, die Römer!«

Sie schloss die Tür hinter sich und hängte Tims triefende Jacke an einen Haken. »Das ist mein Daheim. Klein, aber fein.« Sie machte eine ausladende Bewegung mit den Armen, die das einzige Zimmer ihrer Wohnung und die offene Küche umfassen sollte. Dummerweise war das Bett nicht gemacht, überall lagen Zeitschriften herum, und leere Kaffeetassen, vier an der Zahl, waren über den Boden verteilt.

»Schön hast dus hier.« Tim entdeckte das Terrarium und ging darauf zu. »Was bist denn du für ein farbenprächtiges Kerlchen?«

»Darf ich dir Gregor vorstellen?« Nora machte eine Verbeugung zu ihrem Chamäleon und sagte: »Gregor, das ist Tim.«

Tim klopfte an die Scheibe, versuchte, dem Reptil eine Reaktion zu entlocken, und gab nach einer Weile auf. »Besonders kontaktfreudig ist er ja nicht.«

»Er hat etwas weltfremde Züge«, musste Nora zugeben und stieß mit dem Fuß ein paar Bücher unters Bett. Dann piepste ihr Handy. Sie linste aufs Display und sah, dass die Nachricht von Jan war.

»Arbeit?«, fragte Tim.

Sie nickte.

»Fehlalarm«, hatte Jan geschrieben. »Habe Beobachtung abgebrochen. Bin wieder zu Hause.«

Schade. Einerseits war sie froh, etwas von ihm zu hören; sie hatte sich schon gewundert, warum er sich so lang nicht gemeldet hatte. Andererseits war es etwas enttäuschend. Die Spur mit dem Doppelmord war vielversprechend gewesen. Nun denn, eine Sackgasse mehr. Jedenfalls konnte sich Jan nun wieder anderen Fährten widmen.

»Arbeit erledigt für heute«, sagte sie, warf das Handy aufs Bett, zog Tim zu sich und küsste ihn.

Claudia Campanini konnte nicht schlafen. Unruhig wälzte sie sich im Bett hin und her. Das kannte sie sonst nicht, normalerweise war ihr Schlaf tief und erholsam. Hatte es mit den Aufregungen der letzten Wochen zu tun? Chef tot, Roland tot, und dann diese Detektivin, die andauernd durch die Firma schlich und indiskrete Fragen stellte. Ob sie Marco liebe, wollte sie neulich wissen. Als würde das für diese Mordfälle eine Rolle spielen. Claudia hatte ihr nicht geantwortet.

Sie drehte sich auf die andere Seite, kniff die Augen zusammen und tat so, als schliefe sie. Es nützte nichts. Die Müdigkeit wollte sich einfach nicht einstellen. Entnervt setzte sie sich im Bett auf, knipste das Licht an und begann zu lesen. Eine langweilige Liebesromanze, die sie nur durchackerte, weil sie das Buch von ihrer Schwester bekommen hatte, die sie später sicher fragen würde, wie ihr die Geschichte gefallen habe. Doch statt dass die belanglose Handlung sie müde machte, weckte sie sie noch mehr.

Claudia legte den Roman zurück aufs Nachttischchen und stand auf. Es war drei Uhr früh. Sie trank ein Glas Milch, machte den Fernseher an, zappte durch die Kanäle. Nichts außer Wiederholungen öder Talkshows und seichter Sexfilmchen. Sie schaltete das Gerät wieder aus und stellte dafür den Computer an. Eine Weile guckte sie sich Auszüge von neuen Kinofilmen auf Youtube an, googelte dieses und jenes, dann las sie widerstrebend ihre Mails. In den vergangenen Tagen hatte sie dies wohlweislich vermieden, da sie ahnte, dass neue unangenehme Nachrichten auf sie warteten. So war es auch. Wieder drei Mahnungen. Eine vom Schuhgeschäft, die zweite vom Reisebüro, die dritte von der Sprachschule, wo sie ihr Englisch auffrischte.

Ihr Konto war restlos überzogen, sie war im Minus wie nie zuvor. Eigentlich konnte sie sich das gar nicht erklären, ihr Lohn war nicht schlecht. Er war bloß jeden Monat viel zu schnell weg. Wie sie diese Rechnungen plus die Mahngebühren bezahlen sollte, war ihr schleierhaft. Vielleicht konnte sie deswegen nicht schlafen? Jetzt musste etwas geschehen, so konnte es nicht weitergehen. Irgendwoher musste sie dringend Geld auftreiben. Und diesmal würde sie erfinderisch sein.

Nora erwachte vom Duft des Kaffees. Schlaftrunken tastete sie das Bett ab, fand aber nur eine aufgeschlagene Decke statt des warmen Körpers neben sich. Sie linste zur Küche hinüber und sah, wie Tim ihr Bistrotischchen deckte. Er stellte frische Brötchen darauf und daneben zwei Marmeladegläser, die sich gestern bestimmt noch nicht in ihrer Wohnung befunden hatten.

»Steh auf, Schlafmütze«, neckte er sie, als er bemerkte, dass sie wach war. »Die Welt wartet.«

»Wie kannst du um diese Zeit schon so munter sein?«, fragte sie gähnend. Ihr Gaumen war trocken, die Baccardis der letzten Nacht machten sich bemerkbar.

»Ich muss. Meine Schicht beginnt bald. Komm, iss noch was mit mir.«

»Warst du schon einkaufen?«

Er nickte. »Dir mangelt es ja an jeglichen Grundnahrungsmitteln. Ich hab deinen Kühlschrank ein bisschen aufgestockt.«

Sie stemmte sich hoch und fragte: »Wie spät ist es denn?«

»Bald acht. Wirklich keine Herrgottsfrühe mehr.«

»Wenn du so ein Morgenmensch bist«, sagte sie und streckte sich ausgiebig, »wird das nie was mit uns.«

Er lächelte. Dann schenkte er den Kaffee ein.

Nora tapste in die Dusche, ließ sich den heißen Wasserstrahl über den Rücken laufen und fühlte sich unglaublich glücklich.

Eine Stunde später war Tim gegangen und Nora im Büro. Das wunderbare Flattergefühl in ihrem Bauch hielt an, immer wieder ertappte sie sich dabei, wie sie an Tim und die letzte Nacht dachte. Sie hatte sich so lang auf keine Beziehung mehr eingelassen. Natürlich hatte sie Joël gern gemocht, aber eigentlich hatten sie nicht viel gemeinsam gehabt. Dass er ihr so vieles verschwiegen hatte und sie es nicht merkte, zeigte nur, wie wenig sie ihn gekannt hatte. Mit Tim war das anders. Mit ihm verstand sie sich auch nonverbal. Sie konnten miteinander lachen und miteinander schweigen. Und sie konnten wunderbare Gespräche führen. Tim war ehrlich und integer und machte sich ähnliche Gedanken über die Welt wie sie.

Sie checkte den Telefonbeantworter, ihre Mails und die Nachrichten auf ihrem Handy. Nichts von Jan, keine Neuigkeiten von Sarah Dobler. Sie versuchte es bei Dobler zu Hause und erreichte sie nicht. Dann rief sie bei Store & Go an und erfuhr, dass die Chefsekretärin noch immer unpässlich war. Jetzt wurde sie stutzig. Seit mehreren Tagen hatte sie nicht mehr mit ihr gesprochen; das Letzte, was sie von ihr erfahren hatte, war die gestrige Nachricht gewesen, sie sei krank und brauche Ruhe. Doch stimmte das wirklich?

Kurz entschlossen schrieb sie einen Zettel für Jan, der demnächst eintrudeln musste. »Bin zu Sarah Doblers Wohnung gefahren, schaue nach, ob mit ihr alles o. k. ist.«

Dann nahm sie das 2er-Tram, fuhr bis zum Paradeplatz und stieg auf die Linie 11 um. In Oerlikon überquerte sie die Regensbergbrücke und läutete an der Oberwiesenstrasse bei »Dobler«. Die Gegensprechanlage blieb stumm. Sie drückte den obersten Klingelknopf, der unbeschriftet war, und tatsächlich ertönte der Summer, und die Tür öffnete sich. Ein alter Trick, den alle Briefträger und Langfinger kannten und der häufig zum Erfolg führte. Sie trat ins Treppenhaus und stieg die Stufen hoch. Im zweiten Stock blieb sie stehen und klopfte an die Wohnungstür. Nichts. Sie polterte. Ohne Erfolg.

»Machen Sie sich keine Mühe«, sagte eine Stimme hinter ihr. »Sie ist nicht zu Hause.« Eine Nachbarin von gegenüber mit Lockenwicklern im Haar streckte ihren Kopf aus der Tür.

»Woher wissen Sie das?«

»Die Wohnungen sind schlecht isoliert«, antwortete sie, »wir hören alles voneinander. Dusche, Toilettenspülung, Fernseher. Frau Dobler ist seit ein paar Tagen nicht da.«

»Sind Sie sicher?«

»Todsicher.«

Das war das falsche Wort in Noras Ohren. Sie wollte gehen, doch die Frau fügte hinzu: »Ich hab mich nämlich noch gewundert.«

Sie schien auf eine Reaktion zu warten, deshalb fragte Nora: »Worüber denn?«

»Dass sie mir den Briefkastenschlüssel nicht gegeben hat. Das tun wir sonst immer, wenn eine von uns verreist. Die andere kümmert sich dann um die Post. Doch schauen Sie sich nur ihren Briefkasten an. Der quillt über vor Briefen und Zeitungen.«

Nora raste die Treppe hinunter. Irgendetwas stimmte hier ganz und gar nicht. Sie eilte zurück zur Tramstation, dann fuhr sie nach Altstetten in die Lagerhausfirma.

Benedetto war nicht am Empfang.

Dafür stand Cedric Stark herum und bemerkte ironisch: »Sie beehren uns schon wieder?«

»Wo ist Sarah Dobler?«

Er zog missbilligend eine Augenbraue hoch. »Fragen Sie eigentlich jeden Tag das Gleiche? Sie liegt krank zu Hause.«

»Das tut sie nicht. Ich war soeben vor ihrer Wohnung. Sie geht nicht ans Telefon, sie öffnet die Tür nicht, ihr Briefkasten ist randvoll.«

Stark war nicht aus der Ruhe zu bringen. »Na und? Gönnen Sie ihr doch ein paar Tage Auszeit. Sie hatte es weiß Gott schwer in letzter Zeit. Wie wir alle.« Sein Tonfall widersprach dem Inhalt seiner Worte. Er klang, als hätte er alles andere als Verständnis für mehrtägige Büroabsenzen.

Nora ging gar nicht auf den absurden Einwand ein. Sie

stürmte zu Doblers Büro, riss die Tür auf. Und prallte zurück.

Mitten auf dem Schreibtisch lag eine Mandragorawurzel.

»Nein!«, stieß sie aus. »Sie nicht auch noch!«

Hätte sie es ahnen können? Hatte sie etwas übersehen? Nichts hatte darauf hingedeutet, dass Sarah Dobler in Gefahr war. Ihr Büro war durchwühlt worden, doch nichts fehlte, kein Zeichen von Gewalt war sichtbar gewesen. Und wo um alles in der Welt konnte Sarah Dobler nun sein? Lebte sie noch, oder würde Nora demnächst mit ihrer Leiche konfrontiert werden?

Nora nahm die Wurzel mit, dann stürzte sie aus dem Haus und eilte schnurstracks Richtung Kripogebäude. Als sie auf die Busstation zulief, rief Tamar an.

»Nora«, sagte die Kriminaltechnikerin, »deine Vermutung hat sich bestätigt. Die Blutprobe, die du mir gebracht hast, enthält eine hohe Dosis Scopolamin sowie andere toxische Stoffe.«

Nora brauchte einen Augenblick, um ihre Gedanken zu sammeln. Roland Wehrs Blut. Das Röhrchen, das sie eingesteckt hatte. Sie war gerade dabei, einem 31er-Bus hinterherzurennen und dem Fahrer einen beschwörenden Blick zuzuwerfen, in der Hoffnung, er brause nicht ohne sie davon.

»Das heißt?«, keuchte sie.

»Das heißt«, sagte Tamar, nachdem Nora den Bus gerade noch erwischt hatte, »dass der Mensch, von dem das Blut stammt, mit dem Gift der Mandragora officinarum getötet wurde.«

19

Nora ließ sich auf den hintersten Sitz im Bus fallen und konnte es kaum erwarten, mit Mike zu sprechen. Jetzt musste er einsehen, dass Kowalskis Exhumierung dringend war. Die Lage spitzte sich zu. Die Suche nach Sarah Dobler musste eingeleitet, der Mörder am Weitertöten gehindert werden.

Als sie bei der Polizei ankam, herrschte reges Treiben. Mike war nicht da. Kramer von der Spurensicherung auch nicht.

»Was ist passiert?«, fragte sie einen ihrer ehemaligen Kollegen.

»Ein AGT«, sagte dieser, und als sie ihn anstarrte: »Ein außergewöhnlicher Todesfall.«

»Ich weiß noch, was das bedeutet!«

»'tschuldigung«, meinte er, »ich dachte, du bist schon so lang weg, dass du –«

Dafür hatte sie jetzt keine Zeit. »Wo ist Mike?«

»Im IRM.«

Nora machte sich sofort auf den Weg zum Institut für Rechtsmedizin.

Unterwegs kam eine Handynachricht von Jan herein. »Kann heute leider nicht kommen.«

Was sollte das denn heißen? Sie hatte angenommen, er sei schon längst im Büro. War er gar nicht erschienen? Das glich ihm überhaupt nicht. Sie hatte ja befürchtet, er könnte in seinem Leben andere Prioritäten setzen, wenn er erst mal verheiratet sei. Doch dass er das bereits jetzt tat, irritierte sie. Sie hatte ihn nicht so eingeschätzt. Also gut, vielleicht war er mit Hochzeitsvorbereitungen beschäftigt. Es reichte, wenn sie allein ins IRM fuhr. Aber morgen musste er wieder aufkreuzen.

Sie erreichte das Institut. Der Regen hatte aufgehört, die ersten Sonnenstrahlen des Tages drangen langsam durch die Wolken. Kramer stand vor dem Eingang, rauchte und las den Tages-Anzeiger. Als er sie entdeckte, steckte er die Zeitung weg und begrüßte sie. Er freute sich, sie zu sehen, und redete gleich auf sie ein, doch ihr war nicht zum Plaudern zumute.

»Weißt du, in welchem Raum Mike ist?«

»Bei der Obduktion, die Doktor Reinhard leitet. Hat gerade angefangen. Mich braucht es drinnen nicht, falls du dich fragst, was ich hier tue.« Er schnippte seinen Zigarettenstummel auf die Straße.

»Hab ich mich absolut nicht gefragt. Dann geh ich mal rein.«

»Mike sagt, du kanntest den Toten«, rief er ihr nach.

»Was?« Sie blieb überrascht stehen.

»Ups, du wusstest es nicht? Du bist nicht wegen ihm hier?«

»Wer ist es?«, fragte sie atemlos.

»Marco Benedetto«, antwortete er.

Benedetto! Wieso? Nora eilte den Gang entlang und fand die Tür zum Autopsieraum offen. Sie sah Benedetto auf dem Stahltisch liegen. Reinhard, der gerade die äußere Leichenschau vornahm, hob Benedettos Arm an, ohne auf Widerstand zu stoßen, suchte ihn nach Verletzungen ab und legte ihn wieder neben den Rumpf. Die Totenstarre hatte also noch nicht eingesetzt. Das hieß, Benedetto war seit maximal zwei bis drei Stunden tot. Die Vorstellung erschütterte Nora. Anscheinend war er, kurz bevor sie die Firma Store & Go aufgesucht hatte, umgebracht worden. Von einem Unfall ging sie definitiv nicht aus.

Es roch nach Reinigungsmittel im Raum, der Arzt hatte die Leiche noch nicht geöffnet. Er blickte zu Nora hinüber, forderte sie mit einem Nicken auf, einzutreten, und sprach weiter in sein Diktiergerät. Statt Svetlana war ein junger Präparator mit den Vorbereitungen für die innere Leichenschau beschäftigt, er legte Messer, Bohrer und die anderen Instrumente auf einen Rollwagen. Nora hatte ihn noch nie gesehen, vielleicht war er ein Praktikant.

Nora betrachtete die Leiche. Benedetto hatte eine klaffende Wunde am Kopf, das Blut war ihm in die Augen gelaufen. Sein Mund stand halb offen. Wie passte sein Tod in den ganzen Fall? Nora hegte den Verdacht, einer der Mitarbeiter habe einen Auftragskiller angeheuert, weil er das Risiko vermeiden wollte, selber aktiv zu werden. Doch wer steckte dahinter? Und wer machte die Drecksarbeit?

Mike stand mit Gesichtsmaske und Schutzmantel am Fußende der Leiche und notierte sich Reinhards Beobachtungen. Nora zog ebenfalls einen Mantel über und band sich eine Maske vor Mund und Nase. Dann stellte sie sich neben ihren ehemaligen Kollegen. »Lasst ihn unbedingt auf Scopolamin untersuchen«, flüsterte sie durch ihre Maske in seine Richtung.

»Warum?«

»Weil Roland Wehr an einer Überdosis dieses Gifts gestorben ist.«

»Tabani!«, zischte er so leise, dass der Arzt ihn nicht hören konnte. »Wie bist du zu diesen Infos gekommen?«

»Ich hab sein Blut testen lassen.«

»Das ist mir schon klar! Aber wie bist du an seine Proben gekommen?« Als sie nicht antwortete, riss er die Augenbrauen hoch. »Sag mir nicht, du hast was im IRM mitlaufen lassen.«

»Hör zu, Salzmann, ich habs bloß –«

»Du übertriffst dich wieder mal selbst! Das kann Konsequenzen haben, das ist dir klar.«

»… ausgeliehen. Ich brings zurück. Es war nur ein kleines Röhrchen.«

Er verdrehte die Augen. »Weißt du, wie oft ich solche Sprüche höre? Es war nur eine halbe Million, Herr Richter! Es war keine Vergewaltigung – sie wollte es! Es war nur ein Gramm für den Eigengebrauch!«

»Beruhige dich, Salzmann. Das Wichtigste ist doch, dass wir wissen, dass Wehr vergiftet wurde. Und Kowalskis Leiche sollte jetzt dringend –«

»Ist bereits im Gang«, sagte er. »Regina Flint hat sich mächtig für dich ins Zeug gelegt und noch mal mit dem Staatsanwalt gesprochen. Er hat die Exhumierung angeordnet, kaum hatten wir von Benedettos Tod erfahren. Das zweite Ärzteteam untersucht Kowalskis Leiche gerade im Nebenraum.«

»Lasst ihn auf Scopolamin testen«, drängte sie.

Mike nickte.

»Wo habt ihr Benedettos Leiche gefunden?«

»Im Toilettenraum von Store & Go.«

»Ach ja?«

Doktor Reinhard nahm den T-Schnitt am Rumpf vor und legte den Brustkasten frei. Nora starrte Mike an.

»Auf dem Damen-WC, um genau zu sein«, fuhr dieser fort. »Und das haben wir bei ihm gefunden, das wird dich interessieren.« Er holte einen Plastiksack hervor, in dem sich eine Alraune befand. »Die Wurzel lag neben der Leiche.«

»Ich wusste es«, sagte sie, und dann: »Wer hat euch gerufen?«

»Cedric Stark.«

Sie runzelte die Stirn. »Was tut der auf der Damentoilette?«

»Er habe einen verdächtigen Laut gehört, meinte er. Den Schrei einer Frau.«

»Einer Frau?«

»Da war er sich sicher.«

Nora überlegte eine Weile. Damentoilette. Was hatte Benedetto dort gewollt? Oder war er erst nach seinem Tod dorthin geschleppt worden? Darüber würde die Autopsie Auskunft geben. Alle Mitarbeitenden kamen als Täter infrage. Und wer war die schreiende Frau? Es schien, als sei Stark nicht der Erste gewesen, der die Leiche entdeckt hatte. Eine Frau war ihm zuvorgekommen, hatte vor Schreck geschrien, sich dann jedoch zurückgezogen, ohne ihre Entdeckung weiterzuleiten. Weshalb? Oder Benedetto hatte Streit mit einer Frau gehabt, sie hatte geschrien, ihn getötet und ... Stopp, sagte sie sich. Es hatte keinen Sinn, sich den Kopf über den möglichen Tathergang zu zerbrechen, bevor die Resultate der Obduktion vorlagen.

»Da ist noch was«, fuhr sie fort. Sie berichtete Mike, was sie in letzter Zeit herausgefunden hatte, und dass Sarah Dobler verschwunden war. »Gebt eine Vermisstmeldung durch. Ich befürchte das Schlimmste.«

»Waffenhandel, Erpresserbriefe, Giftmorde und eine vermisste Person! Tabani, was hast du dir da bloß für einen Fall angelacht. Erzähl mir alles, was du weißt.«

Nora schilderte ihm ausführlich die Details, und er machte sich Notizen.

Reinhard nahm Benedettos Herz aus dem Brustkorb und wog es. Langsam breitete sich der typische Geruch im Raum aus, der Nora jedes Mal fast den Atem nahm, gegen den die Rechtsmediziner aber immun schienen.

Nach einer Weile steckte Mike den Notizblock in seine Hosentasche zurück und sagte: »Du musst das nicht zu Ende bringen, das weißt du. Wir haben weitaus die besseren Möglichkeiten.«

Nora schüttelte entschlossen den Kopf. »Sarah Dobler vertraut mir. Ich muss es tun.«

»Die Todesfälle sind jetzt Sache der Polizei. Aber ich kenn dich gut genug, um zu wissen, dass ich dich nicht davon abhalten kann weiterzumachen.« Er schaute besorgt auf sie hinunter, dann flüsterte er: »Pass auf dich auf.«

»Mach ich.« Nora schlüpfte hinaus, trat auf den Gang und ging zum hinteren Obduktionsraum. Schon von Weitem drang der Geruch von Verwesung in ihre Nase. Süßlich-modrig mit einer zusätzlichen undefinierbaren Note, die ihr sofort in den Kopf stieg. Die Maske half nicht wirklich, doch Nora drückte sie noch enger ans Gesicht. Sie trat ein, und Svetlana winkte sie lächelnd herbei. Doktor Marthaler, den sie nicht mehr gesehen hatte, seit sie als Polizistin mit ihm zu tun gehabt hatte, reagierte ebenfalls erfreut, als er sie entdeckte.

»Nur hereinspaziert, Frau Tabani. Meine Präparatorin meinte, Sie könnten in nächster Zeit hier auftauchen.«

So wortkarg Doktor Reinhard war, so ausschweifend konnte Marthaler werden, wenn er von einem Thema begeistert war. Und Leichen begeisterten ihn. Doch niemals verhielt er sich respektlos den Toten gegenüber. Er liebte seine Arbeit, konnte unangenehme Gefühle oder Sinneswahrnehmungen locker wegstecken und war sich immer der Nützlichkeit seiner Untersuchungen bewusst. Am liebsten hatte er während der Autopsie Medizinstudenten um sich, damit er kommentieren konnte, was er tat. Nora hatte ihn von Anfang an gemocht.

Sie begrüßte ihn und kämpfte gegen den Brechreiz. Die Leiche von Kowalski, den sie nie kennengelernt hatte, lag auf dem Tisch und sah nach vier Wochen unter der Erde nicht mehr taufrisch aus. Auf seiner Haut hatte sich ein weißlicher Pilzbelag gebildet, und die Fäulnisbakterien hatten gute Arbeit geleistet. Marthaler war solche Anblicke gewöhnt, und auch Svetlana verzog keine Miene.

»Ich habe erfahren, Sie hätten diese Exhumierung angeregt«, sagte er. »Gratuliere zu Ihrem guten Instinkt.«

Nora atmete, so flach sie konnte, und murmelte einen Dank.

»Was Sie hier sehen«, begann er lustvoll zu dozieren, »ist der gut erhaltene Leichnam eines älteren Mannes. Sie kennen ja die Casper'sche Regel.« Er schaute kurz zu ihr hinüber und gab ihr die Chance zu nicken. »Eben. Die Zersetzungserscheinungen bei Toten stehen im Verhältnis 1:2:8. Eine Woche an der Luft gleicht dem Zustand zweier Wochen im Wasser gleicht dem Zustand von acht Wochen unter der Erde. Darum« – er lächelte sie unter der Maske an und schien zufrieden, dass sie ihm so aufmerksam zuhörte – »haben wir es hier mit einem nur wenig fortgeschrittenen Verwesungsprozess zu tun.«

Nora fand den Prozess beträchtlich fortgeschritten, sagte aber nichts. Sie war froh, dass sie die Leiche nicht erst nach Monaten ausgegraben hatten, wenn sie sich bereits verflüssigte.

»Etwas Pilzmycelien«, fuhr er fort, »kaum Fäulnis, nur geringe Autolyse.«

»Autolyse?«

»Selbstverdauung.«

Nora sah zu, wie er der Leiche Gewebeproben der Herzhöhlen und der peripheren Gefäße entnahm und danach ein etwa hühnereigroßes Stück aus dem Oberschenkel schnitt. Sie fragte: »Halten Sie sich an das Gewebe, weil sich das Blut zurückgezogen hat?«

»Richtig! Sie wissen es ja noch!« Er strahlte und setzte zu weiteren Erklärungen an. Nora sah aus dem Augenwinkel, wie Svetlana unter ihrer Maske über Marthalers Enthusiasmus kicherte. Er fuhr fort: »Nach vier Wochen Erdgrab ist die Blutflüssigkeit der Leiche größtenteils aus dem Gefäßsystem ins umliegende Gewebe diffundiert. Bei einer Exhumierung mit Verdacht auf eine übersehene Vergiftung verfolgen wir den ganzen Weg des Gifts. Das heißt, wir asservieren Mageninhalt, Gallenflüssigkeit, Proben aus Leber, Niere und Gehirn sowie Blut und Urin. Also Aufnahmeort, Verteilsystem und Ausscheidung.«

»Wären Spuren von Scopolamin im Leichnam noch auffindbar?«

»Scopolamin? Dahin gehen Ihre Vermutungen?« Er platzierte eine Gewebeprobe in ein Reagenzglas und übergab es

Svetlana, die es zu den anderen legte. »Ja. Scopolamin ist wie alle Tropanalkaloide relativ stabil. Sollte dieser Mann« – er warf einen Blick auf Kowalskis Leiche, in dem nicht Geringachtung, sondern Respekt lag – »tatsächlich an einer letalen Dosis gestorben sein, werden es unsere Chemiker nachweisen können.«

»Danke«, sagte sie, »das war alles, was ich wissen wollte.«

»Bye, Sherlock«, rief Svetlana ihr nach.

Nora ging hinaus und wusch sich minutenlang Hände, Hals und Gesicht mit heißem Wasser und Seife, obwohl sie nichts berührt hatte. Dennoch brachte sie den Geruch des Todes nicht aus ihrer Nase. Es fühlte sich an, als klebe er auf ihrer Haut.

20

Jans Magen knurrte. Seine Kehle war ausgetrocknet. Seit mehr als einem Tag wurde er gefangen gehalten. Der Kachelofen, an den er geschnürt war, drückte ihm schmerzhaft in die Wirbelsäule. Die Fensterläden waren noch immer geschlossen, die Kerzen rings um ihn brannten ununterbrochen. Sobald eine am Erlöschen war, holte die Frau eine neue, entzündete sie an der alten und stellte sie ins flüssige Wachs. Als dürfte der Bann nicht gebrochen werden. Als wäre er ein Opferlamm, das irgendwem dargeboten würde. Ein paar Mal hatte er Wasser zu trinken bekommen. Nichts zu essen. Die Socke in seinem Mund hatte die Frau entfernt und ihm wieder über den Fuß gezogen mit der Drohung, ihn gleich wieder zu knebeln, wenn er schrie.

Das Haus schien abgelegen zu sein. Nie läutete ein Telefon, keine Musik lief, er hörte weder Stimmen noch Hunde, Autos oder Nachbarn. Das Rascheln, das er meinte, aus dem anderen Zimmer vernommen zu haben, hatte sich nicht wiederholt. Vermutlich war also nur er in diesem Haus gefangen.

Die einzigen wiederkehrenden Töne waren die von Kirchenglocken. Sie schlugen Viertel nach, halb und Viertel vor. Die volle Stunde kündigten sie mit einem tieferen Glockenschlag an. Die dunklen Klänge beruhigten ihn, gaben ihm Halt und Struktur. Vorhin hatte er die Schläge gezählt. Es war Nachmittag.

Aus der Küche war das Fließen von Wasser zu hören, dann Schritte, dann kam die Frau zu ihm. Ihr brauner Flickenrock berührte fast den Boden. Die Haare hingen ihr ungepflegt ins Gesicht. Sie brachte ihm ein Glas Wasser. »Trink«, sagte sie.

»Ich bin hungrig«, gab er zurück.

»Wasser«, antwortete sie.

Er sah in ihre Augen. Ihr Blick schien bodenlos, als könnte sie sich nur mit größter Kraft in dieser Welt halten und wäre in Wirklichkeit in einer anderen daheim. In einer Welt, die mit Gewalt versuchte, sie in den Abgrund zu ziehen. Er hatte es mit einer zutiefst geschädigten Person zu tun. Dennoch konnte er kein Mitleid mit ihr empfinden, zu sehr fühlte er sich von ihr bedroht.

Sie hielt ihm das Glas an die Lippen. Er trank so gierig, dass ein Teil der Flüssigkeit über den Rand schwappte und ihm übers Kinn lief. Sie wischte ihm die Tropfen mit der Hand weg. Er erschauerte bei der Berührung. Ihre Finger waren eiskalt.

Dann wagte er zu fragen: »Wie ist Ihr Name?« Er glaubte nicht, dass sie antworten würde.

Doch sie sagte würdevoll: »Ich bin Alruna. Hüterin der Geheimnisse, Rächerin der Blutzeugen.«

Wenn die Situation nicht so unheimlich gewesen wäre, hätte Jan über dieses Pathos gelacht. Doch er ahnte, dass sein Leben an einem seidenen Faden hing. Eine falsche Reaktion konnte seinen Tod bedeuten. Er musste die Frau ernst nehmen, auf sie eingehen, herausfinden, wie sie tickte. Mehr noch, er musste denken wie sie. Was hatte sie vor? Was war ihre Motivation? Wie war sie zu der geworden, die sie war?

»Wieso bist du hergekommen«, sagte sie. In ihrer Stimme lag keine Frage. Sie wusste, warum er hier war. Aber sie wollte es vom ihm selbst hören.

Es gefiel ihm nicht, dass sie diejenige war, die ihn aushorchte. Er hätte ihr Fragen stellen müssen. Doch in seiner Situation, verschnürt wie ein Paket, konnte er nicht die Initiative ergreifen. Er entschloss sich für die Wahrheit. Lügen würde sie nicht dulden. »Wegen des Doppelselbstmordes vor 19 Jahren.«

Sie zuckte zusammen, hatte wieder diesen irren Blick, ihr Kinn bebte. »Was wollt ihr von mir? Du und diese Tabani?«, stieß sie aus.

»Sie kennen uns?«

»Das weißt du doch«, sagte sie und kam näher. In einem Sekundenbruchteil war ihre Stimme schneidend geworden. »Nicht wahr?«

»Ja«, sagte er schnell und wappnete sich innerlich gegen einen Angriff. »Sie kennen mich. Aber ich kenne Sie nicht.«

Sie verzog den Mund zu einem Lächeln, in dem Macht und Verzweiflung miteinander kämpften. »Niemand kennt mich.«

So sanft wie möglich sagte er: »Ich würde Sie gern kennenlernen.« Vielleicht war das genau das Falsche gewesen.

»Das geht nicht«, antwortete sie fast bedauernd, »du bist ein Mann.«

»Sind Männer Feinde?«

Sie beugte sich zu ihm hinunter und berührte mit ihrer Nase die seine. Er nahm ihren Geruch wahr. »Spiel nicht mit mir«, sagte sie.

»Das war nicht meine Absicht«, stammelte er, »ich wollte nur fragen –«

»Schweig! Die wahre Kraft liegt in der Frau. Männer sind nicht der Feind. Aber manchmal müssen sie der weiblichen Macht geopfert werden.« Sie erhob sich wieder und stellte sich aufrecht wie eine Statue vor ihn hin.

Er sah zu ihr hoch. Bevor er sich überlegen konnte, wie sinnvoll das war, rutschte ihm die Frage heraus: »So wie Kowalski und Wehr?«

Doch sie sagte nur: »Ja.«

»Sie haben sie ermordet. Warum?«

Alrunas Blick wanderte in die Ferne. »Ich morde nicht. Ich opfere.«

»Wem?«

»Das verstehst du nicht«, meinte sie unwirsch.

»Hat jemand Sie zu dieser Tat angestachelt?«

Das Lachen, das aus ihrem Mund kam, war unerwartet, schrill und laut, es hallte von den Mauern wider. Alruna stand in der Mitte des Zimmers und schien um einen Kopf gewachsen zu sein. Die Kerzenflammen flackerten, ihr Rock flatterte auf und warf bizarre Schattenmuster an die Wand. »Angestachelt!«, rief sie. Dann verstummte das Gelächter auf einen Schlag, sie kniff die Augen zu Schlitzen zusammen und fuhr ihn an: »Was glaubt du eigentlich, mit wem du es hier zu tun hast?«

»Ich –«

»Die Große Mutter zwingt niemanden! Es ist eine Ehre, für sie tätig zu sein!« Ihre Lippen zitterten, ihr Blick bohrte sich in den seinen.

»Natürlich.«

Sie warf eine Haarsträhne über die Schulter. »Bald ist es so weit.«

»Was?«

»Ich bin ein Walpurgiskind.«

Jan verstand nicht, was sie damit meinte. Er rutschte unruhig auf dem Boden herum. Die Fesseln schnürten seine Handgelenke ein, sein Fuß war eingeschlafen, und er musste dringend aufs Klo. Doch er konnte seinen Blick nicht von ihr abwenden.

»Ich bin in der Walpurgisnacht geboren«, sagte sie. »Ein klareres Zeichen der Großen Mutter gibt es nicht. Mein Geburtstag ist der 30. April. Übermorgen. Dann wird das letzte Kapitel der Geschichte geschrieben.«

»Was passiert dann?«

»Du wirst sterben, Jan Berger. Sarah Dobler wird dir folgen. Dann ich.«

»Warum?«, fragte er. »Warum müssen wir sterben?«

»Du hättest nicht herkommen sollen. Dein Tod war nicht geplant, doch nun ist er beschlossen. Sarahs Tod ist die Hauptsache. Und ich folge ihr, weil ich muss. Weil ich 27 Jahre alt werde.«

Jan kapierte nicht, was sie damit meinte. Aber je mehr sie von sich preisgab, desto eher würde er eine Chance haben, sie davon abzubringen oder sich irgendwie zu retten. Er brauchte Informationen, alle Informationen.

»Ist 27 ein magisches Alter?«, fragte er.

Wieder neigte sie ihr Gesicht zu seinem, wieder starrte sie ihn mit stechendem Blick an. »Ich sagte es dir schon einmal: Spiel nicht mit mir. Du wirst nie in meine Seele schauen.«

Sie riss ihm die Socke vom Fuß und stopfte sie ihm wieder in den Mund. Dann rauschte sie aus der Stube und drehte den Schlüssel von außen im Schloss um.

Jan versuchte, das trockene Wollstück herauszustoßen. Er schaffte es nicht. Er schüttelte den Kopf und rieb seine Wange an seiner Schulter. Die Socke blieb im Mund. So eine Scheiße. Immerhin wusste er jetzt, dass er noch zwei Tage Galgenfrist hatte, bis sie ihn töten würde. Er musste die Nerven behalten, nur so konnte er sich aus dieser Lage befreien. Was war das Wichtigste? Nora zu informieren. Vielleicht war sie schon längst auf der Suche nach ihm. Er hatte ihr erzählt, wohin er unterwegs war. Vielleicht lauerte sie schon hinter dem Garten und wartete nur auf eine Gelegenheit, das Haus zu stürmen. Dann wurde ihm schlagartig bewusst, dass sie das nicht tun würde. Alruna hatte eine Nachricht von seinem Handy verschickt und seine Abwesenheit irgendwie erklärt. Nora würde erstaunt sein, vielleicht verärgert, dass er nicht auftauchte, aber nicht misstrauisch. Noch nicht.

Er musste zu seinem Handy gelangen, unbedingt.

Ächzend hielt er seine Beine über die nächste Kerze. Er versuchte, sie mit dem einen Schuh, den er trug, und seinem nackten Fuß zu packen. Er streckte sich, so weit er konnte, und zuckte zusammen, als die Flamme um seine Ferse züngelte. Er probierte es erneut. Endlich konnte er die Kerze mit seinen Zehen vom Boden heben und zu sich heranziehen. Sein Bein bewältigte den schrägen Winkel nicht, die Kerze fiel herunter, brannte aber weiter. Er rollte sie mit der Fußspitze zu sich heran, schob sie hinter sein Gesäß.

Sofort fing sein Hemd Feuer. Er geriet in Panik. Zerrte an den Stricken, brachte sie zum Glimmen. Die Flammen erreichten seinen Rücken, versengten die Haut. Er stöhnte auf, wand sich, spürte, wie die Fesseln zu brennen begannen, lockerer wurden. Er riss an ihnen. Endlich gaben sie nach. So schnell er konnte, warf er sich zur Seite, wälzte sich auf dem Boden, bis er die Flammen gelöscht hatte. Sein Herz raste wie ein Maschinengewehr. Von Alruna war nichts zu hören. Er nahm die Socke aus dem Mund. Dann knüpfte er seine Fußstricke auf, stieg über die anderen Kerzen und gelangte zum Fenstersims. Hastig packte er sein Mobiltelefon.

Es rutschte ihm aus den Händen, fiel zu Boden, er hob es wieder auf. Das Scheppern hatte viel zu viel Lärm gemacht. Er hielt den Atem an und horchte. Doch Alruna reagierte nicht. Er wählte Noras Nummer. Die Combox schaltete sich nach einmaligem Läuten ein. Das hieß, sie war besetzt. Verdammt.

Er tippte auf »Neue Nachricht«, begann, seine Botschaft einzugeben, dann hörte er, dass Alruna zurückkam. Schritte im Gang. Der Schlüssel drehte sich. Er schrieb die Nachricht an Nora, so schnell er konnte, doch es reichte ihm nur für drei Buchstaben. Vor lauter Stress kam ihm zu spät in den Sinn, dass er den Notruf der Polizei hätte wählen müssen. 117. So kurz und einfach.

Die Tür ging auf.

»Du!«, schrie sie, griff nach dem Schürhaken neben dem Kachelofen und schwang ihn hoch über ihrem Kopf. »Was hast du getan?«

Sofort klickte er auf »Senden«, dann auf »Löschen«. Die

Nachricht war weg, auch wenn er sie nicht hatte beenden können. Alruna schlug nach ihm. Er wich aus. Sie verfehlte ihn um Haaresbreite.

»Hör auf, du Verrückte!«, rief er, packte ein Holzscheit und warf es nach ihr.

Er traf. Sie brüllte auf und stürzte sich auf ihn.

Er hechtete zur Seite, packte die Kerze, Alruna war schneller. Der Schlag des Schürhakens auf seine Schulter katapultierte ihn zu Boden. Etwas knackte in seinen Knochen, dann durchfuhr ihn ein stechender Schmerz. Noch immer hielt er das Handy krampfhaft in seinen Fingern. Sie preschte mit hocherhobener Waffe auf ihn zu. Ihre Augen waren wutverzerrt. Sie fauchte: »Mit wem hast du gesprochen?«

»Mit niemandem«, flüsterte er und umklammerte seine kaputte Schulter.

»Du lügst!«

Ohne Vorankündigung trat sie ihm in den Bauch. Er sackte zusammen. Sie hob das Handy auf und kontrollierte es. Doch sie konnte keine gewählte Nummer auf der Anrufliste und keine gesendete SMS finden. Sie zerrte ihn zurück zum Kachelofen. Er wollte sich wehren, doch sein Körper gehorchte ihm nicht. Zornentbrannt schlang sie ein Seil um seinen Leib, band seine Hände zusammen, verpackte seine Füße, zog die Stricke so eng an, wie sie nur konnte. Sie verfügte über die Kräfte einer Furie. Die ausgelöschten Kerzen steckte sie in das ausgelaufene Wachs rings um ihn herum und zündete die Dochte an. Er war wieder von einem Flammenkreis umgeben.

»Lüg mich nie mehr an! Alruna sagt man die Wahrheit! Alruna verrät man nicht! Hast du verstanden?« Wieder trat sie ihm in den Magen. Er wollte sich gegen ihre Attacken schützen, konnte nicht. Sie stopfte ihm den Knebel in den Mund. Er riss die Augen auf, schüttelte den Kopf, versuchte, ihr mit Blicken zu verstehen zu geben, sie solle aufhören, ihn zu malträtieren. Sie machte weiter. Schrie ihn an, begann zu weinen. Tränen liefen ihr über die Wangen, sie wischte sie mit dem Ärmel weg. Zog die Nase hoch. Ihre Stimme wurde zu einer Kinderstimme.

»Mich nicht verraten!«, wimmerte sie. Ihre Schläge wurden schwächer, ihre Schluchzer verzweifelter. »Nicht weggehen! Hilfe!«

Ein Schrei drang aus ihrem Mund, hallte durch das Haus, brachte ihre Unterwelt mit. Sie riss die Arme schützend vor sich, verteidigte sich gegen unsichtbare Wesen, rief immer wieder »Nicht allein lassen!«, stolperte über Jan hinweg, lief aus dem Raum. Schreiend, brüllend, leidend wie ein angeschossenes Tier.

Die Tür knallte ins Schloss.

Jan blieb erschüttert liegen. Die Eingeweide taten ihm weh. Seine Schulter war ein einziger Schmerz. Er bekam viel zu wenig Luft durch die Nase, wollte den nassgesabberten Knebel im Mund loswerden. Hoffentlich hatte er keine inneren Blutungen. Er versuchte, sich zu beruhigen, atmete regelmäßig, auch wenn er seine Lunge nicht richtig füllen konnte. Allmählich verlangsamte sich sein Herzschlag. Er durfte jetzt nicht aufgeben, musste die Nerven behalten. Er hatte noch zwei Tage. In dieser Zeit würde er sich befreien müssen. Oder Nora fand ihn. Alruna würde ihn nicht vorher töten. Es musste an ihrem Geburtstag sein. In der Walpurgisnacht, warum auch immer.

Von draußen hörte er, wie Alrunas Heulen leiser wurde und dann ganz aufhörte. Die Tür öffnete sich. Sie kam herein. Gefasst.

Unwillkürlich zog er den Kopf ein.

»Du musst keine Angst haben«, sagte sie. »Es tut mir leid.«

Er schaute zu ihr hoch. Ihr Gesicht war tränenverschmiert, über ihre Lippen lief ein dünner Blutstrahl, als hätte sie sich auf die Zunge gebissen. Sie berührte mit ihren Fingern das

Blut, schaute es an, leckte es ab. Dann nahm sie die Socke aus seinem Mund. Er schnappte nach Luft, konnte wieder frei atmen und hätte sich um ein Haar dafür bedankt.

»Ich wollte dir nicht wehtun«, fuhr sie fort. Sie wischte die verschmierten Hände an ihrem Rock ab. »Die … die Dämonen waren stärker. Du musst mir verzeihen.«

Er schaute zu ihr hoch. Ihre Pupillen waren riesig, pechschwarz. Ihre Lider zitterten. Sie sah ihn erwartungsvoll an. Nicht wie Alruna, Hüterin der Geheimnisse, Rächerin der Blutzeugen. Sondern wie ein Kind, das um die Liebe seiner Eltern bettelt und nicht weiß, ob es sie erhalten wird oder nicht.

Nur eine Sekunde dauerte das. Dann verzerrte sich ihr Gesicht. Sie bleckte die Zähne und zischte: »Du musst mir verzeihen.«

Sein ganzer Körper fühlte sich wie ein einziger riesiger Schmerz an. Er wehrte sich gegen die Welle der Ohnmacht und Hoffnungslosigkeit, die erneut von ihm Besitz ergriff.

»Ich verzeihe dir«, sagte er.

21

Nora war wieder im Büro und grübelte. Es gab zu viele offene Fragen, zu vieles, was nicht zusammenpasste. Was hatten diese drei Morde mit den Waffenlieferungen zu tun? Warum Alraunengift und Erpresserbriefe? Was war mit diesem Emmanuel Zacharias, auf dessen Spur Jan gewesen war? Überhaupt, Jan. Was hatte das zu bedeuten, er könne heute leider nicht kommen? Je länger sie darüber nachdachte, desto merkwürdiger fand sie es. Gestern Abend hatte er dieses Haus auf dem Hirzel beobachtet, dann gemerkt, dass es kein Geheimnis barg, war heimgefahren und hatte sich heute Morgen einfach so entschieden, nicht zur Arbeit zu erscheinen. Das sah ihm gar nicht ähnlich.

Sie rief ihn zu Hause an. Er ging nicht ran. In diesem Moment, als ahnte er, dass sie an ihn gedacht hatte, kam eine SMS von ihm.

»Dis«, hatte er geschrieben, nichts weiter.

Es waren nur drei Buchstaben, als sei er mitten im Wort unterbrochen worden. Was bedeuteten sie? Diskette? Display? Sie wählte seine Nummer. Er nahm nicht ab. Seltsam. Irgendetwas wollte er ihr mitteilen. War er auf etwas Neues gestoßen? Hatte er etwas entdeckt? Sie versuchte es noch einmal und hinterließ eine Nachricht auf seiner Combox.

Sie ging in sein Büro, wo neben diversen Fremdwörterlexika, Sprachbüchern und Rechtschreibewälzern ein aktuelles Wörterbuch stand. Sie schlug es unter »D« auf.

»Disc«, las sie. »Disharmonie, Diskrepanz, diskret.« Passte alles nicht so richtig. »Diskussion? Dislokation?« Das konnte es sein. Dislokation bedeutete Lageveränderung. Wollte er ihr sagen, er halte sich an einem unbekannten Ort auf? Sie schrieb das Wort nieder und suchte weiter. »Dispensation«. Befreiung. Konnte sein. Doch warum sollte er so geschwollen schreiben? »Disput. Dissektion.«

Sie hielt inne. Natürlich!

Dissektion war ein anderes Wort für Leichenöffnung. Zwar etwas veraltet, wie sie wusste, aber immer noch gebräuchlich. Sie notierte den Begriff auf ein rotes Post-it und fuhr mit dem Finger weiter nach unten. Es folgten mehrere Einträge, die überhaupt keinen Sinn ergaben, oder Adjektive, die Jan nie benutzen würde.

»Dissemination«, die Verbreitung von Krankheitserregern im Körper. Nein, nicht wirklich.

Nach »Distanz«, »Distel« und »Disziplin« und anderen, die sie aufschrieb und nach einigem Überlegen wieder durchstrich, stand nur noch ein einziges Wort da: »Dissektion. Leichenöffnung.«

Was meinte er damit? Was hatte er entdeckt? War er auf eigene Faust losgezogen und hatte ermittelt? Dann hätte er sie doch informiert.

Das Naheliegendste kam ihr erst jetzt in den Sinn: Die Nachricht war gar nicht für sie bestimmt. Jan hatte ein paar Buchstaben getippt, den Anfang eines ganz normalen Satzes wie zum Beispiel »Disco oder Kino heute Abend?«, hatte vorgehabt, die SMS an Monika zu schicken, und hatte aus Versehen Noras Nummer aktiviert. Das war die einleuchtendste Erklärung. Sollte sie Monika anrufen und fragen, ob er bei ihr war? Es widerstrebte ihr. Jan war bis jetzt ein so zuverlässiger Partner gewesen, wie man es sich nur wünschen konnte. Wenn er sich nun, kurz vor seiner Hochzeit, ein paar Freiheiten erlaubte, war das völlig in Ordnung. Sie würde ihn sicher nicht in seinem Liebesnest stören. Sie hoffte, er käme morgen wie gewohnt zur Arbeit und würde weiterhin so für sie tätig sein, wie sie es von ihm kannte. Alles nicht so tragisch.

Kurz darauf klingelte ihr Telefon. Sie hechtete zum Hörer in der Hoffnung, es sei Jan, doch sie sah Mikes Nummer.

»Ich kann dich beruhigen«, sagte er, nachdem sie abgenommen hatte. »Wir haben Sarah Dobler gefunden.«

»Mein Gott! Ist sie –?«

»Nein, sie ist nicht tot! Du denkst immer gleich an das Ärgste! Sie war krank und erfreut sich wieder bester Gesundheit. Vor einer Stunde ist sie im Büro erschienen. Ich habe ein paar Worte mit ihr gesprochen.«

»Was? Nur krank? Und taucht plötzlich am Donnerstagnachmittag wieder auf?«

»Sie hat Ruhe gebraucht und ein paar Tage in den Bergen verbracht.«

»Und die Alraunenwurzel, die auf ihrem Pult lag? Die Ankündigung ihres Todes?«

»Scheint in keinem Zusammenhang zu stehen«, gab er zurück. »Nun hat sich ja alles in Wohlgefallen aufgelöst, und sie ist heil wieder zurück. Jetzt aber zur Hauptsache, weswegen ich dich anrufe.«

»Ja?«

»Wir haben die Resultate der Untersuchung von Kowalskis exhumierter Leiche erhalten. Er ist wie Roland Wehr an einer Überdosis Scopolamin gestorben. Mandragoravergiftung. Wie du vorausgesagt hast. Du hattest also …« Er räusperte sich und überwand sich dann, zu sagen, was er sagen wollte. »Du weißt schon, was ich meine. Du hattest recht.«

Sie grinste. »Kannst du das noch mal wiederholen? Ich habs akustisch nicht ganz verstanden.«

»Treibs nicht auf die Spitze, Tabani! Ja, du hattest von Anfang an den richtigen Riecher, was die beiden ersten Leichen betrifft. Und ja, wir hätten auf dich hören sollen. Doch jetzt kommts: Das dritte Opfer, Marco Benedetto, starb nicht an einer Vergiftung. In seinem Blut fand man weder Toxine noch Alkohol, Drogen, Medikamente oder irgendwelche unbekannten Stoffe. Er starb an einem Schädelbruch mit anschließender Hirnblutung aufgrund eines Schlags mit einem schweren Gegenstand auf seinen Kopf. Am Tatort haben wir Massen von Fingerabdrücken gefunden, die wir noch auswerten müssen. Doch von der Tatwaffe fehlt jede Spur.«

»Das kann nicht sein!«, stieß Nora hervor. »Das passt nicht.«

»Mörder werden nicht immer unseren Erwartungen gerecht«, gab er zurück.

»Warum?«

»Weil sich auch Täter mit unerwarteten Wendungen auseinandersetzen und neu entscheiden müssen.«

»Nein, ich meine: Warum hat man bei allen drei Toten eine Mandragora als Mordankündigung entdeckt? Kowalski und Wehr wurden auch tatsächlich mit der Giftpflanze ermordet, Benedetto aber nicht. Das passt nicht zusammen.«

»Ich kann es mir nur damit erklären, dass der Täter aus irgendeinem Grund nicht an seinem ursprünglichen Plan festhalten konnte.«

»Vielleicht, weil wir ihm zu nahe gekommen sind?«

»Vielleicht.«

Er legte auf. Und Nora starrte eine geraume Weile auf das Wort, das sie auf das rote Post-it gekritzelt hatte. Dissektion. Leichenöffnung.

Eine Stunde später klopfte Nora an Sarah Doblers Bürotür. Es war halb fünf.

»Herein«, ertönte eine schwache Stimme von drinnen.

Nora trat ein und erschrak. Die Chefsekretärin saß am Schreibtisch und blickte zu ihr hoch. Ihr linkes Auge war blutunterlaufen und schimmerte blauviolett, ihre Oberlippe war geschwollen. Sie lächelte gequält.

»Was ist denn mit Ihnen passiert?«, fragte Nora.

»Nichts«, murmelte diese. »Ich war krank.«

»Ich meine, wer hat Sie so zugerichtet?«

Die andere zögerte und wich ihrem Blick aus. »Niemand. Ich bin … ich bin aus dem Bett gefallen. Als ich Fieber hatte.«

Nora ging näher zu ihr hin. »Sie wissen, dass ich Ihnen das nicht abnehme.«

»Lassen Sie es einfach dabei bewenden.«

»Frau Dobler! Das kann unheimlich wichtig sein! Es gibt bis jetzt drei Tote in Ihrer Firma, ich möchte nicht, dass Sie die Nächste sind. Wenn Sie irgendetwas wissen, müssen Sie es mir sagen.«

»Ich weiß nichts.«

Nora stützte die Arme auf den Schreibtisch und schaute die Sekretärin eindringlich an. »Sie schweben in Lebensgefahr! Ich kann Personenschutz für Sie beantragen. Doch dazu muss ich erfahren, was passiert ist.«

Sarah Dobler schüttelte fast unmerklich den Kopf. »Ich habe keinen Namen. Kein Gesicht. Aber da war diese Wurzel. Ich wollte Sie anrufen, dann wurde mir klar, dass es zu spät war. Ich hatte Angst, vergiftet worden zu sein, und habe mich gezwungen zu erbrechen. Danach fühlte ich mich so seltsam. Ich hab es zurück in mein Büro geschafft, dann muss ich zusammengebrochen sein. Ich kam erst nach einer Weile wieder zu mir. Mit einem verprügelten Gesicht. Ich ging davon aus, dass mich jemand mit der Alraune töten wollte, dass ich das Gift aber früh genug ausgespuckt habe. Zum Sterben hat es nicht gereicht, aber zum Ohnmächtigwerden. Warum er auf mich eingeschlagen hat, weiß ich nicht.«

»Weil das Gift nicht gewirkt hat«, vermutete Nora. »Vielleicht wollte er Ihnen einen Denkzettel verpassen, vielleicht hatte er tatsächlich vor, Sie umzubringen, und wurde dabei gestört.«

Sarah Dobler nickte mit versteinerter Miene. »Ich bin

dann gegangen und habe mich krankgemeldet. Ich stand unter Schock.«

»Sie hätten sich an mich wenden sollen. Wo waren Sie denn die ganze Zeit?«

»Zu Hause.«

Nora holte tief Luft, dann sagte sie langsam: »Das stimmt nicht, Frau Dobler. Ich war dort. Sie haben auf mein Läuten und Klopfen nicht reagiert.«

»Ich habe geschlafen. Mit Ohrenstöpseln. Tag und Nacht.«

»Das ist absurd«, sagte Nora und hoffte, die andere würde endlich einsehen, in welcher Gefahr sie schwebte. Drei Todesopfer in ihrer Firma! »Ich weiß nicht, wen Sie decken wollen, aber tun Sie es nicht länger! Wer war es? Haben Sie ihn erkannt?«

Dobler schloss die Augen. »Ich kann es nicht. Ich kann es nicht sagen. Vielleicht irre ich mich, vielleicht ist alles nur halb so schlimm.«

»Halb so schlimm? Jemand will Sie töten, und Sie schützen ihn?«

Sarah Dobler presste die Hände vors Gesicht und flüsterte: »Ich werde nicht getötet, wenn ich schweige. Ich werde getötet, wenn ich rede.«

Ruth Mäder saß am Empfang und übernahm einen Teil von Marcos Aufgaben. Vor ihr lagen die Unterlagen mit den Preisen und Größen der verschiedenen Mieträume.

Stundenlang war die Polizei in der Firma gewesen und hatte alle verhört. Wer wo gewesen war und mit Marco gesprochen hatte. Dann waren alle Mitarbeitenden tatsächlich auf die Kripo gebracht worden, wo man allen die Fingerabdrücke abgenommen hatte. Ruth hatte es als Zumutung empfunden, dass man sie nicht respektvoller behandelte. Zum Glück konnte sie jetzt wieder ihrer Arbeit nachgehen. Nun, ihre Arbeit war es genau genommen nicht, aber in Zeiten wie diesen galten keine Regeln mehr. Unglaublich, was in den letzten Wochen alles passiert war.

Alle paar Minuten riefen Kunden an oder kamen an den Empfang, um sich über die Mietkonditionen zu informieren. Ruth fühlte sich maßlos überfordert. Sich um die Kunden zu kümmern, war immer Marcos Sache gewesen. Er hatte Humor und Schalk gehabt, konnte auf die Bedürfnisse der Mieter eingehen und ließ sich nicht so schnell ins Bockshorn jagen. Sie, Ruth, war spröde und kompliziert, das hatte sie immer wieder gehört, und wenn sie ehrlich war, musste sie sich eingestehen, dass es stimmte. Sie war ganz und gar die falsche Person für direkten Kundenkontakt. Aber jemand anders kam in der jetzigen Situation nicht infrage. Cedric Stark fühlte sich zu Höherem berufen, Sarah war mit Organisatorischem überlastet, und Claudia kannte sich zu wenig in der Materie aus. Also musste sich Ruth darum kümmern.

Store & Go suchte dringend neue Mitarbeiter. In den letzten Tagen hatten sich einige Leute beworben, und bevor Sarah krank geworden war, hatte sie mehrere Erstgespräche geführt. Doch bis jetzt hatte niemand dem Profil entsprochen. Und irgendwie, da war Ruth der gleichen Meinung wie Sarah, fand sie es nicht richtig, so kurz nach dem Ableben ihrer Kollegen und des Chefs bereits Neueinstellungen vorzunehmen. Natürlich war es nötig, wenn die gesamte Belegschaft nicht in einem Burn-out enden wollte, doch es kam ihr so pietätlos vor. Sie hatte sich nach dem erneuten Todesfall schwarz gekleidet. Doch Claudia sagte ihr heute Morgen, das sei nicht in Marcos Sinn, er habe Farben geliebt.

Sie wurde aus ihren Gedanken gerissen. Schon wieder ein Anruf. Sie nahm ihn entgegen, versuchte, ebenso charmant zu sein wie Marco, und scheiterte kläglich. Der Herr am anderen Ende fragte sie Dinge, die sie nicht beantworten konnte, wollte alles über die Sicherheit und die Kontrolle erfahren und entschied sich dann, seine Ware in einem anderen Lagerhaus unterzubringen. Sie seufzte. In diesem Moment kam die Detektivin aus Sarahs Büro. Claudia rief ihr etwas hinterher und wollte anscheinend mit ihr sprechen. Die beiden verschwanden in Claudias Raum, der bis vor Kurzem auch ihr, Ruths Büro gewesen war, bis dieser undankbare Empfangsjob an ihr hängen geblieben war.

Und jetzt tuschelten Claudia und diese Tabani über irgendwelche Geheimnisse. Ruth mochte das nicht. Entschlossen stand sie auf, ging den Gang hinunter, legte ihr Ohr an die Tür und lauschte.

»Frau Tabani«, sagte Claudia Campanini, als sie die Tür hinter sich geschlossen hatte, »ich muss mit Ihnen reden.«

Nora erkannte, dass sich die junge Frau in einem inneren Aufruhr befand. Sie spielte nervös mit ihrem Handkettchen, verlagerte ihr Gewicht unruhig von einem Fuß auf den andern und kippte fast von ihren hohen Absätzen. »Es hat mit Marcos Tod zu tun. Aber ich will nicht, dass Sie jetzt schlecht über mich denken.«

»Erzählen Sie mir einfach, was vorgefallen ist.«

Beide setzten sich.

»Es war gestern Vormittag. Da bin ich mit Marco –« Ihre Augen füllten sich mit Tränen, als sie seinen Namen erneut aussprach. Sie tupfte sie mit einem Taschentuch ab, verschmierte dabei ihre Mascara, was einen schwarzen Fleck auf den Lidern hinterließ. »Ich kann es einfach nicht glauben. Erst einen Tag ist das her. Gestern hat er noch gelebt. Wir … mein Gott, es ist mir so peinlich. Aber Sie müssen es wissen.«

Nora konnte sich nicht vorstellen, was so peinlich an Marcos Tod sein sollte, aber sie ließ Claudia Campanini Zeit.

»Ich war diejenige, die geschrien hat.«

»Ich dachte, Cedric Stark habe Marco Benedetto gefunden. Waren Sie vor ihm da?«

»Ja … und nein. Ich meine, ich habe Marcos Leiche nicht

entdeckt, das war Stark. Ich war bei Marco, als er noch lebte. Ich … wir … hatten Sex auf der Toilette. Deshalb schrie ich. Nicht vor Schreck, sondern vor …« Sie lief knallrot an und murmelte mehrmals: »Mein Gott, ist das peinlich.« Dann hatte sie sich wieder im Griff. »Kurz darauf hat Stark uns alle zusammengetrommelt, weil er Marco gefunden hatte.«

»Ich bin sehr froh, dass Sie mir das erzählen«, sagte Nora, »auch wenn ich mir vorstellen kann, dass es für Sie schwierig ist. Doch so haben wir einen zeitlichen Rahmen, mit dem wir arbeiten können. Wer war zu dieser Zeit alles im Haus?«

Campanini zählte auf. »Ruth, ich, Herr Stark, Mehmet und Chandra, die wegen neuer Umzugstermine mit Marco gesprochen hatten.«

»Tim?«, fragte Nora.

»Gesehen habe ich ihn auf unserem Stock nicht«, gab sie zurück, »aber theoretisch hätte er sich natürlich auch irgendwann hier aufhalten können. Und Gerhard Furrer kam kurz vorbei, weil er seine Sachen noch abholen musste. Sie wissen ja, dass er fristlos entlassen wurde.«

Nora nickte. »Sind das alle? Versuchen Sie, sich ganz genau zu erinnern.«

Die andere dachte kurz nach, dann sagte sie: »Ich bin nicht ganz sicher, aber ich meine, Antje Kowalskis Stimme aus Starks Büro gehört zu haben. Als die Polizisten dann eintrafen, war sie nicht mehr da. Aber wie gesagt, beschwören kann ich es nicht.«

»Haben Sie das Ganze der Polizei erzählt?«

»Nein«, gab sie zurück. »Ich hatte Angst, man würde mich verdächtigen.«

»Benedetto umgebracht zu haben? Wieso sollte man das tun?«

Sie wand sich, doch Nora spürte, dass sie ihre Scham überwinden und erzählen würde, worum es ging. »Wir … wir hatten Streit vor dem Sex. Und das haben einige mitgekriegt.

Ich hätte doch das perfekte Motiv für den Mord gehabt.« Wieder schossen ihr die Tränen in die Augen. »Aber glauben Sie mir, ich habe Marco geliebt.«

»Wussten Ihre Kollegen, worum es in Ihrem Streit ging?«

»Nein, zum Glück nicht.«

»Und worum ging es?«

»Sehen Sie«, sagte sie trotzig, »das ist genau der Grund, warum ich nichts gesagt habe.« Dann fügte sie kleinlaut hinzu: »Aber es ist wohl besser, ich stehe jetzt dazu, bevor mir noch ein Mord in die Schuhe geschoben wird. Unsere Auseinandersetzung drehte sich um Geld. Ich habe Marco angepumpt, und er hat abgelehnt, weil er selber nicht auf Rosen gebettet ist, wie er sagte.«

»Wofür brauchten Sie das Geld?«

»Ich habe Schulden«, sagte sie, als würde das alles erklären. Das Nächste schien ihr sichtlich schwerer zu fallen. Nach einigem Zögern fuhr sie fort: »Ich drohte ihm, falls er mir nichts geben würde. Ich sagte, ich würde Gerhard Furrer mitteilen, dass er, Marco, es gewesen war, der ihn wegen seiner Diebstähle verpfiffen hatte.«

»Hat Benedetto Ihnen daraufhin Geld geliehen?«

Sie schwieg lang. Dann hauchte sie: »Nein.«

»Erzählten Sie es Furrer?«

Sie nickte fast unmerklich, dann stieß sie einen Schluchzer aus. »Ich bin schuld, dass Marco tot ist!«

Ruth Mäder hatte genug gehört. Konnte sie diese neuen Informationen für ihre Zwecke nutzen? Leise ging sie zurück zum Empfang. Was für eine Firma! Kowalskis Witwe hatte eine Affäre mit Stark. Claudia hatte wilden Sex auf der Toilette. Gerhard Furrer stahl Wertsachen aus den Lagerräumen. Und würde womöglich demnächst als Marcos Mörder überführt werden. Der Saubermann Tim hatte bestimmt auch irgendwelche Leichen im Keller. Sogar sie, Ruth, hatte keine blütenreine Weste, wenn sie ehrlich war. Und Ehrlichkeit mit sich selbst war ihr wichtig. Das Schweigegeld von Stark nahm sie jedenfalls dankbar an. Andererseits, sagte sie sich, hatte sie ihm nie offen gedroht oder ihn gar erpresst wegen seines Geplänkels mit der Witwe Kowalski. Es war schließlich seine Sache, wenn er Ruths Stillschweigen mit kleinen Aufmerksamkeiten bezahlen wollte. Nein, wenn sie es sich genau überlegte, tat sie nichts Unmoralisches. Sie hatte keine schmutzigen Affären und würde sich, wenn sie verheiratet wäre, niemals Seitensprünge erlauben. Man konnte ihr wahrlich keinen Vorwurf machen, dass sie sich mit Herrn Starks Geld ab und zu etwas Schönes leistete.

Ruth dachte noch eine Weile über das Ganze nach, ihre Gedanken schweiften ab zu Kowalski, Roland und Marco. Dann traten zwei Damen ein, die sich für die Miete eines mittelgroßen Lagerraums interessierten. Und diesmal erledigte Ruth ihre Sache wirklich gut. Sie lächelte an den richtigen Stellen, machte der einen Kundin sogar ein Kompliment für ihren Mantel und schloss zwei Verträge ab, auf die sie stolz sein konnte. Ja, sie war durchaus lernfähig.

Nora fuhr zurück. Als sie gegen 18 Uhr im Seefeld ankam und die Treppe zu ihrem Detektivbüro hochstieg, blieb sie erstaunt stehen. Auf der Stufe vor der Tür saß Jans Verlobte. Nora hatte sie nur ein einziges Mal getroffen, vor ein paar Monaten, doch sie erkannte sie gleich wieder. Ihre braunen Haare waren schulterlang mit einigen silbergrauen Strähnchen, sie trug eine modische Brille und war leicht geschminkt.

»Nanu, Monika«, wunderte sich Nora, »was machst du denn hier?«

Monika stand auf und wischte sich hastig über die Hose. Mit einer Stimme, in der Angst mitschwang, fragte sie: »Wo ist Jan?«

Cedric Stark hielt die Karte in der Hand, die ihm der Mann von der Kripo gegeben hatte. Dann wählte er die Nummer. Als Mike Salzmann sich meldete, sagte Cedric: »Hier Stark von der Firma Store & Go. Sie sagten, ich solle mich an Sie wenden, wenn mir noch etwas in den Sinn käme, das mit Benedettos Tod zu tun hat.«

»Richtig. Worum geht es?«

»Vielleicht ist es nicht so wichtig, ich dachte nur, wir sollten, wenn wir etwas beobachten …« Er unterbrach sich und bemühte sich, unentschlossen zu wirken.

Salzmann fiel darauf herein. »Wir werden Ihre Aussage diskret behandeln, Herr Stark. Es ist wichtig, dass Sie uns alles berichten, was Sie wissen.«

Cedric grinste. »Vielen Dank, Herr Salzmann. Es ist nämlich so, dass ich meine, jemanden gesehen zu haben, der sich aus der Damentoilette entfernt hat. Kurz bevor ich Benedettos Leiche dort entdeckte.«

»Sie meinen, jemanden gesehen zu haben? Hat die Person sich nun aus der Damentoilette entfernt oder nicht?«

»Hat sie.«

»Und wer war es?«

Cedric zögerte mit der Antwort. »Vielleicht ist es nicht richtig, so über andere zu sprechen, und bestimmt hat sie sich überhaupt nichts zuschulden kommen lassen. Wahrscheinlich hat sie Ihnen gegenüber einfach vergessen, es zu erwähnen. Verstehen Sie, es ist mir wichtig, dass Sie nicht denken, ich wolle jemanden belasten. Aber um den schrecklichen Mord an meinem Kollegen aufklären zu helfen, muss ich Ihnen meine Beobachtung mitteilen.«

»Wen haben Sie denn nun gesehen?«, fragte Salzmann ungeduldig.

»Sicher hat es überhaupt nichts zu bedeuten …«

»Wen, Herr Stark?«

»Ruth Mäder.«

22

Nora steckte ihre Smith & Wesson Target Champion ein.

Jans Verlobte beobachtete sie mit bangem Gesichtsausdruck. »Ich hoffe, du wirst die Pistole nicht brauchen.«

Sie würden Jan suchen. Spätestens jetzt war klar, dass etwas nicht stimmte.

»Das hoffe ich auch. Aber sicher ist sicher.« Sie fühlte die Konturen ihrer Champ in der hinteren Hosentasche. Dann packte sie zusätzlich eine Taschenlampe ein, ein Feuerzeug, ein Klappmesser und etwas Schnur. So sah sie zwar aus wie ein Bronx-Rapper mit ausgebeulten Hosen, doch lieber zu viel als zu wenig mitschleppen, schließlich hatte sie keine Ahnung, was sie vorfinden würde. »Besitzt du einen Schlüssel zu Jans Wohnung?«

Monika verneinte. »Es lohnt sich nicht, einen nachmachen zu lassen, da Jan nach unserer Hochzeit zu mir ziehen wird.«

»Okay«, sagte Nora und nahm noch den Dietrich mit. Der hatte ihr schon einige Male gute Dienste geleistet. Zwar immer leicht jenseits der Legalität, doch manchmal erforderten prekäre Situationen außergewöhnliche Mittel.

Sie verließen das Detektivbüro und machten sich auf zu Monikas VW, der in einer Nebenstraße stand. Monika setzte sich ans Steuer, Nora daneben. Dann fuhren sie los.

»Wann hast du Jan zum letzten Mal gesehen?«, fragte Nora.

»Vorgestern, am Dienstagmorgen. Wir haben zusammen gefrühstückt, dann hat er mir erzählt, dass er aufs Land fahren will, um ein Bauernhaus zu beobachten.«

Nora nickte. »Das stellte sich als falsche Fährte heraus. Ich hab am selben Tag eine SMS von ihm erhalten. Da schien noch alles in Ordnung. Später landete dann eine angefangene Nachricht bei mir, doch ich bin nicht sicher, ob sie überhaupt für mich bestimmt war.«

»Wir hatten gestern Abend zum Essen abgemacht«, sagte Monika und fuhr Richtung Bellevue. »Er wollte mich zu Hause abholen, doch er kam nicht. Ich rief ihn an und fuhr zu seiner Wohnung, traf ihn dort aber nicht an.«

»Dann war die Nachricht vermutlich an dich gerichtet. Hast du eine bekommen?«

»Nein. Ich rief ihn an und konnte ihn nicht erreichen. Das ist einfach nicht typisch für ihn.«

Das Auto vor ihr stoppte abrupt, Monika trat auf die Bremse, hupte und fluchte leise vor sich hin. Sie musste sich in einem Ausnahmezustand befinden. So, wie Jan von ihr gesprochen hatte und wie Nora sie das eine Mal, als sie sie getroffen hatte, erlebt hatte, war Monika normalerweise die Ruhe in Person. Jetzt fuhr sie am Limit des Erlaubten, überholte und drängelte sich vor.

»Jan ist sonst so zuverlässig«, sagte Nora. »Seine lange Abwesenheit hat mich auch stutzig gemacht.«

»Denkst du, ihm ist etwas zugestoßen? Oder könnte es sein, dass er so in seine Arbeit vertieft ist, dass er alles um sich herum vergisst?« Verzweiflung und Hoffnung lagen in Monikas Stimme; doch beide wussten, dass Jan niemals ein Treffen sausen lassen würde, ohne sich abzumelden.

Dennoch sagte Nora: »Das wäre möglich.«

Monika nickte mehrmals, wie um sich selber zu überzeugen.

Sie fuhren durch die Innenstadt, erreichten Altstetten und fanden in der Nähe des Lindenplatzes einen Parkplatz. Die paar Schritte zur Saumackerstrasse gingen sie zu Fuß. Jans Auto war nicht da. Die Eingangstür des älteren Mehrfamilienhauses stand offen. Sie stiegen in den ersten Stock, läuteten und klopften. Als nichts geschah, nahm Nora ihren Dietrich hervor. Am alten Schloss hätten die Einbrecher ihre helle Freude gehabt und es in ein paar Sekunden aufgebrochen. Nora schaffte es immerhin in einer Minute. Sie traten ein.

Monika eilte durch die Räume und rief aus dem Badezimmer: »Er ist nicht hier.«

»Wir müssen herausfinden, womit er in der letzten Zeit beschäftigt war«, sagte Nora. »Vielleicht erhalten wir so einen Anhaltspunkt.«

Sie sah sich in Jans Zimmern um und entdeckte eine Ordnung und ein System, für das sie pure Hochachtung empfand. Die Bücher im Regal waren thematisch aufgereiht, die Gewürze in der Küche alphabetisch geordnet, die Fläschchen im Badezimmer standen mit dem Etikett nach vorn in Reih und Glied im Spiegelschränkchen. Auf der Schiefertafel neben der Eingangstür war eine Liste mit Dingen notiert, die er besorgen wollte, unter anderem Druckerpapier, Senf und Seife.

Nora inspizierte das Wohnzimmer. Monika folgte ihr.

»Sieht hier alles so aus, wie es sollte?«, fragte Nora.

Monika nickte. »Mir fällt nichts Ungewöhnliches auf.«

Ledersofa mit Fernseher, Esstisch mit vier Stühlen, an den Wänden mehrere farbenprächtige Bilder eines brasilianischen Künstlers, von dem er ihr kürzlich vorgeschwärmt hatte. Die Wohnung strahlte nebst Ordnung und Sauberkeit eine Wärme aus, die Nora überraschte. Es war mehr als eine typische Junggesellenwohnung. Es war das Nest eines Menschen, der auf sich achtete und es gern gemütlich hatte. Doch sie fand nichts Außergewöhnliches. Kein Zeichen eines Kampfes, nichts, was darauf schließen ließ, dass Jan ihnen etwas mitteilen wollte.

Sie ging ins Arbeitszimmer und nahm sich als Erstes den Computer vor. Doch leider war sie Nora und nicht Jan. Das hieß, sie konnte das Gerät zwar starten, doch bei der ersten Passwortabfrage scheiterte sie. Sie probierte ein paar einfache Kombinationen aus, doch jedes Mal erschien die Meldung auf dem Bildschirm: »Hände weg, Fremder, mich kannst du nicht knacken!« Sie lächelte. Es hatte keinen Sinn, es weiter zu versuchen, Jans Daten waren zu gut geschützt. Sie gingen durch die anderen Zimmer. Nora hielt nach irgendetwas Ausschau, das ihr einen Hinweis darauf gegeben hätte, was passiert sein könnte, doch sie fand nichts. Was immer der Grund war, dass Jan nichts mehr von sich hören ließ, hier schien die Angelegenheit nicht ihren Anfang genommen zu haben.

»Wir müssen weiter, stimmts?«, fragte Monika.

»Ja.«

»Ich habe so gehofft, etwas zu erfahren.« Sie ging zur Tür, kehrte noch einmal zurück, dann nahm sie die Kreide und schrieb auf die Schiefertafel: »Bitte melde dich, wenn du das liest.« Darunter malte sie ein Herz. Einen Augenblick blieb sie davor stehen, dann murmelte sie: »Was jetzt?«

»Es bringt nichts, zum Bauernhaus zu fahren, das er observiert hat«, sagte Nora und zeigte Monika Jans SMS, in der er geschrieben hatte »Habe Beobachtung abgebrochen. Bin wieder zu Hause.«

Monika nickte. »Er hat also seinen Posten verlassen. Was er wohl danach gemacht hat?«

»Ich weiß es nicht. Lass uns alle Möglichkeiten in Betracht ziehen. Wie gut kennst du ihn?«

In Monikas Augen traten Tränen. »Gut.«

Sie verließen die Wohnung, stiegen wieder ins Auto und durchsuchten etliche Orte in der Stadt, an denen er sich aufhalten könnte. Jede halbe Stunde rief Monika ihn an, immer ohne Erfolg. Vielleicht war sein Handy kaputt, vielleicht war der Akku leer, vielleicht steckte er im Stau? Monika versuchte alles, um sich nicht einzugestehen, dass ihm etwas zugestoßen sein könnte. Was sie jedoch niemals infrage stellte, und das berührte Nora sehr, war seine Liebe zu ihr. Sie schien sich nicht einmal ansatzweise zu überlegen, ob er vielleicht Zeit für sich brauche, ob er womöglich eine andere habe, ob er einfach abgehauen sei. Jan liebte Monika, und sie wusste es. Nora hoffte, dass sie ihn bald fänden, konnte sich aber immer weniger einen Reim auf die ganze Geschichte machen.

Sie suchten diverse Internetcafés ab, weil Monika meinte, es könne ja sein, dass sein Computer nicht funktioniere und er auswärts recherchieren müsse. Einem Impuls folgend kontrollierte Nora sogar den Laden von Elektro-Luigi, doch natürlich war Jan nicht dort. In ihrer Verzweiflung erwogen sie das Unwahrscheinlichste.

Als es längst dunkel war, hatten sie noch immer keine Spur von ihm. Monika war in den letzten Stunden immer schweigsamer geworden und hatte immer abwegigere Örtlichkeiten vorgeschlagen. Weil auch Nora das Nichtstun schlechter aushielt als das Weitersuchen, hatten sie am Schluss den ganzen Irchelpark abgeklappert. Monika erzählte, Jan habe sich früher gern dort aufgehalten, wenn er nachdenken wollte.

Kein Jan, kein Zeichen von ihm. Um zehn Uhr waren sie fix und fertig.

Nora rief Mike an und bat ihn, eine Vermisstmeldung aufzugeben. Nachdem Sarah Dobler, ihre letzte als vermisst gemeldete Person, so rasch wieder aufgetaucht war, reagierte Mike nicht allzu erfreut. Doch er versprach, die nötigen Schritte einzuleiten.

»Lassen wir es für heute bleiben«, meinte Nora, während sie die Rämistrasse hinunterfuhren, und sprach das aus, was Monika wohl dachte, aber nicht zu sagen wagte.

Monika brachte Nora schweigend nach Hause. Zum Abschied umarmte sie sie überschwänglich und verzweifelt. »Wenn du etwas von ihm hörst …«

»Natürlich«, sagte Nora. »Wir werden ihn finden.« Sie versuchte, mehr Zuversicht auszustrahlen, als sie empfand.

Monika lächelte dankbar. »Vielleicht gibt es eine ganz einfache Erklärung.«

»Genau.«

»Und am Schluss lachen wir alle darüber«, sagte Monika und unterdrückte ein Weinen.

Sie startete den Motor und fuhr davon.

Nora war völlig niedergeschlagen. Was um alles in der Welt war mit Jan passiert? Er musste unglaublich in der Klemme stecken, so gut kannte sie ihn inzwischen, sonst hätte er sich gemeldet. Sorgenvoll ging sie zum Haus, da löste sich ein Schatten von der Wand. Sie wirbelte herum.

Als sie merkte, wer es war, entspannte sie sich und sagte erfreut: »Tim, was machst du denn da?«

»Ich habe mich in Geduld geübt.« Er hielt einen Strauß Rosen in der Hand, der bereits etwas welkte. Doch die Blumen dufteten noch immer betörend.

»Wie lang wartest du schon auf mich?«

Er sah müde aus, aber glücklich. »Erst ein paar Stunden.«

Eine Wärme breitete sich in ihrem Herz aus und überdeckte die Sorge um Jan ein wenig. »Du bist ja verrückt.«

Er schaute sie im Licht der Laterne zärtlich an. »Du wirkst erschöpft. Möchtest du lieber, dass ich gehe?«

Nora hatte eigentlich nur noch das Bedürfnis, zu schlafen und Kraft zu tanken, um die nächsten Tage durchzustehen. Außerdem fand sie es irgendwie nicht angebracht, eine romantische Nacht zu verbringen, während Jan irgendwo in Schwierigkeiten steckte. Andererseits konnte sie ihn mit sexueller Enthaltsamkeit auch nicht aus seiner Misere befreien. Mike würde die Suche nach ihm einleiten, was viel effizienter war, als wenn sie auf eigene Faust die Stadt nach ihrem Partner durchkämmte.

»Nein«, sagte sie schließlich und nahm seine Hand. »Komm rein.«

Als Nora am nächsten Morgen erwachte, war die Betthälfte neben ihr leer und kalt. Sie schaute schlaftrunken zu ihrer Kochnische hinüber, in der Hoffnung, Tim sei wieder am

Frühstückzubereiten. Doch es duftete weder nach Kaffee noch nach frischen Brötchen, sondern nach Rosen. Die Blumen standen in der Vase auf dem Küchentisch und hatten sich über Nacht erholt. Tim war nicht mehr da. Nora streckte sich, dann fand sie den Zettel neben ihrem Bett. »Musste früh weg. Wollte dich nicht wecken, du schläfst so schön. Love, T.« Sie lächelte, dann stand sie auf und nahm den Tag in Angriff. Das Handy hatte die ganze Nacht nicht geläutet und zeigte auch jetzt keine neue Nachricht von Jan. Sie trank einen Kaffee, dann stieg sie ins Büro hinunter.

Als Erstes hörte sie ihr Telefon ab, dann checkte sie die Mails. Nichts von Jan. Wo konnte er bloß sein?

Also, zurück zur letzten Kontaktaufnahme. Jan hatte auf dem Hirzel das Bauernhaus observiert, von dem sie nicht einmal wusste, wo es stand. Es war seine Spur gewesen, und sie hatte sich als Sackgasse erwiesen. Das Nächste war seine Mitteilung per SMS gewesen, er sei nach Hause gefahren. Dann hatte er eine angefangene Nachricht an Nora geschickt, die vielleicht für sie gedacht war, vielleicht für Monika. Das wars. Was kam ihr dabei nur so eigenartig vor?

Sie überlegte hin und her und kam darauf, dass es die Art des Rapports war. Natürlich hatten SMS in letzter Zeit Anrufe ersetzt, wenn es um Nebensächlichkeiten ging. Doch so etwas wie den Abbruch einer ganztägigen Observation hätte Jan doch eher telefonisch mitgeteilt. Auch den halb fertigen Satz, den er ihr später geschickt hatte, hätte er konkretisiert. Oder ihr geschrieben: »Sorry, falsche Nachricht abgeschickt«. Irgendetwas in der Richtung. Es war nicht Jans Art, nur per SMS zu kommunizieren.

Ihre Zweifel wurden übermächtig. Was, wenn es gar nicht ihr Partner gewesen war, der sich bei ihr gemeldet hatte? Wenn jemand anders in seinem Namen geschrieben hatte, um Nora in Sicherheit zu wiegen, während er Jan festhielt? Oder bereits umgebracht hatte? Vielleicht war Jan auf eine heiße Spur gestoßen.

Nora tigerte hin und her. Vor der Pinnwand blieb sie stehen, wo Jan das letzte Mal die Kärtchen umverteilt hatte. »Emmanuel Zacharias«, murmelte sie vor sich hin. »Waffendeal.« Jan hatte auf eigene Faust recherchiert, und sie hatte sich um ihre Dinge gekümmert, so wie sie es immer taten. Er war verschwunden, bevor sie sich hatten austauschen können. Hatte er Emmanuel Zacharias getroffen? War er dem Waffenlieferanten auf den Fersen? Dann hatte sie keine Chance, ihn ausfindig zu machen. Bilder von einbetonierten Mafiafängern tauchten vor ihrem inneren Auge auf, die sie schnell wieder verscheuchte. Sie durfte sich nicht in Ängste hineinsteigern, sie musste logisch vorgehen. Wie Jan es tun würde.

Also noch einmal: Er hatte ihr jeden seiner Schritte mitgeteilt. Sein letzter Aufenthaltsort war der Beobachtungsposten auf dem Hirzel gewesen. Danach waren nur noch elektronische Kurzinfos von ihm reingekommen. Sie musste der Spur folgen. Wo war er gewesen? Sie startete seinen Computer, dessen Passwort sie kannte, und klickte auf seine zuletzt geöffneten Internetseiten. Es tauchten Homepages von Apotheken, okkulten Shops und Gärtnereien auf. Dann Bankinformationen und diverse Einträge über die verschiedenen Mitarbeiter von Store & Go. Nora staunte, was er alles herausgefunden hatte. Doch wer von ihnen war der Mörder? Oder der Auftraggeber für die Morde?

Sie suchte weiter. Fand mehrere Berichte über den Doppelselbstmord und alte eingescannte Zeitungsartikel. Sie las die Texte. Immer wieder tauchte der Name Hirzel auf, auch die Namen der beiden Toten wurden genannt. Ronny und Rebekka Dahl. Doch nirgends stand eine Adresse oder Hausnummer. Einzig ein verschwommenes Foto des Bauernhauses konnte sie entdecken.

Sie rief bei der Gemeindeverwaltung des Dorfs an und fragte nach den Ereignissen jener Jahre. Die Dame am Apparat hatte ihren Posten noch nicht lang inne und konnte ihr nicht weiterhelfen. Nora versuchte es weiter, forschte beim Grundbuchamt, auf verschiedenen Vereinsseiten und beim Bauamt. Alle verweigerten ihr aufgrund des Datenschutzes die Auskunft. Dann sah sie sich das Foto genauer an. Im Hintergrund waren ein Acker und einige Bäume auszumachen. Sie meinte, eine Linde zu erkennen. Doch die Abbildung war fast zwanzig Jahre alt. Inzwischen konnten dort Einfamilienhäuser oder Siedlungen stehen, konnte eine neue Straße gebaut oder die Linde vom Blitz erschlagen worden sein. Andererseits hatte Jan es auch gefunden.

Das Haus hatte ein Dach, das tief hinunterreichte, und rechts war der Kamin zu sehen. Vielleicht half das weiter. Sie klickte auf Google Earth und zoomte das Dorf näher. Zentimeter für Zentimeter fuhr sie auf dem Bildschirm über den Hirzel und betrachtete die Häuser. Die einen hatten zu kleine Dächer, zu verwinkelte oder zu moderne. Bei anderen war der Kamin auf der falschen Seite oder in der Mitte, wieder andere standen an einem Weg und hatten keinen Garten. Nach einer Viertelstunde hatte sie ein Bauernhaus vor sich, das das richtige sein konnte. Sie druckte die Seite aus, wollte sich auf den Weg machen, da klingelte das Telefon. Hoffnungsvoll hob sie den Hörer ab.

Es war Mike.

»Habt ihr Jan gefunden?«

»Nein. Tut mir leid. Aber meine Leute sind dran. Es wird eine nachvollziehbare Erklärung für sein Verschwinden geben. Wie bei Sarah Dobler auch.«

»Das ist etwas anderes«, sagte sie energisch. »Du kennst Jan. Er ist der korrekteste Mensch, den man sich vorstellen kann.«

»Das sind sie immer. Du weißt, wie oft ich so was schon getan habe. Bei Erwachsenen wird eine Suche eigentlich nicht nach so kurzer Zeit eingeleitet. In den meisten Fällen stellt sich die Sache als völlig harmlos heraus.«

»Ist mir klar, Salzmann. Ich halte diese Unsicherheit bloß schlecht aus.«

Mike gab ein mitfühlendes Brummen von sich. Dann sagte er: »Vielleicht interessiert dich das: Wir haben Gerhard Furrer festgenommen.«

»Was? Hat er gestanden?«

»Er streitet den Mord an Marco Benedetto ab. Doch wir haben seine Fingerabdrücke überall auf der Tatwaffe gefunden.«

»Ihr habt die Tatwaffe?«, fragte sie. Es hatte wieder begonnen zu regnen. Die Tropfen liefen die Fensterscheibe hinunter.

»Ein Metallrohr. Sauschwer und kantig. Hat Benedetto sofort getötet. Es war gut versteckt im Sicherungskasten im Untergeschoss bei den Transportwagen.«

»Hm.«

»Was passt dir jetzt wieder nicht?«

»Ich kann nicht recht an Furrers Schuld glauben«, sagte sie.

»Das wirst du, wenn ich dir sage, dass er bereits bei uns in der Datenbank gespeichert ist. Der Eintrag ist allerdings verjährt.«

»Darum hat Jan das Dossier nicht gefunden«, murmelte sie.

»So was will ich nicht gehört haben, Tabani!«, knurrte er. »Wir haben die Sache wieder ausgegraben. Furrer hat vor Jahren einen ehemaligen Arbeitskollegen spitalreif geprügelt, nachdem ihn dieser wegen Diebstahls verpfiffen hat.«

»Das ist allerdings bemerkenswert«, musste sie zugeben. Irgendwie fühlte es sich dennoch nicht stimmig an. Es war zu einfach, zu offensichtlich. Und vor allem: Wo war die Verbindung zu Kowalski und Wehr? Nora setzte sich hin und kritzelte gedankenverloren auf dem roten Post-it herum, das sie gestern beschrieben hatte. Als Mike weitererzählte, stockte sie. Das Wort in der Mitte des Zettels sprang sie buchstäblich an.

Dissektion hatte sie geschrieben. Leichenöffnung.

Auf einmal war ihr glasklar, was Jan ihr hatte mitteilen wollen.

»Bye, Salzmann«, sagte sie rasch, »und vielen Dank für deine Hilfe. Ich muss weiter.«

Wie vom Donner gerührt starrte sie auf den Zettel. Ging innerlich alles noch einmal durch. Fetzen von Gesprächen der letzten Tage sausten ihr durch den Kopf. Ja, so musste es sein, so ergab alles Sinn. Himmel, dachte sie, dass ich nicht früher darauf gekommen bin! Dass ich so eingleisig gedacht habe! Sie schüttelte über sich selber den Kopf. Dann graute ihr vor den Konsequenzen, die das Ganze haben würde. Zur Sicherheit überprüfte sie ihre Schlussfolgerung auf Jans Computer, sprang von Seite zu Seite, fand Unglaubliches und Erschütterndes. Ja, es passte alles.

Jetzt hatte sie es eilig. Als Erstes musste sie mit Tamar sprechen. Die Kriminaltechnikerin würde ihren Verdacht bestätigen können. Sie packte ihre Champ, steckte die Pistole hinten in den Gürtel und raste aus dem Haus. Der Kampf konnte beginnen.

23

Heute war Walpurgisnacht. Der große Tag der Hexen und aller anderen freien Frauen. Alrunas Geburtstag. Sie wurde 27. Sie sei irgendwann um Mitternacht geboren worden, hatte ihre Mutter erzählt. Also hatte sie eigentlich zwei Geburtstage, den 30. April und den 1. Mai. Die ganze Nacht gehörte ihr. Jetzt war es so weit. Seit Stunden hatte sie sich auf das Ritual vorbereitet. Hatte Holz für das Feuer gesucht, Tränke gebraut, ihren blutroten Rock angezogen und die Große Göttin mit Gesängen milde gestimmt.

Der Detektiv war seit gestern stiller geworden. Einmal hatte er etwas von Schmerzen an der Schulter gemurmelt, ein anderes Mal nach Wasser verlangt. Sie gab es ihm. Verdursten sollte er schließlich nicht, sondern verbrennen. Nicht im Feuer, wie es mit ihresgleichen im Mittelalter geschehen war, sondern innerlich. Sie würde ihn opfern und gleichzeitig erlösen. Die Mandragora würde seine Reise einzigartig gestalten. In ihrer Hand hielt sie das Fläschchen, das für ihn gedacht war. Der Inhalt war dunkel und dickflüssig. Gift und Nahrung. Leben und Tod.

Sie stand in der Tür zur Stube und beobachtete Jan Berger. Er saß noch immer gefesselt am Boden. In einer unbequemen Haltung, schräg nach links gekippt mit geschlossenen Augen. Seine Brust hob und senkte sich regelmäßig, seine Augäpfel hinter den Lidern zuckten. Er schlief und träumte. Oder tat er nur so?

»Aufwachen!«, sagte sie und stieß ihm den Fuß in die Seite. Er schreckte hoch und schaute sie verwirrt an.

»Wir gehen«, erklärte sie.

Er nickte, befeuchtete mit der Zunge seine ausgetrockneten Lippen und sagte heiser: »Ich hab Hunger. Gib mir etwas zu essen, damit ich bei Kräften bleibe.«

Sie schüttelte den Kopf und ging auf ihn zu. »Für das, was jetzt kommt, brauchst du keine Kraft. Die brauche ich. Du kannst dich einfach hingeben. Die Mächtige Mutter wird dich in ihr Reich aufnehmen.«

Er warf schnell einen Blick zur Tür. Alruna hatte das Gefühl, er mache ihr etwas vor. Er habe weder geschlafen noch geträumt, sei weder hungrig noch erschöpft, sondern warte nur auf die richtige Gelegenheit zur Flucht. Wie konnte man sich nur so gegen den göttlichen Plan stellen? Sie musste wachsam sein, durfte ihn nicht aus den Augen lassen.

Sie steckte das Fläschchen mit dem Zaubertrank in ihre Rocktasche. Dann ging sie in die Küche und nahm das große Fleischmesser. Die blank polierte Klinge blitzte im Kerzenlicht auf. Als sie zurückkam und der Detektiv ihre Waffe sah, weiteten sich seine Pupillen. Sie hatte recht gehabt. Seine Gedanken waren auf Flucht ausgelegt. Langsam, mit vorsichtigen Bewegungen, band sie ihn vom Kachelofen los, hielt ihm dabei das Messer an die Kehle und ließ ihn aufstehen. Seine Gelenke knackten. Er stöhnte und richtete sich auf.

»Bist du bereit für den Übertritt in die andere Welt?«, fragte sie.

»Ja«, antwortete er eine Spur zu eifrig, und sie merkte, dass alles in ihm »Nein!« schrie.

In diesem Moment schnellte er nach vorn, packte das Messer und wollte es ihr aus den Händen reißen. Nichts mehr von Müdigkeit oder Schwäche war in ihm. Sie reagierte sofort und zog es zurück. Er rutschte an der Klinge ab, schnitt sich und zuckte zusammen.

»Verdammt!« Das Blut tropfte von seiner Handinnenfläche auf den Holzboden. Er starrte sie an wie ein eingesperrtes Tier, das sich gegen seine Schlachtung wehrte.

Alruna setzte die Messerspitze wieder an seinen Hals und zischte leise: »Noch so ein Versuch, und dein Tod wird nicht nur schmerzhafter werden, sondern auch länger dauern.« Sie spürte die Wut, die sie überkam, den Zorn über seinen Ungehorsam der Allmächtigen Göttin gegenüber. »Hast du verstanden, Jan Berger?«

»Ja.« Er erwiderte ihren Blick. Purer Hass lag darin.

Alruna schob ihn aus dem Zimmer. Dann verließen sie das Haus. Ihr Gang durch die Nacht begann.

Als Nora auf dem Hirzel ankam, war es bereits dunkel. Sie hatte Monikas VW ausgeliehen. Noch immer scheute sie davor zurück, sich wieder ein Auto anzuschaffen. Ihr Fiat, den sie heiß geliebt hatte, war mit Totalschaden aus dem Verkehr gezogen worden, nachdem sie sich um ein Haar zu Tode gefahren hatte. Sie war mit leichten Verletzungen davongekommen, doch der Schock hatte tief gesessen. Als ihr Vater getötet worden war, war sie nervlich so fertig gewesen, dass sie unbewusst das Risiko gesucht hatte, als wolle sie ihm nachfolgen. Zum Glück war nicht mehr passiert. Die ersten Jahre danach war sie nur noch mit öffentlichen Verkehrsmitteln unterwegs gewesen, hatte sich ein Generalabonnement der SBB gekauft und die S-Bahn-Linien auswendig gelernt. Inzwischen borgte sie sich ab und zu, wenn es nötig war, ein Auto, doch sie schwor sich, nie mehr zu fahren, wenn sie innerlich so aufgewühlt war, dass sie ihren Fahrkünsten nicht mehr trauen konnte.

Sie stellte den Wagen vor der Kirche ab und stieg aus. Der abnehmende Mond stand hell am Himmel. Eine Fledermaus flatterte im Zickzack über den Parkplatz. Nora ging die Straße hinauf. In der Ferne sah sie die Lichter der umliegenden Dörfer. Sie begegnete einer Bäuerin, die sie grüßte, sonst war niemand unterwegs.

Nora bog von der Straße ab, gelangte auf einen Feldweg und erspähte weiter hinten ein Bauernhaus. Das musste es sein. Sie näherte sich von der Seite her und versuchte, in Deckung zu bleiben. Im Inneren brannte kein Licht, doch das hatte nichts zu bedeuten. Jemand konnte sich auch im Dunkeln hinter den Vorhängen verstecken und sie beobachten. Gerade jetzt wäre sie froh gewesen, der Mond wäre von Wolken verdeckt worden, doch die Landschaft war von einem blasssilbernen Schimmer erleuchtet. Zu hell für eine, die sich unbemerkt Zugang zu einem Haus verschaffen wollte. Aber sie konnte nicht mehr zurück. Sie huschte hinter einem Busch hervor, duckte sich und arbeitete sich lautlos auf das Gebäude zu. Dann schlich sie durch den Garten und umrundete das Gebäude. Kein Fenster stand offen. Sie hielt ihr Ohr an eine Scheibe und horchte. Nichts. Das Haus wirkte abweisend und kalt.

Nora betätigte die Klinke. Die Tür war verschlossen. Sie nahm ihren Dietrich hervor und versuchte so leise wie möglich, das Schloss zu knacken. Es dauerte länger, als sie bei Jans Wohnungstür gebraucht hatte, doch endlich gab der Riegel nach. Langsam drückte sie die Türklinke hinunter, trat ein, lauschte. Noch immer kein Geräusch. Das Haus war leer, das spürte sie. Dennoch zog sie ihre Pistole.

Es roch beängstigend. Nach Blut. Nach Angst. Sie tappte im Lichtstrahl ihrer Taschenlampe durch den Korridor, hielt ihre Champ in der anderen Hand schussbereit. Dann erstarrte sie. Neben dem Kachelofen in der Stube waren Reste von Fesseln zu erkennen. Lose Enden von Stricken, daneben ausgelaufenes Wachs. Und ein Fetzen von Jans Hemd mit Brandspuren daran.

Alarmiert suchte sie weiter, beugte sich zur Stelle hinunter, wo er offensichtlich gefangen gehalten worden war, und entdeckte Blutstropfen auf dem Holzboden. Sie fuhr mit dem Finger darüber. Trocken.

Auf dem Fenstersims lag Jans Handy. Das erschütterte sie mehr als alles andere. Wenn er es nicht mehr bei sich trug, war ihm jegliche Handlungsmöglichkeit genommen, so viel war klar. Nie hätte er sich freiwillig davon getrennt. Sie schaute die abgesandten Nachrichten durch, fand die angefangene SMS aber nicht, die er ihr geschickt hatte. Er musste sie gelöscht haben. Die empfangenen Botschaften stammten ausschließlich von Monika und von ihr. Sie schob das Handy in ihre Gesäßtasche.

Noch nie, seit sie mit ihm zusammenarbeitete, war er in so große Gefahr geraten. Sie eilte durch das Haus und durchsuchte alle Zimmer. Sie fand eine Schachtel mit alten Zeitungsausschnitten, an einer Leine aufgehängte Alraunenwurzeln im Dachstock und in der Küche Anzeichen von Brautätigkeit: Glasfläschchen, die mit dunkler Flüssigkeit gefüllt waren, ein Sieb mit Resten von Pflanzenfasern drin, ein mit Gerbflecken verfärbtes Tuch, mehrere Trichter, Pfannen, Messer und Schneidbretter. Ja, sie war am richtigen Ort. Doch wo war Jan? Als sie sicher war, jede Ecke kontrolliert zu haben und allein im Haus zu sein, steckte sie ihre Pistole wieder ein und ging nach draußen. Sie durchsuchte den Gartenschuppen und einen Werkzeugraum, dann rief sie die Kripo an und meldete ein Verbrechen. Sie wollte sich mit Mike verbinden lassen, doch Rolf, der Polizist am Draht, den sie flüchtig kannte, meinte: »Geht nicht. Er ist bei einem Außeneinsatz.«

»Wo?«

»Das darf ich Ihnen nicht sagen.« Seine Stimme klang hochnäsig.

Nora schnaubte. »Ich bins. Nora. Du kennst mich doch!«

»Ach so. Trotzdem. Ich kann dir nicht helfen. Ich bin nicht über Mikes Einsatzort informiert.«

»Versuch, ihn zu erreichen«, drängte sie. »Richte ihm aus, er soll seine Suche nach Jan auf dem Hirzel fortsetzen, hörst du? Auf dem Hirzel!«

»Klar«, meinte er leichthin.

»Es ist wichtig, Rolf!«, stieß sie aus und erschrak über die Lautstärke ihrer Worte. Vielleicht hielt sich die Verrückte in der Nähe auf und hatte sie gehört. Doch es war ruhig im Garten. Leiser fügte sie hinzu: »Mein Partner ist in Lebensgefahr! Wenn Mike nicht kommen kann, schickt anderweitige Verstärkung!«

Allmählich schien Rolf den Ernst der Lage verstanden zu haben. Er fragte nach den genauen Koordinaten. Nora erklärte ihm, wo sie sich befand und was sie im Haus entdeckt hatte.

»In Ordnung«, schloss er, »ich schicke einen Trupp los.«

Das würde dauern, das wusste sie. Sie konnte nicht warten. Sie beschloss, auf eigene Faust weiterzusuchen. Jan musste sich irgendwo in der näheren Umgebung aufhalten. Er war ein kräftiger Mann, niemand konnte ihn ohne Weiteres irgendwohin schleppen, ohne dass er versuchen würde zu fliehen. Außer er war betäubt oder verletzt. Dann hätte man ihn mit einem Fahrzeug transportieren müssen. Nora suchte den Garten und den Anfahrtsweg ab, doch sie entdeckte nirgends Reifenspuren. Was auch immer geschehen war, Jan musste zu Fuß unterwegs sein. Das erleichterte die Suche. Sie leuchtete ins Gras, untersuchte den Boden und entdeckte auf der feuchten Erde Fußspuren, die aus dem Dorf führten.

Einige Meter folgte sie ihnen, bis sie die Spuren nicht mehr erkennen konnte. Sie löschte die Taschenlampe und ging im fahlen Mondlicht weiter Richtung Felder und Wälder, verließ das Dorf und seine Häuser. Aus der Ferne hörte sie Kirchenglocken, dann wurde es still. Eine dichte Wolke schob sich vor den Mond und verfinsterte den Himmel. Nach einer Weile gewöhnten sich ihre Augen an die Dunkelheit. Sie lief einen kurvenreichen Wanderweg entlang, kam zu einer Anhöhe und blieb an einer Kreuzung stehen. Die nächsten Dörfer lagen weit entfernt auf den umliegenden Hügeln. Vereinzelt brannten Straßenlaternen, doch kein Licht drang aus den Bauernhäusern.

Nora schaute auf die Uhr. Halb zwölf. Wohin sollte sie sich nun wenden? Nach links, wo es hinunterging und wo weiter vorn Äcker waren? Oder nach rechts in den Wald? Als sie überlegte, fiel ihr Blick auf den Boden. Was schimmerte da? Sie leuchtete hinunter. Feine Metallstäbchen glänzten im Schein der Taschenlampe. Sie hob sie auf. Es war Jans Brille.

Sie fühlte Erleichterung und Sorge zugleich. Jan war ohne seine Gläser praktisch blind. Er konnte weder Dinge in der Nähe erkennen noch richtig in die Weite sehen. Entweder war das eine weitere Gemeinheit, oder er hatte Nora ein Zeichen hinterlassen. Dumm nur, dass die Brille mitten auf der Wegkreuzung gelegen hatte. In welche Richtung war er geführt worden? Nora legte die Brille noch einmal so hin, wie sie sie aufgefunden hatte. Mit dem einen aufgeklappten Bügel, der nach rechts zeigte. Falls das ein Wegweiser von Jan war, sollte sie ihm folgen. Falls nicht, hatte sie nichts zu verlieren, wenn sie es versuchte. Sie ging nach rechts.

Alruna brannte vor Ungeduld. Sie schob ihren Gefangenen weiter vor sich her, das Messer immer dicht an seinem Hals. Er war bereits sehr entkräftet, hielt sich die gebrochene Schulter und stolperte durch die nächtliche Landschaft. Mehrfach hatte er versucht, sich zu befreien, doch die scharfe Klinge hatte daraufhin erbarmungslos in seine Haut geschnitten. Einmal hatte er sie grob zur Seite gestoßen und wollte abhauen. Doch sie war viel schneller. Er hinkte. Und sein verletzter Arm war nicht zu gebrauchen. Er würde keinen Meter weit rennen können, ohne dass sie ihn eingeholt hätte, Alruna wusste das, und ihm war das bestimmt auch klar. Irgendwann ließ er sich willig von ihr zum Ort des Rituals führen.

Endlich waren sie so weit von der Kirche entfernt, dass sie die verfluchten Glockenschläge nicht mehr hörte. Der Mond verschwand hinter einer Wolkenwand, es war totenstill. Alruna ging zielstrebig vorwärts. Sie kannte die Umgebung wie ihre Rocktasche. Als Kind war sie oft stundenlang allein durch die Wildnis gestreunt, war geflüchtet vor all dem Unverständlichen, das in ihrem Elternhaus passiert war.

Ihr Gefangener blieb stehen und keuchte vor Schwäche. Sie drängte ihn zum Weitergehen. Sie konnten jetzt keine Pause machen. Die Nacht war schon fortgeschritten, und es musste heute geschehen. Heute in dieser geweihten Nacht. Er schleppte sich vorwärts, sie stach ihm ungeduldig mit dem Messer in den Rücken. Einen Augenblick lang fühlte sie eine tiefe Schuld in sich, hatte das Gefühl, das, was sie hier tat, sei schlecht und falsch. Die Dämonen griffen wieder nach ihr. Sie hörte ihre Stimmen, zuckte vor ihren Drohungen zusammen. Sie fühlte die kleine Lisa in sich, die verängstigt und allein in einer Ecke kauerte.

»Verschwinde!«, fauchte sie. »Ich kann dich jetzt nicht gebrauchen!«

»Wie bitte?«, machte Jan Berger und drehte den Kopf.

»Nicht du!«

Sie ging weiter, führte ihr Opfer durch die Dunkelheit. Der Ritualplatz war nah, nur noch ein kleiner Hügel, der zu überqueren war, dann wartete die Große Göttin auf ihre Gabe.

Nora lief um Äcker und Felder, überquerte Wiesen und Wege und irrte mehr als einmal im Kreis herum. Dann stapfte sie in den stockfinsteren Wald. Sie traute sich nicht, ihre Taschenlampe anzuzünden, um sich nicht zu verraten. Immer wieder blieb sie stehen, starrte in die Finsternis, suchte ein Licht, eine Bewegung. Sie horchte, doch außer den Geräuschen des Waldes – Knacken von Holz, Tierlauten und Flügelschlagen – war nichts zu hören. Sie drang tiefer ins Dickicht, war sicher, irgendwo auf Jan zu stoßen. Doch sie fand ihn nicht.

Irgendwann musste sie sich eingestehen, dass es aussichtslos war. Sie konnte unmöglich allein die ganze Umgebung abklappern. Sie kehrte um, verlief sich einmal und landete schließlich wieder beim Bauernhaus. Vor dem Eingang waren neue Abdrücke. Spuren von Autoreifen und Männerschuhen. Dann entdeckte sie den Streifenwagen auf der anderen Seite. Ein Uniformierter stand davor.

»Stehen bleiben!«, rief er, als er sie sah. »Wer sind Sie?« Er leuchtete ihr mit einer Stablampe ins Gesicht.

Geblendet kniff sie die Augen zusammen. »Nora Tabani, Privatdetektivin. Mein Partner ist in Gefahr. Ich habe angerufen.«

Der Strahl zeigte unverwandt auf sie. Nora versuchte, den Mann zu erkennen, doch seine Silhouette verschwand im dunklen Hintergrund. Als er keine Anstalten machte, ihr freundlicher zu begegnen, fügte sie hinzu: »Ich war früher bei der Kripo. Kollegin von Mike Salzmann.«

»Ach so«, sagte er da und richtete die Lampe auf den Boden. »Ist in Ordnung. Sie können nach Hause gehen. Ein Suchtrupp durchkämmt die ganze Umgebung.«

»Ich kann Ihnen sagen, wo ich bereits war. Das wird Ihnen helfen, meinen Partner –«

»Unsere Männer wissen, was zu tun ist. Gehen Sie heim. Sie können hier nichts mehr ausrichten.«

Nora nickte. Der Mann hatte recht. Jan zu finden, war jetzt Sache der Polizei, sie nützte hier nichts. Sie ging zurück zum Auto und stieg ein. Gegen den Schlaf kämpfend, fuhr sie Richtung Zürich. Die Lösung, das wusste sie, lag nicht nur hier auf dem Hirzel, sondern, wie sie von Anfang an geahnt hatte, bei der Belegschaft des Lagerhauses.

Das brennende Holz knisterte, die Flammen loderten, die Funken stoben zum Himmel. Jan saß im Schein des Feuers an eine Tanne gefesselt. Seine Füße waren straff zusammengeschnürt, seine Hände hinter dem Rücken zusammengebunden und sein ganzer Körper war mit dicken Seilen am Baumstamm fixiert. Alruna hatte seit einer halben Stunde nicht mehr mit ihm gesprochen. Sie war völlig abwesend. Bewegte sich wie von Geisterhand gesteuert in einer anderen Welt. Sie warf neue Holzscheite ins Feuer, lachte ohne ersichtlichen Grund vor sich hin. Dann setzte sie sich auf den Boden neben ihn, begann einen archaischen Singsang von sich zu geben und sprach Worte, die er nicht verstand.

Jan wusste nicht, was ihm bevorstand, außer, dass es mit seinem Tod enden würde. Das hatte sie ihm mehrmals gesagt, mit einer Mischung aus Bedauern und Vorfreude. So etwas hatte er noch nie erlebt. Eine Frau, die im Handumdrehen ihr Gesicht wechselte. Einmal war sie ein Kind, schutzbedürftig und verlassen, sodass er sie am liebsten in die Arme genommen und getröstet hätte. Einen Lidschlag später verwandelte sie sich in eine blutrünstige Furie. Sie schien mit allem Lebendigen mitzuleiden, wich Käfern und Kräutern aus, um sie nicht zu zertreten, kurz darauf misshandelte sie ihn ohne das geringste Anzeichen von Reue oder Mitgefühl. Er hatte etliche Male versucht, Kontakt zu ihr aufzunehmen, zu ihrem inneren heilen Kern vorzudringen, um den Grund für ihre Verwirrung herauszufinden, doch er war gescheitert. Vielleicht gab es keinen innersten heilen Kern. Vielleicht war Alruna einfach eine zutiefst geschädigte Person. Sie war nicht auf ihn eingegangen. Sie verfolgte ihre Mission, ihn der Großen Göttin zu opfern, warum auch immer. So blieb ihm nichts anderes übrig als ein erneuter Fluchtversuch. Wenn nur seine Schulter nicht so unglaublich geschmerzt hätte. Er konnte sich kaum bewegen, ohne dass sein Körper von dolchartigen Schmerzattacken malträtiert wurde.

Alruna tanzte im Feuerschein, wiegte ihren Kopf in innerer Verzückung hin und her. Plötzlich öffnete sie die Augen und starrte ihn an. Da war er wieder, dieser Ausdruck. »Ich töte dich«, schien er zu sagen, aber auch: »Hilf mir!« Während er sie beobachtete und damit beschäftigt war, seine Panik zu unterdrücken, arbeiteten seine Hände fieberhaft hinter seinem Rücken. Eine Fessel hatte er bereits etwas gelockert, doch die zweite schnitt ihm in die Haut und drückte das Blut ab. Entweder er konnte sich in den nächsten Minuten befreien, oder er würde hier sterben.

Bilder von Monika schossen ihm durch den Kopf. Ihre geplante Hochzeit, die Reise nach Madeira. Zum ersten Mal in seinem Leben hatte er einen Menschen kennengelernt, mit dem er bis in seine alten Tage zusammenbleiben wollte. Sie war eine wunderbare Frau, aufmerksam und feinfühlig. Und sie liebte ihn mit all seinen Unzulänglichkeiten, von denen es seiner Meinung nach einige gab. Sollte das alles hier zu Ende gehen? Würde er in diesem verdammten Wald von einer Verrückten vergiftet? Er spürte, wie ihm eine Träne über die Wange lief und wie gleichzeitig seine Entschlossenheit wuchs, nicht kampflos zu sterben.

Alruna hörte die Musik in ihrem Inneren, bewegte sich dazu, ließ sie ganz in ihren Körper fließen. Der Gefangene beobachtete sie, doch er konnte die himmlischen Klänge nicht hören, war unempfindlich gegenüber der gigantischen Kraft der Großen Göttin. Sie hob die Arme, wiegte ihren Oberkörper, drehte sich zum Rhythmus der Erde. Es war Zeit, es war richtig und gut. Sie war erwachsen, sie war angekommen. Wie ihre Eltern, wie Ronny und Rebekka. Obwohl sie die kleine Lisa im Stich gelassen hatten, hatten sie ihr, Alruna, den Weg aufgezeigt. Ohne die Katastrophe wäre Alruna niemals auf dem Pfad der Großen Mutter gewandelt. Neunzehn Jahre war es jetzt her, doch was war schon Zeit. Alruna verstand nun die Zeichen des Schicksals. Doch damals hatte sie gar nichts begriffen.

Sie war neun, als ihre Eltern immer seltsamer wurden. Natürlich hatten sie sich auch schon vorher nicht so verhalten wie andere Eltern. Doch so extrem war es noch nie gewesen. Sie stritten sich häufig, und kaum hatten sie sich wieder versöhnt, nahmen sie Drogen und schliefen miteinander und mit anderen. Und die Musik, immer lief diese Musik. Ihrer toten Helden. Von denen, die vor ihnen die Wahrheit über dieses elende Leben, wie sie es nannten, erfahren hatten. Janis Joplin, Jim Morrison, Jimi Hendrix, Brian Jones. Sie alle waren mit 27 Jahren gestorben. Wie so viele andere auch. Aussteiger, kreative Menschen, Künstler, Genies. Auserwählte. Eine geheime Bewegung war um die Todesfälle entstanden. Weltweit traten Menschen aller Länder dem »Klub 27« bei und nahmen sich mit 27 Jahren das Leben. Weil danach nichts mehr kam, weil es sich danach nicht mehr lohnte. Niemand wollte alt werden. Lieber tot als angepasst. Es war die ultimative Revolution.

Ronny und Rebekka hatten immer wieder darüber gesprochen, aber Alruna hatte es nicht verstanden. Auch sie, Alruna, so sagten sie, werde nicht älter als 27 werden. Das sei so vorgesehen. Sie seien anders als die anderen.

Eines Tages, es war an einem milchigen Herbsttag gewesen, der Wind hatte über die Felder geweht, kam Alruna nach stundenlangem Spiel von draußen ins Haus zurück und spürte sofort, dass etwas anders war. Jim Morrisons Stimme hallte in einer Endlosschleife durch die Räume. »The end«, sang er. Immer und immer wieder. »This is the end, my only friend, the end …«

Alruna fand ihre Eltern auf einer Decke. Sie waren nackt. Beide hielten in ihren Händen eine Alraunenwurzel. Neben ihnen standen halb volle Becher mit Resten der rötlichen Flüssigkeit, die sie getrunken hatten. Rebekkas Augen waren geöffnet und starrten reglos zur Decke, ein Auge von Ronny war geschlossen, das andere ein wenig offen und ausgetrocknet. Sie atmeten nicht mehr. Auf beiden Mündern lag ein irres Lächeln, eines, das Alruna schon mehrmals bei ihnen gesehen hatte. Ihre Körper waren noch warm, ihre Gesichter gerötet.

»This is the end«, sang Jim Morrison. »I'll never look into your eyes again …«

Alruna blieb stocksteif neben ihnen sitzen. Sie würde warten, bis wieder Leben in Ronny und Rebekka zurückkehrte. Oft genug hatte sie erlebt, dass sie wie bewusstlos herumgelegen und am nächsten Tag wieder gelacht und getanzt hatten. Das würde wieder geschehen. Alruna wartete weiter. Es wurde dunkel. Allein saß sie da, hörte in der Nacht das Knacken der Holzböden, das Ächzen des Hauses.

Jim Morrison sang: »This is the end … and all the children are insane …«

Stunden vergingen. Sie wartete und wartete. Irgendwann brach etwas in ihr. Stürzte in den Abgrund. An tiefen Schluchten vorbei, durch eiskalte Wüsten, an den einsamsten Ort des Universums. In die Unterwelt.

Alruna wartete weiter. Es wurde Morgen, es wurde Abend. Sie berührte die Körper ihrer Eltern. Ihre Haut war kalt. Ihre Glieder waren erstarrt. Ein neuer Tag kam und verging. Eine neue Nacht kam und verging. Und Alruna blieb sitzen und wartete.

»… and his skin is cold … this is the end …«

Sie wusste nicht, wie lang es gedauert hatte, bis sie Stimmen hörte. Es kam ihr vor wie Jahrhunderte. Sie schaute nicht hoch, es war nicht mehr wichtig.

Die Tür ging auf.

»Was ist denn das für ein grässlicher Gestank!«, rief eine der Freundinnen ihrer Eltern.

Zwei Männer und eine Frau kamen herein, starrten erst sie an, dann Ronny und Rebekka. Einer erbrach sich sogleich hinter dem Kachelofen. Die anderen hielten sich die Nase zu, pures Entsetzen in ihren Gesichtern. Sie redeten auf Alruna ein, aber Alruna verstand sie nicht. Sie sprach eine andere Sprache, war nicht mehr eine von ihnen. Die Frau zerrte an Alruna, einer der Männer bedeckte die Körper ihrer Eltern notdürftig mit einem Tuch. Das Tuch war zu klein, es reichte nur für die Beine und Bäuche. Die Oberkörper und Gesichter von Rebekka und Ronny blieben unbedeckt. Alruna wandte ihren Blick nicht von ihnen ab. Sie hatten sich verändert, aber es war so unmerklich geschehen, dass sie nicht sagen konnte, wann sie ihr ursprüngliches Aussehen verloren und sich in aufgedunsene, blauschwarz verfärbte Hüllen verwandelt hatten.

»Haben sie keinen Abschiedsbrief geschrieben?«, fragte einer.

Der andere suchte das Haus nach Drogen ab, fand mehrere abgepackte Beutel und steckte sie ein.

Die Frau schrie ihm hinterher: »Das kannst du nicht machen! Unsere Freunde sind verdammt noch mal tot!«

»Dann brauchen sie das Dope umso weniger.«

Alles perlte an Alruna ab. Sie befand sich auf der anderen Seite des Lebens, wandelte im Dunkeln. Nichts spielte mehr eine Rolle. Sie spürte, wie sich ihr Mund zu einem Lächeln verzog, wie sie zu kichern begann, zu glucksen, dann lauthals zu lachen. Verschwommen merkte sie, wie jemand sie zur Seite stieß und rief: »Die ist komplett durchgedreht!«

Jemand anders entgegnete: »Nun ruf schon die Polizei! Und einen Psychiater gleich dazu!«

Alruna hörte ein dumpfes Summen, das sich in ein Grollen und Rasseln verwandelte, immer lauter, greller und schärfer wurde, aber irgendwie in Zeitlupe, sehr seltsam. Sie schaute sich um, wollte herausfinden, was das für ein Geräusch war. Sie bemerkte, wie die andern beiden sich von ihr zurückzogen und mit panisch erstarrten Gesichtern aus dem Raum stürzten. Die bedrohlichen Töne nahmen zu, wurden lauter, unheimlicher, furchterregender. Sie schienen von überall her zu kommen, von den Wänden zu widerhallen. Was war das, was konnte das sein?

Alruna suchte und lauschte und weinte. Endlich merkte sie, dass sie es war, die das Geräusch verursachte. Etwas in ihr schrie. Schrie unaufhaltsam das Grauenhafte hinaus. Ihre Schreie waren endlos, abgrundtief, verhallten im bodenlosen Schacht der Hölle, hörten nie mehr auf.

Und es schrie weiter. Jahr für Jahr schrie es in ihr, vor Schmerz, vor Entsetzen, vor Unfassbarkeit. Die Schreie verdichteten sich, wurden zu ihrer Haut, zu ihren Knochen, ihren Sehnen, wurden zu ihr. Die Dämonen in ihr wuchsen und wurden stärker und mächtiger. Sie nährten sich von ihr. Alruna wurde älter, und noch immer lebte ein Teil in ihr, die kleine Lisa, die das alles nicht erlebt hatte. Dafür hatte Alruna gesorgt. Lisa kannte die Große Göttin nicht. Lisa erholte sich, wie die Leute erleichtert feststellten. Sie mache sich gut, sagten sie, habe zum Glück alles vergessen. Alruna wusste es besser.

Nichts war vergessen.

Sie beobachtete Lisa, wie sie durchs Leben ging, wie sie von einer Pflegefamilie aufgenommen wurde, größer wurde, zur Schule ging. Alruna blieb in der Hölle. Manchmal sagten die Leute, Lisa habe seltsame Aussetzer, doch es war nur Alruna, die zwischendurch an die Oberfläche kam und für Sicherheit sorgte. Sie musste Lisa schützen, Lisa durfte nichts von der Hölle erfahren. Alruna leistete ganze Arbeit. Als sie häufiger nach oben schlich und aus Lisas Augen schaute, begannen sich die Leute vor ihr zu fürchten, zwangen sie in eine Therapie, verlangten, dass sie mit einem Arzt sprach. Dann schickte Alruna Lisa hoch, die freundlich, nett und höflich mit ihm redete, bis er wusste, dass alles in Ordnung war. Alruna schaute von unten her zu.

Die Jahre vergingen.

Die Große Göttin forderte ihren Tribut. Sie hielt die Dämonen von Lisa fern, dafür verlangte sie Opfer. Alruna verstand. Sie wurde älter, sie wurde 27. Sie wusste, dass Ronny und Rebekka keine Ahnung von ihr gehabt hatten, aber mit einem hatten sie recht gehabt: Alruna würde ihnen im gleichen Alter folgen. Doch sie würde an einen anderen Ort gelangen. Die Große Göttin hatte etwas anderes mit ihr vor. Manchmal fürchtete Alruna, in den Abgrund zu den Dämonen gestoßen zu werden, dann wieder hoffte sie, dass für sie gesorgt würde. Denn die Große Göttin war unberechenbar, wirklich sicher sein konnte man nie. Als sie Alruna sagte, sie müsse vor ihrem Tod mehrere Menschen opfern, hatte Alruna keine Sekunde gezögert. Es hatten Maximilian Kowalski und Roland Wehr sein müssen, und Alruna wusste, warum. Jetzt war Jan Berger an der Reihe. Nicht geplant, aber es musste sein. In wenigen Stunden würde Sarah Dobler sterben müssen. Und sie selbst. Alruna hatte alles vorbereitet. Das Leiden wäre bald zu Ende, die Dämonen würden sterben, Lisa wäre für immer gerettet.

Jetzt tanzte sie ums Feuer, lachte, sang und schluchzte. Sie spürte die Hitze in sich, die Große Göttin, die sie erfüllte. In einem atemberaubenden Tempo beendete sie ihren Tanz. Mit tränenüberströmtem Gesicht, glücklich wie nie zuvor und gleichzeitig abgrundtief verzweifelt, drehte sie ein paar abschließende Kreise, dann kam sie zum Stillstand. Das Feuer prasselte, die Funken stoben, die Flammen leckten und züngelten. Es war ihr Geburtstag. Und ihr Todestag.

Sie ging zu ihrem Gefangenen und nahm die Flasche hervor. Sie öffnete den Schraubverschluss und sah, wie er begriff und die Augen aufriss. »Keine Angst«, sagte sie und strich ihm über den Kopf. »Aber es muss sein. Das verstehst du sicher.« Sie wollte ihm die Flüssigkeit einflößen, doch er sträubte und wand sich. Warum nur? Sah er es denn nicht ein? So zwang er sie doch nur dazu, das Messer zu gebrauchen. Weshalb wehrte er sich bloß, fügte sich nicht ins Unabänderliche? Sie hielt ihm das Fläschchen vors Gesicht, presste gewaltsam seine Lippen auseinander. Endlich gelang es.

Sie schüttete ihm den Gifttrank in die Kehle.

24

Es war Morgen geworden. Nora stürmte in die Firma, rannte quer durch die Eingangshalle, drückte den Liftknopf und hielt das Warten kaum aus. Endlich kam der Aufzug. Sie fuhr hoch, riss die Glastür zum Empfang auf und rief schon von Weitem: »Wo ist Frau Dobler?«

Ruth Mäder sah sie befremdet an. »Keine Ahnung.«

»Ich muss sie unbedingt sehen! Ist sie heute zur Arbeit erschienen?«

»Nur nicht so hastig. Vorhin war sie noch –«

»Wo, verdammt noch mal?«, stieß Nora aus. »Wo ist sie?«

Die andere zuckte beleidigt die Schultern und meinte: »Versuchen Sies mal im U1. Tim wollte mit ihr reden. Vielleicht ist sie bei ihm.«

Diese Information versetzte Nora in Alarmbereitschaft. Wie von Teufeln gejagt, eilte sie ins Untergeschoss. Jede Sekunde zählte. Sie lief durch die Gänge, rief nach Sarah Dobler, fand sie nicht. Hetzte an den Kabinen und Mieträumen vorbei, rannte wieder zum Lift zurück. Die schlaflose Nacht war vergessen, ihr Körper arbeitete auf Hochtouren. Wo konnte die Chefsekretärin sein? Nora fuhr ins zweite Untergeschoss, preschte zwischen den Umzugswagen durch, wich Arbeitern aus, die Klaviere, Schränke und Fitnessgeräte herumschleppten, fragte, bekam keine Antwort.

Also wieder hoch. Die anderen Hallen absuchen. Am Schluss landete sie wieder im ersten Untergeschoss. Und nun merkte sie, dass jemand hier war. Schritte waren zu hören.

Sarah Dobler tauchte auf. »Nora, was tun Sie denn hier?«

Noch immer war ihr Auge blauviolett und geschwollen. Weitere Verletzungen waren dazugekommen. Eine geplatzte Lippe. Eine Kerbe am Kinn.

»Ich muss mit Ihnen reden! Dringend!«, gab Nora zurück und zückte ihre Champ.

Dobler starrte auf die Waffe. »Was ist passiert?«

»Ist Tim hier?«

»Ich suche ihn gerade. Er wollte etwas mit mir besprechen.«

»Gehen Sie nicht zu ihm«, sagte Nora.

Die andere erbleichte. Dann flüsterte sie: »Haben Sie Angst um mich? Sie glauben – er ist es?«

»Nein«, sagte Nora, stellte sich breitbeinig hin und richtete ihre Pistole auf die andere. »Sie sind es.«

»Wie?« Dobler taumelte zurück. »Was wollen Sie damit sagen?«

Nora wandte ihren Blick nicht ab. »Ich habe keine Angst um Sie. Ich habe Angst um Tim. Sie haben die Männer getötet, Frau Dobler.«

»Aber … Wieso sagen Sie so etwas? Ich habe Sie doch beauftragt.«

Nora wies mit der Pistole in eine Ecke. »Stellen Sie sich dorthin, bis die Polizei kommt. Es tut mir leid, ich wollte nicht, dass es so endet. Aber ich muss Sie der Kripo übergeben.«

»Was machen Sie da! Ich bin doch unschuldig!« Sie starrte Nora völlig entgeistert an.

Nora klaubte mit der anderen Hand ihr Handy hervor und wählte Mikes Nummer. Keine Verbindung. »Shit!« Sie wählte die offizielle Nummer der Polizei. 117. Nichts. Hier unten befand man sich in einem kompletten Funkloch.

Sarah Dobler kam auf sie zu, Unverständnis im Blick, Tränen in den Augen.

»Haben Sie Erinnerungslücken?«, fragte Nora.

»Wie meinen Sie das? Was soll das?«

»Fehlen Ihnen Stunden und Tage in Ihrem Alltag? Jahre Ihres Lebens?«

Sarah Dobler begann zu zittern. »Was reden Sie da? Ich verstehe nicht.«

Nora richtete noch immer ihre Champ auf die andere, und es schmerzte sie, als sie merkte, dass Sarah Dobler die Wahrheit nicht erkennen konnte. »Jan wurde gefangen genommen. Von einer sehr kranken Frau. Er hat mir per SMS eine Mitteilung hinterlassen. Es waren nur drei Buchstaben. Ich ging von einem angefangenen Satz aus, doch es war die eigentliche Botschaft. DIS lautete sie.«

»Was ist das?«

»Die Abkürzung für Dissoziative Identitätsstörung. Besser bekannt als Multiple Persönlichkeitsstörung.«

»Sie meinen«, in Sarah Dobler arbeitete es fieberhaft, »gespaltene Leute, die glauben, sie seien jemand anders? Schizophrene?«

Nora schüttelte den Kopf. »Menschen, die irgendwann zutiefst traumatisiert wurden. Sodass ihre Seele zersplitterte. Ihre Persönlichkeit hat sich aufgeteilt in Unterpersönlichkeiten. Einige davon wissen vom Trauma, andere haben keine Erinnerung daran. Meine Kollegin, eine Kriminaltechnikerin, die Psychologie studiert hat, hat mir genügend Informationen über diese schwere Störung gegeben. Ich kann es mir nur erklären, dass Sie –«

»Nein!«, schrie Sarah Dobler. »Das ist nicht wahr! Das kann nicht sein! Bitte!« Sie wand sich unter sichtlichen Qualen. Etwas schälte sich aus ihrem Körper heraus. Ihr Gesicht veränderte sich, ihre sanfte Augenpartie wurde düster, ihr Mund verzog sich zu einem verkniffenen Strich. Sie presste ihre Hände an die Schläfen, als litte sie unter rasenden Kopfschmerzen. Mit komplett fremder Stimme zischte sie: »Was willst du von mir, Detektivin?«

»Wen habe ich vor mir?«, fragte Nora.

»Alruna, Hüterin der Geheimnisse, Rächerin der Blutzeugen.« Sie schien um einen Kopf gewachsen zu sein, hatte eine furchteinflößende Haltung eingenommen und ignorierte Noras Waffe.

»Du hast getötet, Alruna.«

»Ich habe getötet.«

»Warum?«

Alruna lachte. »Es war Zeit. Ich bin heute 27. Vorher musste es vollbracht sein.«

»Was?«

»Diejenigen Menschen, die Sarah Leid zugefügt haben, mussten büßen. Es wurde mir aufgetragen.«

»Was haben Kowalski und Wehr ihr angetan?«

»Sie haben ihr Geheimnis entdeckt«, sagte Alruna. »Mich.«

Nora meinte, weit entfernt ein Scheppern aus dem hinteren Teil der Lagerhalle zu hören, doch sie war sich nicht sicher. Vielleicht kam es auch vom Stock über ihnen. »Was hast du nur getan?«

Alruna schnaubte verächtlich. »Immer wenn Sarah in Angst gerät, und das geschieht oft, kommt eine von uns hoch und übernimmt ihren Körper. Du verstehst?«

Nora nickte. »Ich verstehe. Ihr seid viele?«

»Wir sind viele. Kleine sind darunter und Größere. Eine von ihnen sitzt noch immer neben den Leichen ihrer Eltern. Sie ist dort in ewiger Bewegungslosigkeit erstarrt. Andere schreien immerzu nach Hilfe. Wieder andere sind sehr, sehr böse.«

»Eine davon bist du. Du bist diejenige, die Jan gefangen hält. Sag mir, wo er ist.«

»Kowalski und Roland haben unsere Kleine entdeckt«, fuhr Alruna fort, ohne darauf einzugehen. »Die Situation, in der sie hochgekommen ist, ist nicht wichtig. Doch beide Männer wussten, dass die Kleine sich nicht wehren konnte, und haben sich von ihr genommen, was sie wollten. Sie haben nicht verstanden, was sich vor ihren Augen abspielte, aber sie missbrauchten es für sich. Sarah ist jeweils ohne jegliche Erinnerung erwacht, hat sich beschmutzt und schlecht gefühlt und konnte sich das Ganze nicht erklären. Sie hat sich sogar in Roland verliebt. Sie hat die Arbeit für Kowalski gemacht. Und beide nutzten es aus. Da musste ich eingreifen.«

»Sag mir, wo Jan ist.«

»Bald.« Alruna erzählte weiter. Sie sprach jetzt sehr klar, und Nora begriff, dass sie sich in all den Jahren als Hüterin der verschiedenen Seelenteile ein Weltbild zusammengebaut hatte, das für sie unverrückbar war.

»Es war ein Zeichen der Großen Göttin. Vor meinem 27. Geburtstag würde ich zu ihr aufsteigen. Doch vorher konnte ich noch andere mitnehmen.«

»Sarah weiß nichts von dir?«

»Sie hat Ahnungen, findet manchmal Dinge, die ihr nicht gehören, entdeckt, dass Sachen, die ich angefasst habe, nicht mehr an ihrem Ort sind. Es erschreckt sie jedes Mal zu Tode. Sie dachte, ein Fremder habe ihr Büro durchwühlt, und weiß nicht, dass ich das war. Sie lebt ihr Leben, ich meins. Sie hat ihre Arbeit, ihre Wohnung, ihre Freunde. Sie spürt, dass etwas Fremdes in ihr lauert, doch sie könnte die Wahrheit nicht ertragen. Deshalb habe ich sie immer davor beschützt.«

»Als sie ein paar Tage ›krank‹ war …«

»War ich da. Sie hatte Erinnerungslücken und war verwirrt, wie jedes Mal.«

Nora sah Tamars Erklärungen bestätigt. Ihre Kollegin hatte ihr berichtet, bei besonders massiven Ausprägungen der Dissoziativen Identitätsstörung gebe es Teilpersönlichkeiten, die komplett eigenständige Leben lebten und nichts voneinander wüssten. Inklusive eigener Freundeskreise, Wohnungen und Arbeitsstellen. Die Zeitlücken, die entstanden, wenn eine andere Persönlichkeit »hochkam«, versuchten die Betroffenen rational zu erklären. Mit Stress, mit Tagträumen, mit Vergesslichkeit. Jahrzehntelang, so hatte Nora erfahren, konnten verschiedenste Teile in ein und demselben Menschen leben, als wären es viele.

»Ich habe ihr eine Mandragorawurzel hingelegt«, fuhr Alruna fort, »um sie auf ihren Tod vorzubereiten. Wie den Männern. Es ist Zeit für sie zu sterben. Wie für jede von uns.« Ihre Augen wurden dunkel und matt, als laufe ein Film vor ihr ab. »Vor allem für Lisa. Sie muss erlöst werden.«

»Wer ist Lisa?«

»Die Kleine. Wir wurden Lisa Sarah Dahl getauft. Erkennst du die Initialen, Detektivin?« Alruna näherte sich und starrte Nora aus dünnen Schlitzen an.

»LSD«, sagte Nora.

»Originell, nicht wahr? Unsere Eltern haben uns im Rausch gezeugt. Die Kleine wurde Lisa genannt. Ich tauchte nach einer Initiation der Göttin auf. Ich sagte ihnen, ich sei Alruna, und sie akzeptierten es. Nach ihrem Selbstmord wurde Lisa von einer Pflegefamilie aufgenommen und nahm deren Nachnamen Dobler an. Um sie nicht mehr an das Schreckliche zu erinnern, nannte man sie bei ihrem zweiten Vornamen Sarah.«

»Und du kennst alle von euch?«

Alruna nickte ernst. »Ich kenne alle. Aber die anderen wissen nichts voneinander. Sarah ist diejenige, die in der Welt am besten funktioniert. Außer nachts. Da wird sie von Albträumen gepackt. Da tauchen ihre Eltern als blauschwarz verfärbte Leichen vor ihr auf.« Langsam, jedes Wort betonend, sagte sie: »Doch jetzt ist es vorbei, Detektivin. Jetzt verschwinden wir alle gemeinsam. Du kennst jetzt unser Geheimnis. Lass uns gehen.« Sie kam einen weiteren Schritt auf Nora zu und wollte nach der Pistole greifen. »Gib sie mir, ich mache dem Ganzen ein Ende.«

Nora zog die Waffe blitzschnell zurück und richtete sie aus größerer Entfernung auf Alruna. »Du musst nicht sterben.

Du brauchst Hilfe. Für die Morde wirst du nicht ins Gefängnis gehen müssen, du wirst eine Therapie –«

Alruna schnaubte höhnisch. »Du hast keine Ahnung von uns! Glaubst du, du hättest auch nur die geringste Vorstellung, wie es sich so lebt?« Sie wollte die Pistole erneut packen. »Meinst du, deine Waffe schreckt mich ab? Es ist Zeit, lass es mich jetzt tun.«

»Erst sagst du mir, wo Jan ist!«

Alruna zeigte auf ihr geschwollenes Auge. »Das hat er mir verpasst. Er hat sich am Anfang noch gewehrt, wollte einfach nicht einsehen, dass –«

»Wo, Alruna?«, schrie Nora. »Wo ist er?«

»Es musste sein.«

»Was! Nun sag schon!«

»Jan ist tot.«

25

Alruna hatte Jan das Gift eingeflößt. Es schmeckte scharf und bitter, lief seine Speiseröhre hinunter, verätzte seine Kehle. Alruna sah aus wie die Karikatur einer mittelalterlichen Hexe, ihre Miene verzerrt, ihre Haare wirr nach allen Seiten abstehend. Ihr Lachen klang grausam und verzweifelt. Sosehr Jan sich bemühte, er konnte in dieser Frau keinen Funken von Sarah Dobler erkennen. Seit Beginn seiner Gefangennahme hatte er gemerkt, dass er es mit verschiedenen inneren Persönlichkeiten in ein und demselben Körper zu tun hatte. Alle Versuche, zu Sarah Dobler durchzudringen, waren gescheitert. In diesem Bauernhaus war Alruna die Herrscherin.

Er wehrte sich, den Trank zu schlucken, doch ihr Griff war unerbittlich. Sie presste ihm den Mund auf, kippte ihm das Gesöff hinein. Als er es wieder ausspuckte, schlug sie ihm ins Gesicht, packte das Fleischmesser und hielt es ihm an den Hals. »Du musst sterben, verstehst du denn nicht?«

»Schlitz mir doch die Kehle auf!«, krächzte er und fand es unerträglich, dass seine Hände gefesselt waren und er bewegungsunfähig gehalten wurde. »Lieber lass ich mich erstechen als vergiften!«

Doch sie drückte seinen Kopf nach hinten, hielt ihm die Nase zu und steckte den Flaschenhals in seinen Rachen. Als er das Gluckern der Flüssigkeit hörte, die in sein Inneres rann, blieb ihm nichts anderes übrig.

Er schluckte.

»Du hast ihn umgebracht?«, schrie Nora.

»Er hat den Kelch ausgetrunken.«

Nora fuhr es eiskalt in den Magen. »Ich rufe die Polizei! Komm sofort mit mir hoch!«

Alruna machte keine Anstalten, ihr zu folgen. Was sollte man mit jemandem machen, der keine Angst vor dem Tod hat? Nora packte sie grob an der Schulter, drückte ihr die Waffe in die Seite und stieß sie den Gang entlang. Da ging ein Zucken durch Alrunas Körper, sie hielt sich den Kopf, kniff die Lider zusammen. Dann wand sie sich, als wollte etwas in ihr ausbrechen. Sie riss die Augen auf. Und war jemand anders.

Mit bebender Stimme sagte sie: »Frau Tabani – Nora, was tun Sie da?«

»Sind Sie das, Sarah?«

»Natürlich. Warum bedrohen Sie mich mit der Waffe? Was sollte das vorhin, ich hätte jemanden umgebracht und hätte irgendeine psychische Störung? Das meinen Sie doch nicht im Ernst, oder?« Sie schaute Nora aus erschreckten Augen an, und Nora erkannte, dass die Frau vor ihr keine Erinnerung an die letzten Minuten hatte. Alruna war verschwunden.

»Wir müssen hinaufgehen«, sagte Nora, »hier unten habe ich keine Verbindung. Ich muss die Polizei anrufen. Sie werden Hilfe erhalten.«

»Ich verstehe nicht. Ich fühle mich verfolgt. Ist jemand hier?« Sie schaute sich um, als würden die Personen, die in ihrem Inneren steckten, irgendwo herumgeistern.

»Kommen Sie, Sarah«, sagte Nora leise, aber bestimmt. »Sie werden alles erfahren. An einem Ort, an dem Sie sich sicher fühlen können.«

»Sie haben recht. Ich fühle mich unsicher. Was passiert mit mir, Nora?«

»Es passiert nicht hier. Und nicht jetzt. Geschehen ist es schon vor langer Zeit.«

Sie gingen den Gang entlang, an etlichen Türen vorbei, an Paletten und Rollwagen, die mit Kartons beladen waren.

»Verfolgt mich jemand?«, fragte Sarah.

»Ja. Aber nicht so, wie Sie denken.«

Sarah sah sie verwirrt an, aber auch eindringlich. »Ich habe es gespürt. Bei Kowalskis Beerdigung wurde ich auch beobachtet. Jemand stand hinter einem Gebüsch und starrte mich an.«

»Das war ich, Sarah. Ich habe die Mitarbeiter beobachtet, da ich einen von ihnen für den Mörder hielt. Aber den Falschen.«

»Ich habe Angst, Nora. Ich verstehe einfach nicht, was Sie mir damit –« Sie torkelte, stützte sich an der Wand ab. Ihre Schultern bebten. Sie sackte in die Knie, schaute mit verschrecktem Blick zu ihr hoch. Etwas quoll aus ihr heraus. Es war ein kleines Kind, das dem Grauen ins Gesicht starrte und keine Worte dafür fand.

»Lisa?«, fragte Nora. »Bist du das?«

Die andere nickte, war wehrlos, in niemals endendem Entsetzen gefangen. »Angst«, sagte sie mit brüchiger Kinderstimme.

»Komm hoch, Kleine, ich bring dich in Sicherheit.«

Lisa kauerte am Boden, hielt ihren Körper eng umschlungen und wiegte sich wie in Trance hin und her. Sie war totenbleich, sagte kein Wort, war in der Vergangenheit eingesperrt. Nora half ihr auf die Beine.

In diesem Augenblick verwandelte sie sich in Alruna. »Lass deine Finger von mir!«, zischte sie, stieß Nora von sich, dann lachte sie schrill. Sie sah zur Decke hinauf und rief: »Ich komme, Große Mutter, ich bin unterwegs!« Sie machte einen Satz in Noras Richtung, wollte sich die Pistole schnappen, griff daneben. Nora wich aus, rettete ihre Waffe und richtete sie – so sinnlos das war – auf Alruna.

Jetzt tauchte Sarah wieder auf, zu Tode erschrocken, entdeckte die Waffe, die auf sie zielte, und rief: »Warum tun Sie mir das an, Nora?« und verschwand wieder.

Jemand in ihrem Körper griff sich in rasendem Schmerz an den Kopf, Nora konnte nicht erkennen, wer es war. Dann kam Lisa wieder hoch, das versteinerte Kind, wimmerte vor sich hin, machte Platz für andere Personen. Panische, verwirrte, bitterböse, misstrauische und qualvoll leidende.

Nora wusste nicht mehr, wo ihr der Kopf stand. Manche Persönlichkeiten hatten unglaubliche Kräfte, stießen sie zur Seite, schlugen und traten nach ihr, andere streckten Hilfe suchend die Arme aus. Wieder andere verspotteten und bedrohten sie. Fremde Stimmen und unzählige Fragmente waren in diesem einen Körper gefangen.

Jetzt hörte Nora es wieder. Schritte.

Jemand war hier. Hatte er alles mitverfolgt?

Alruna kam hervor, trat Nora in den Bauch. Personenwechsel.

Sarah tauchte auf. Schützte sich. Wechsel.

Lisa blickte sie aus erstarrten Augen an.

Alruna fauchte.

Nora hielt die Waffe krampfhaft umklammert und schob den Körper von Sarah Dobler, der immer wieder von den verschiedensten Teilpersönlichkeiten übernommen wurde, vorwärts. Zu den Aufzügen. Zur Polizei. Dieser Irrsinn musste gestoppt werden. Die Mörderin musste übergeben und den traumatisierten Anteilen geholfen werden. Wie das praktisch aussehen sollte, konnte Nora sich nicht vorstellen. Wie behandelte man einen Menschen, der aus mehreren bestand?

Plötzlich huschte eine Gestalt hinter einen Container, der mit Planen bedeckt war.

»Wer ist da?«, rief Nora.

Keine Antwort.

Alruna schlug nach ihr, Nora wich aus.

Sarah weinte.

Lisa zitterte.

Der Wechsel zwischen den verschiedenen Persönlichkeiten geschah immer schneller. Ein psychologisches Gruselkabinett spielte sich vor Noras Augen ab.

Der Schatten hinter dem Container verschob sich, jemand stieß an etwas Metallenes.

»Kommen Sie hervor!«, schrie Nora in die Richtung und versuchte, Alruna nicht aus den Augen zu lassen.

Da ertönte ein Schuss. Die Kugel zischte einen Millimeter an Nora vorbei. Und traf mit grausamer Präzision die Frau neben ihr.

Alruna wurde zur Seite geschleudert. Ein roter Fleck bildete sich auf ihrer Brust. Ihr Blick begann zu flackern. Die Gestalt flüchtete. Nora sprang zu Alruna und konnte sie gerade noch auffangen. Sie zuckte, stöhnte vor Schmerz. »Es ist so weit. Ich wusste es.«

Nora wollte dem Schützen hinterherhechten, doch dieser war bereits verschwunden. In irgendeinen der unzähligen Gänge. Sie entschied sich, bei Alruna zu bleiben, hielt sie in ihren Armen. Alrunas Augen wurden sanft.

Sarah tauchte auf. »Nora, was ist passiert? Ich blute.« Sie hielt sich die Hand auf die Brust, fühlte den Schmerz und zuckte zusammen.

Lisa kam hoch, versteinert.

Sarah schluchzte.

Alruna lachte. Verzog ihren Körper im Todesschmerz und flüsterte: »Endlich. Ich komme, Große Göttin!« Sie schlug um sich, als würde sie von Flammen verschlungen. Vor Nora tauchte das Bild einer mittelalterlichen Hexe auf, die auf dem Scheiterhaufen verbrannte. Alruna zuckte, spuckte Blut, schrie immer wieder: »Ich komme! Ich brenne! Nimm mich auf, Feuer des Lebens! Feuer des Todes!«

Nora wollte die Wunde zudrücken, doch Alruna wehrte sich. »Lass mich sterben, Detektivin. Ich bin die Letzte. Kowalski, Roland und Jan. Jetzt bin ich dran. Wir. Sarah, Lisa, die anderen und ich. Wir alle. Lass … uns … gehen.« Sie konnte nur noch mit Mühe reden, verschluckte sich an ihrem Blut.

»Was ist mit Benedetto?«, fragte Nora. »Warum er?«

Alruna schüttelte den Kopf. »Ich habe Marco nicht getötet …«

Sarah tauchte auf, ein letztes Mal, im Todeskampf. Schaute Nora mit glasklarem Blick an. Mit einem Ausdruck, in dem die Wahrheit geschrieben stand. Die schreiende Wahrheit, die das Universum zum Bersten brachte. Die Puzzleteile, an denen sie wohl in all den Jahren verzweifelt war, weil sie nicht zusammenpassten, setzten sich zu einem Ganzen zusammen. Sie hatte verstanden. Nora konnte es buchstäblich mitverfolgen. Sarah hatte begriffen, wer sie war und was mit ihr passiert war.

»Es tut mir so leid«, murmelte die Sterbende gequält. »Ich … hatte … keinen Einfluss … darauf.« Ihre Stimme war nur noch ein undeutliches Wispern. »Jetzt … ist es … vorbei … endlich. Dieses Leben …« Sie schloss die Augen und kippte zur Seite. »Dieses Leben war die … Hölle.«

Sie erschlaffte in Noras Armen. Und Nora blieb erschüttert zurück.

In diesem Moment ging in der Lagerhalle das Licht aus. Von einer Sekunde auf die andere war es stockfinster.

Die Gestalt, die geschossen hatte, näherte sich. Schritte kamen auf sie zu. Hände tasteten sich an den Wänden entlang. Nora legte Sarahs Körper behutsam auf den Boden. Sie schlich lautlos zu einer der Kabinen, drückte sich an die Tür und fragte in die Stille: »Wer sind Sie?«

»Das weißt du ganz genau«, sagte die Stimme, die ihr einen Schauer über den Rücken jagte.

Jan hatte das Gift geschluckt. Alruna hatte über ihm gestanden, hatte ihm die Messerspitze an den Hals gesetzt, seine Haut geritzt. Dann warf sie die leere Flasche zur Seite, tanzte weiter im Schein des flackernden Feuers. Jan zerrte an seinen Fesseln, fieberhaft, atemlos. Seine Schulter schmerzte höllisch. Er spürte das Giftgetränk in seinem Magen, fühlte sein Herz hämmern.

Alruna begann zu singen, warf die Arme gen Himmel, vibrierte wie unter elektrischen Schlägen, feierte ihre Opfergabe an die Große Göttin. Jan versuchte, den Gifttrank auszuspucken. Es ging nicht. Alruna stampfte, bewegte sich im Rhythmus eines Takts, den nur sie hörte, mit verzücktem Gesichtsausdruck. Die orangefarbenen Flammen warfen bizarre Schatten an die Baumstämme, es zischte, stob und knisterte. Mit ihren Fingern hatte sie das Fleischmesser umklammert.

Dann beendete sie ihr Ritual. Sie warf ihm einen letzten Blick zu, schien zufrieden, ihn sterben zu sehen, und verschwand im Wald. Als ihre Gestalt hinter einem Grüppchen junger Tannen verschwunden war, hatte Jan es geschafft, die Fesseln zu lockern und bald darauf ganz zu lösen. Seine Hände waren frei. Sofort knüpfte er sich los, strampelte die Stricke von den Füßen und riss sie sich vom Leib, dann stand er auf. Spürte er schon die ersten Anzeichen der Vergiftung, oder war es der Stress? Seine Sicht verschwamm, er konnte seinen Blick nicht mehr richtig fokussieren. Er fühlte eine Hitze im Kopf, wusste nicht, ob irgendwo ein Licht brannte oder ob das Halluzinationen waren.

Er beugte sich vornüber, steckte den Finger in den Hals und kotzte sich die Seele aus dem Leib. Zum Glück hatte er sich daran erinnert, was er über Gifte gelesen hatte. Scopolamin, der Hauptbestandteil der Mandragora, wirkte auf nüchternen Magen innerhalb von wenigen Minuten, ganz besonders, wenn das Gebräu mit Wein vermischt war. Anders sah es aus, wenn man vorher etwas gegessen hatte. Bei vollem Magen, das wusste er, konnte es mehrere Stunden dauern, bis die toxischen Stoffe den Dünndarm erreichten, wo sie resorbiert wurden. Also musste er essen. Möglichst viel. Doch was und wie? Alruna hatte ihm vor ihrem Ritual keine Nahrung gegeben. Das Einzige, was er hatte tun können, war zu essen, was er fand. Und das hatte er getan. Während Alruna im Feuerschein getanzt hatte, hatte er sich zum moosigen Waldboden hinuntergebeugt, so gut es gegangen war, und hatte in sich hineingestopft, was er erreichen konnte. Wurzeln, Blätter, Gräser, Rinde. Es hatte herb und erdig geschmeckt, er hatte es kaum hinuntergebracht. Doch er hatte es geschafft, seinen Magen damit zu füllen. Hatte ausgeharrt, bis sie mit ihrem monströsen Messer verschwunden war.

Jetzt gab er die eklige Brühe von sich. Das Blut schoss durch seine Adern, in seinen Ohren rauschte es. Er erbrach, so viel er konnte. Als er nur noch würgte und nichts mehr hochkam, torkelte er durch den Wald. Er irrte durchs Dickicht und verlief sich. Als er endlich aus dem Unterholz aufs freie Feld trat, sah er sie, wenn auch nur verschwommen ohne seine Brille. Tanzende Lichter im Morgengrauen. Helle Streifen, die zwischen den Büschen hindurchschienen und ihm Schmerzen in den Augen verursachten. Entweder hatte seine elende Kotzerei nichts genützt und diese Visionen gehörten zum Endstadium der Vergiftung. Oder es kamen tatsächlich Leute, die ihn suchten. Er schwenkte seinen unversehrten Arm, krähte heiser über die Felder. Bekam Antwort. Ein Dutzend Männer kam mit Taschenlampen auf ihn zu. Er schrie, winkte mit der Hand, dann blendete ihn ein grellweißer Strahl. Stimmen waren zu hören, Gestalten näherten sich, dann rief jemand: »Bist du das, Jan?«

»Hier bin ich, Mike!«, krächzte er zurück. Erleichtert, wie noch nie zuvor in seinem Leben.

26

Nora hatte die Stimme erkannt. Der Mann, der Sarah erschossen hatte, näherte sich. Nora stand in der riesigen Lagerhalle im Dunkeln, hörte, wie seine Schritte lauter wurden, wagte nicht, ihre Taschenlampe anzuzünden. Hätte sie es wissen müssen? Hatte sie die Zeichen übersehen?

»Komm her, Nora«, sagte er. Ironie schwang in seinen Worten mit. »Noch vor Kurzem konntest du mir nicht nah genug kommen.«

»Wieso tust du das, Tim?«

Nora versuchte, sich zu orientieren. War links von ihr der Hauptgang gewesen, oder hatte sie sich bereits einmal um ihre Achse gedreht? Bilder sausten durch ihren Kopf. Tim, wie er sie in die Arme nahm. Tim, lachend. Tim, wie er sie liebevoll und offen anblickte. Wie er sie küsste, wie sie sich ihre Geheimnisse mitteilten, wie sie spürte, das sie sich wieder auf einen Mann einlassen konnte, ohne verletzt zu werden. Tim, ihr Freund, ihr Gefährte. Tim, der Mörder. Das bittere Gefühl, verraten worden zu sein, schnürte ihr die Kehle zu.

»Warum?«, brachte sie nur heraus.

Er lachte leise. »Es ist nichts Persönliches, glaub mir. Ich mag dich wirklich.«

Sie schnaubte vor Verachtung. Bewegte sich lautlos um eine Ecke, lauschte seinen Schritten. Er schien genau zu wissen, wo er sich befand, kannte sein Untergeschoss wie niemand anders.

»Warum Benedetto?«, fragte sie.

»Er wusste zu viel. Er war ein kleiner Möchtegern. Furrer,

der Narr, stahl aus den Kabinen Dinge, die man zurückverfolgen konnte. Ich war cleverer.«

Nora ging lautlos rückwärts, wo sie die Lifte vermutete, dann prallte sie gegen eine Kabinentür.

»Da bist du ja«, grinste er ganz in ihrer Nähe.

Sie sprang nach links, tastete sich im Stockfinsteren an den Wänden entlang. Sollten hier nicht die grünen Notlampen aufleuchten, die den Weg zu den Ausgängen anzeigten? Bestimmt hatte Tim auch diese Lichter ausgeschaltet. Nora hatte niemals zuvor eine so vollkommene Dunkelheit erlebt.

»Du hast Angst?«, spottete Tim. »Das ehrt mich, Nora. Ich habe eine Waffe, du hast eine Waffe, wir sind ebenbürtige Gegner.«

»Ich war nie deine Gegnerin«, sagte sie.

Er kam auf sie zu. »Jetzt schon. Du bist auf der anderen Seite. Marco hat mich erpresst, nachdem ich das Kokain in einem der Lagerräume fand. Drei Kilo, sorgfältig verpackt. Klar, dass ich nicht widerstehen konnte. Wer sollte mich verklagen? Der Drogendealer?« Er lachte auf, genau so, wie er es immer tat. Dieses Lachen hatte sie vor ein paar Tagen noch tief berührt. »Es war ein lukratives Geschäft. Wenn Marco mir nicht in die Quere gekommen wäre.«

»Er wollte dich verpfeifen?«

»Er wollte seinen Anteil. Wo bist du, meine Liebe? Du weißt, hier unten ist mein Bereich, ich finde dich überall.«

Sie schwieg, arbeitete sich zentimeterweise rückwärts. Hörte seinen Atem. Ein Hauch des Lime-Aftershaves, das sie so an ihm gemocht hatte, wehte zu ihr herüber.

Tim sprach weiter. »Ich musste ihn töten. Zum Glück waren Kowalski und Wehr kurz vorher umgekommen, so konnte ich es unserem lieben Mörder in die Schuhe schieben. Dass es sich dabei um Sarah handelte, enttäuscht mich nun doch etwas. Das hätte ich ihr nie zugetraut.« Leises Glucksen, schleifende Schritte. »Ich habe euch belauscht, wie ihr über diese Wurzel gesprochen habt. Da habe ich dem armen Marco ebenfalls eine untergejubelt. War gar nicht einfach, das Ding aufzutreiben. Dass die anderen vergiftet wurden, konnte ich ja nicht ahnen. Ich dachte, sie waren nur betrunken. Mein Fehler. Aber, liebe Nora, davon wird nie jemand etwas erfahren.«

Der Schuss traf sie völlig unvorbereitet. Um Haaresbreite sauste die Kugel an ihrem Ohr vorbei. Sie zuckte zusammen und sprang zurück. Ein zweiter Schuss heulte durch die Halle. Ein dritter. Nora zählte mit. Ihre Gedanken rasten. Wenn er noch immer eine Walther PPK verwendete, besaß diese ein acht- oder neunschüssiges Magazin.

Die vierte Kugel jagte scharf an ihr vorüber.

»Wo bist du, Nora? Du kannst dich nicht verstecken. Lass es mich kurz und schmerzlos beenden. Die Pistole wird in Sarahs Hand liegen, der Fall wird als Tat einer Irren in die Akten eingehen.«

»Du bist derjenige, der hier irr ist!«, schrie sie.

Die fünfte Kugel pfiff an ihr vorbei.

Sie hechtete über den Gang, landete auf dem Betonboden, hörte die sechste Kugel an einem Aluminiumteil abprallen und in die Wand einschlagen. Sie sprang hoch, lief, so schnell sie im Dunkeln konnte, zur anderen Seite, tastete sich an einer Kabinentür entlang. Er fluchte. Mit schnellen Schritten kam er näher und rief nach ihr. Sie fuhr an einer Haltestange entlang, spürte das kalte Metall, knallte mit dem Kopf an irgendetwas, das im Weg gestanden hatte.

»Das ist der Gabelstapler von Gang 4«, sagte er. Sie hörte das Grinsen in seiner Stimme. Er war dicht neben ihr. Aufs Geratewohl trat sie irgendwohin und traf sein Schienbein.

Er heulte auf. »Verdammt!«

Kurz bevor die siebte Kugel an ihr vorbeiflog, hatte sie sich zur Seite geworfen. Der achte Schuss ertönte. Der neunte. In Noras Ohren rauschte es. Sie betete, dass sie sich nicht verzählt hatte, riss ihre Taschenlampe hervor und leuchtete Tim ins Gesicht.

Er erschrak, blinzelte und drückte ab.

Klick, machte es.

»Pech für dich«, sagte sie und zielte auf ihn.

»Shit!«, stieß er aus. »Hör zu, Nora, das muss nicht hässlich für uns enden. Wir vergessen unseren kleinen Streit hier unten, ich geb dir etwas von –«

»Halt die Klappe!«, brüllte sie. »Stell dich an die Wand! Dort hinten! Los, wirds bald!«

»Das Kokain hat mir Hunderttausende von Franken eingebracht«, sagte er und bewegte sich im Strahl des Lichts langsam rückwärts. »Wir könnten doch zusammen –«

»Ich sagte, halt deine verdammte Klappe, Tim!« Sie spürte, wie ihr die Tränen übers Gesicht liefen. Vor Erschöpfung, vor Wut, vor Enttäuschung. Sie hatte Tim vertraut. Sie hatte sich ihm geöffnet. Sie hätte sich eine Zukunft mit ihm vorstellen können. Zumindest eine Weile hätte er Teil ihres Lebens werden können.

»Nora«, er hielt die Hand schützend vor seine geblendeten Augen. »Es tut mir echt leid. Du bist wichtig für mich. Ich hab noch nie für eine Frau empfunden, was ich für dich empfunden habe.«

»Das nehme ich dir fast ab.«

Ohne darauf einzugehen, fuhr er fort: »Das hat es für mich so schwierig gemacht, glaub mir. Aber ich musste es tun. Lass uns einen Neuanfang wagen.«

Sie schüttelte wortlos den Kopf, wischte sich die Tränen von den Wangen, zielte genau auf sein Herz.

In diesem Moment knackte es an den Decken, flackerte, dann gingen die Neonröhren an. Es war taghell.

»Stehen bleiben!«, schrie jemand von ganz hinten.

Mehrere Polizisten eilten herbei, unter ihnen Mike. Sie packten Tim und legten ihm Handschellen an. Er wehrte sich nicht. Er wusste, wann er verloren hatte. Sein Gesicht wirkte offen und ehrlich, fast unschuldig. Wie immer. Nora konnte nicht fassen, wie sehr sie sich in ihm getäuscht hatte.

»Gehts, Tabani?«, fragte Mike und hielt Tim fest. »Jan hat mir alles erzählt.«

»Jan lebt?«, stieß sie ungläubig aus.

»Aber sicher. Er wird sich erholen. Er ist ein zäher Bursche.«

Sie merkte, wie sich der Kloß in ihrem Hals löste. Ihr Partner hatte es geschafft. Die Anspannung der letzten Wochen fiel von ihr ab. Aber da war auch noch etwas anderes: ein Gefühl des Unvermögens. Leise, sodass sie glaubte, Mike würde es nicht hören, murmelte sie: »Ich habe keinen der Morde verhindern können.«

Doch Mike hatte sie gehört. In ernstem Ton sagte er: »So darfst du nicht denken, Tabani. Oft hat auch die Polizei keine Möglichkeit, Todesfälle zu verhindern. Wir werden gerufen, wenn das Verbrechen bereits geschehen ist. Aber wir können den Opfern und Angehörigen Gerechtigkeit verschaffen. Und das hast du getan.«

Er lächelte ihr zu, dann schob er Tim zu den Aufzügen, begleitet von den anderen Kripo-Kollegen.

Nora schaute ihnen nach. Ein letztes Mal drehte sich Tim um und sah sie an. In seinem Blick lag eine Wärme, die sie nicht mit seinem Verhalten von vor fünf Minuten in Übereinstimmung bringen konnte. Seine Lippen formten Worte, bevor er nach draußen geschafft wurde. Lautlose Worte. Doch Nora verstand sie.

»Ich liebe dich«, sagte er. Dann war er verschwunden.

Und Nora starrte in die leere, große Halle.

27

Die nächste Woche verging mit viel Arbeit, und Nora war froh darüber. Sie teilte Mike Details ihres Falles mit, von denen er noch nichts wusste, und besuchte Jan im Spital, wo seine Schulter behandelt wurde. Er war etwas schlanker geworden und lächelte tapfer: »Alrunas Diät war nicht ohne.« Nach zwei Tagen wurde er entlassen, dann lief er mit einem dicken Verband herum und war aus unerklärlichen Gründen mächtig stolz darauf. Monika nannte ihn »mein Held«, wann immer sie konnte, und Nora gönnte dem Paar seine Liebe. Jedes Mal, wenn sie an Tim dachte, spürte sie einen stechenden Schmerz in ihrer Brust. Doch irgendwann würde sie die Sache überwunden haben.

Wenn sie an Sarah dachte, wurde sie nachdenklich. An die Frau, die ihren Körper mit inneren Unbekannten geteilt hatte und zur Mörderin geworden war, ohne je etwas davon geahnt zu haben. Was für ein grausames Schicksal.

Die Tage vergingen, und die Aufregung der letzten Zeit verblasste etwas. Nora stockte Jans Lohn um ein beträchtliches Maß auf, das sie Gefahrenzulage nannte. Er wollte es erst nicht annehmen, da nötigte sie ihn dazu, indem sie ihn vor die Entscheidung »Geld oder Fitnessstudio« stellte.

Jan ließ es sich nicht nehmen und erforschte weiter die Geschichte der Firma Store & Go. Emmanuel Zacharias, so fand er endlich heraus, war die Mail-Adresse von Cedric Stark. Er hätte eigentlich ein Drilling werden sollen, seine beiden Brüder Emmanuel und Zacharias starben jedoch bei der Geburt. Er hatte ihre Namen als Alibi-Kontakt gewählt. Er hatte seit

Jahren eine Affäre mit Antje Kowalski gehabt. Die Waffen, die Kowalski in seinen Räumen gelagert hatten, stammten von ihm. Er hatte sie beschafft, Kowalski anonym verkauft, sie gelagert und Kowalski daraufhin erpresst. So hatte er zweifach kassiert. Antje wusste davon und war ihm hörig. Jan teilte es der Polizei mit, und Stark wurde verhaftet und wartete auf sein Urteil. Antje konnte keine Mitwisserschaft nachgewiesen werden, deshalb wurde sie nicht festgenommen.

Es war ein warmer Tag im Mai, als Jan und Monika heirateten. Eine große Schar Gratulanten wartete vor dem Stadthaus auf das Paar, das sich soeben das Jawort gegeben hatte. Und endlich kamen sie heraus. Jan mit Schulterverband und in einem dunklen Anzug, Monika in schlichtem Weiß mit einem großen Strauß Rosen in der Hand. Sie wurden mit Klatschen begrüßt, Feuersteine flogen, Champagner floss, und viele riefen: »Willkommen unter der Haube!«

Nora mischte sich unter die Leute, entdeckte Mike in der Menge, der sich angeregt mit einem Kollegen unterhielt, und fühlte sich frei. Die Schwere der letzten Zeit hatte sie abgelegt. Die Sonne schien auf die Stadt. Eine Gruppe spanischer Touristen stieg aus einem Reisebus und pilgerte Richtung See.

Eine ältere Dame, die sich als tschechische Gräfin vorstellte und ein neckisches Hütchen trug, redete ununterbrochen auf Nora ein. Sie liebe Hochzeiten und komme jeden Samstag hierher, um die Brautpaare zu bestaunen. Dann fragte sie aus heiterem Himmel: »Sind Sie auch verheiratet, junge Frau?«

»Nein«, sagte Nora.

»Das sollten Sie aber sein. Ich habe bereits fünf Ehemänner mein Eigen genannt.« Sie hielt ihre manikürten Finger zufrieden an die Brust und nickte, sodass ihre Kopfbedeckung etwas ins Wanken geriet. »Habe sie alle zu Grabe getragen.«

»Gratuliere«, hätte Nora um ein Haar geantwortet, verkniff es sich aber.

Jan drängte sich durch die Menge und kam auf sie zu. Er strahlte und sah so glücklich aus, wie sie ihn noch nie gesehen hatte. »Alles in Ordnung, Chef?«

»Alles in Ordnung, Partner.«

»Nur damit dus weißt: Meine Arbeit im Detektivbüro ›Nora Tabani und Jan Berger‹ ist nicht in Gefahr. Ich kann beides bewältigen: eine prächtige Frau und eine prächtige Arbeit.« Er tippte auf seine verbundene Schulter und grinste: »Ich bin jetzt der Held«, dann ging er wieder zurück zu Monika.

Nora blickte ihm lächelnd nach. Sie merkte, dass sie ferienreif war. Doch zuvor waren noch ein paar Dinge zu erledigen. Sie musste das Reagenzglas mit der Blutprobe von Roland Wehr, das sie hatte mitgehen lassen, zurück in die Gerichtsmedizin bringen. Nicht, dass es jetzt noch eine Rolle spielte, aber es gehörte dorthin und nicht zu ihr. Und dann war da noch die Sache mit Elektro-Luigi. In den letzten Wochen war bei ihm zwar nicht mehr eingebrochen worden, doch sie wollte seine Geduld nicht länger strapazieren. Sie hatte ihm versichert, den Dieb seiner Stereoanlagen zu finden, und sie würde dieses Versprechen halten. Das hieß wohl, dass sie, während Jan auf Madeira flitterte, einige schlaflose Nächte in seinem Auto verbringen und Luigis Laden observieren würde. Nicht gerade berauschend, aber sie hatte in letzter Zeit Schlimmeres erlebt.

Einer der Gäste spielte den Hochzeitsmarsch auf einer Klarinette, andere ließen das Paar hochleben. Dann guckte Monika in die Runde, wedelte mit dem Blumenstrauß in der Hand herum und hielt Ausschau nach einem Opfer. Als sie Nora entdeckte, warf sie den Strauß lachend in ihre Richtung. Nora duckte sich sicherheitshalber. Man wusste ja nie, am Ende barg eine Kollision mit Hochzeitsrosen das Risiko, sich wieder in den falschen Mann zu vergucken. Das musste sie in nächster Zeit nicht noch mal erleben. Der Strauß flog in hohem Bogen über sie hinweg. Zwei junge Frauen griffen nach ihm, verpassten ihn, er landete auf der lila getönten Dauerwelle der tschechischen Gräfin, nachdem ihr Hütchen elegant zu Boden gesegelt war.

Doch auch ohne vom symbolträchtigen Bouquet gestreift worden zu sein, war Nora guter Dinge, was die Zukunft ihres Beziehungslebens betraf. Es zeichnete sich nämlich eine Veränderung ab: Heute Morgen, als sie ihr Chamäleon gefüttert und wie üblich mit dessen Kaltschnäuzigkeit gerechnet hatte, hatte Gregor langsam seinen Kopf in ihre Richtung gedreht. Mit reichlich arrogantem Gesichtsausdruck zwar, aber ohne Zweifel hatte er wahrgenommen, dass sie existierte. Es bestand also durchaus Grund zur Hoffnung.

Anmerkung:
Staatsanwältin Regina Flint ist eine der Hauptfiguren der Krimiautorin Petra Ivanov und wurde mit ihrer Einwilligung in diesem Roman verwendet. *www.petraivanov.ch*

Mitra Devi

Mitra Devi wurde 1963 geboren und lebte als Jugendliche zwei Jahre in Israel und ein halbes Jahr in Indien. Sie absolvierte die F+F-Kunstschule in Zürich, war in verschiedenen Jobs tätig – unter anderem als Gärtnerin und Marionettenbauerin – und zeigte ihre Bilder in etlichen Ausstellungen. 2001 erschienen ihre ersten Kurzgeschichten. Inzwischen ist sie Autorin von zahlreichen Büchern, darunter die Krimiserie mit der Privatdetektivin Nora Tabani. 2007 verbrachte Mitra Devi ein halbes Jahr als Krimi-Stadtschreiberin in Leipzig; 2009 bekam sie das Krimistipendium des Literaturhauses Wiesbaden. Für ihren Roman *Der Blutsfeind* erhielt sie den Zürcher Krimipreis 2012. Mitra Devi lebt als freie Autorin, bildende Künstlerin und Journalistin in Zürich.

Ausführliche Informationen zur Autorin und zu ihren Büchern finden sich auf Mitra Devis Homepage: *www.mitradevi.ch*

Ein Fall für Nora Tabani

»Mitra Devi gehört zweifelsohne zu den besten in diesem Genre. Ihre Kunst, den Spannungsbogen bis zum Ende der Geschichte zu steigern, beherrscht sie meisterhaft!« *Jeanette Houillon, Schiller Buchhandlung*

Filmriss
Seelensplitter
Das Kainszeichen
Der Blutsfeind

Schockfrost (gemeinsam mit Petra Ivanov)

Die alleinerziehende Psychiaterin Sarah Marten hat ihr Leben im Griff. Doch dann stürzt sie die Treppe hinunter, leidet unter Sehstörungen und Gedächtnislücken. Ihr 15-jähriger Sohn verschwindet. Ein Wettlauf gegen die Zeit beginnt. Die Crime-Queens Petra Ivanov und Mitra Devi haben gemeinsam einen Psychothriller geschrieben, der unter die Haut geht.

Kleiner Mord zwischendurch

Rabenschwarze Kurzkrimis zum Gruseln, Schmunzeln und Verschlingen. Die Heldinnen und Helden sind voller starker Gefühle und zahlen jede Niedertracht zurück. Mit psychologischer Raffinesse lässt Mitra Devi ihre Protagonisten mit den Mordwaffen spielen – gnadenlos, angenehm unheimlich und mit einem Schuss gefährlicher Nonchalance.

Petra Ivanov im Unionsverlag

Flint & Cavalli ermitteln

Erster Funke Flint und Cavalli – Wie alles begann
Fremde Hände Flint und Cavalli ermitteln im Rotlichtmilieu
Tote Träume Flint und Cavalli ermitteln gegen die Brandstifter
Kalte Schüsse Flint und Cavalli ermitteln gegen die russische Mafia
Stille Lügen Flint und Cavalli ermitteln in Georgien
Tiefe Narben Flint und Cavalli ermitteln gegen einen Insider
Leere Gräber Flint und Cavalli ermitteln in Argentinien
Heiße Eisen Flint und Cavalli ermitteln in Zürichs besten Kreisen
Das Geständnis Ein Regina-Flint-Kurzkrimi

Meyer & Palushi ermitteln

Tatverdacht Meyer und Palushi ermitteln in Kosovo
Hafturlaub Meyer und Palushi ermitteln gegeneinander
Täuschung Meyer und Palushi ermitteln in Thailand

Geballte Wut

Sebastians Leben ist eine einzige Abwärtsspirale. Als er Isabella kennenlernt, scheint sein Leben eine Wende zu nehmen. Doch statt auf sicheren Boden, führt ihn diese Beziehung aufs Glatteis. Unfähig, sich aufzufangen, schlittert Seb geradewegs in eine Katastrophe.

Schockfrost (gemeinsam mit Mitra Devi)

Die alleinerziehende Psychiaterin Sarah Marten hat ihr Leben im Griff. Doch dann stürzt sie die Treppe hinunter, leidet unter Sehstörungen und Gedächtnislücken. Ihr 15-jähriger Sohn verschwindet. Ein Wettlauf gegen die Zeit beginnt.

Mehr über Autorin und Werk auf *www.unionsverlag.com*

VICENTE ALFONSO *Die Tränen von San Lorenzo*

Einer der Ayala-Zwillinge wird des Mordes verdächtigt. Das Problem: Sie sind identisch. Von Rómulo fehlt jede Spur – Remo ist in therapeutischer Behandlung. Was hat das Verschwinden der heiligen Niña damit zu tun und warum interessiert sich ein hoher Politiker dafür? Wie nah kommt man der Wahrheit, wenn sie wie Perseiden an uns vorbeizieht?

MICHAEL DIBDIN *Entführung auf Italienisch*

Kommissar Aurelio Zen reist für einen Spezialauftrag nach Perugia: Ruggero Miletti, das Haupt einer der mächtigsten Familien Italiens, wurde entführt. Alles scheint sich gegen den Neuankömmling aus Rom verschworen zu haben. Doch im Kampf gegen Korruption und Mafia entwickelt Aurelio Zen seine wahren Qualitäten.

NII PARKES *Die Spur des Bienenfressers*

In einem Dorf im Hinterland Ghanas, in dem sich seit Jahrhunderten kaum etwas verändert hat, verschwindet ein Mann. Der Städter Kayo, der den Glauben der Dorfbewohner an Übersinnliches nicht teilt, wird mit der Aufklärung beautragt – muss jedoch bald einsehen, dass westliche Logik und politische Bürokratie ihre Grenzen haben.

CLAUDIA PIÑEIRO *Betibú*

Inmitten einer idyllischen Wohnsiedlung wird ein Unternehmer mit aufgeschlitzter Kehle in seinem Lieblingssessel aufgefunden. Im ersten Moment deutet alles auf Selbstmord hin, doch schon bald erwachsen Zweifel. – Claudia Piñeiro nimmt mit scharfem Blick das Verhältnis zwischen Medien und politischer Macht unter die Lupe.

Unionsverlag Taschenbuch

Xavier-Marie Bonnot Die Melodie der Geister (UT 748)
Michael Dibdin Schwarzer Trüffel (UT 747)
Michael Dibdin Sizilianisches Finale (UT 746)
Maeve Brennan Mr. und Mrs. Derdon (UT 745)
Björn Larsson Der Keltische Ring (UT 744)
James McClure Steam Pig (UT 743)
James McClure Song Dog (UT 742)
Victor Gardon Brunnen der Vergangenheit (UT 741)
Jeong Yu-jeong Sieben Jahre Nacht (UT 740)
Joan Clark Der Triumph der Geraldine Gull (UT 739)
Jørn Riel Zu viel Glück auf einmal (UT 738)
Nagib Machfus Die Reise des Ibn Fattuma (UT 737)
Galsan Tschinag Der Mann, die Frau, das Schaf, das Kind (UT 736)
Henry de Monfreid Die Geheimnisse des Roten Meeres (UT 735)
Maeve Brennan New York, New York (UT 734)
Percival Everett God's Country (UT 733)
Michael Dibdin Così fan tutti (UT 732)
Michael Dibdin Vendetta (UT 731)
Michael Dibdin Entführung auf Italienisch (UT 730)
Mia Couto Das Geständnis der Löwin (UT 729)
Gary Victor Schweinezeiten (UT 728)
Rob Alef Immer schön gierig bleiben (UT 727)
Petra Ivanov Hafturlaub (UT 726)
Camilo Sánchez Die Witwe der Brüder van Gogh (UT 725)
Vaddey Ratner Im Schatten des Banyanbaums (UT 724)
Inge Sargent Dämmerung über Birma (UT 723)
Samar Yazbek Die Fremde im Spiegel (UT 717)
Mitra Devi Blutsfeind (UT 716)
Harry Kemelman Der Rabbi schoss am Donnerstag (UT 715)
Harry Kemelman Am Mittwoch wird der Rabbi nass (UT 714)
Harry Kemelman Am Dienstag sah der Rabbi rot (UT 713)
Harry Kemelman Am Montag flog der Rabbi ab (UT 712)
Harry Kemelman Am Sonntag blieb der Rabbi weg (UT 711)
Harry Kemelman Am Samstag aß der Rabbi nichts (UT 710)
Harry Kemelman Am Freitag schlief der Rabbi lang (UT 709)
Claire Keegan Das dritte Licht (UT 708)

Unionsverlag Taschenbuch

MAEVE BRENNAN Tanz der Dienstmädchen (UT 707)
PRAMOEDYA ANANTA TOER Kind aller Völker (UT 706)
ROMESH GUNESEKERA Riff (UT 705)
YAŞAR KEMAL Das Lied der Tausend Stiere (UT 704)
TSCHINGIS AITMATOW Ein Tag länger als ein Leben (UT 703)
JÖRG JURETZKA Equinox (UT 702)
PETRA IVANOV Geballte Wut (UT 701)
MICHAEL DIBDIN Tödliche Lagune (UT 700)
MICHAEL DIBDIN Himmelfahrt (UT 699)
GALSAN TSCHINAG Gold und Staub (UT 698)
PETER FRÖBERG IDLING Pol Pots Lächeln (UT 697)
LEONARDO PADURA Ketzer (UT 696)
NURY VITTACHI Der Fengshui-Detektiv (UT 695)
JØRN RIEL Vor dem Morgen (UT 694)
FRIEDRICH GLAUSER Schlumpf Erwin Mord (UT 693)
GALSAN TSCHINAG Der Wolf und die Hündin (UT 692)
INGE SARGENT Dämmerung über Birma (UT 691)
JURY RYTCHËU Traum im Polarnebel (UT 690)
CLAUDIA PIÑEIRO Ganz die Deine (UT 689)
NII PARKES Die Spur des Bienenfressers (UT 688)
LEONARDO PADURA Ein perfektes Leben (UT 687)
NAGIB MACHFUS Die Midaq-Gasse (UT 686)
SAHAR KHALIFA Der Feigenkaktus (UT 685)
YAŞAR KEMAL Memed mein Falke (UT 684)
JEAN-CLAUDE IZZO Total Cheops (UT 683)
SALIM ALAFENISCH Die acht Frauen des Großvaters (UT 682)
TSCHINGIS AITMATOW Du meine Pappel im roten Kopftuch (UT 681)
JÖRG JURETZKA TaxiBar (UT 680)
RICHARD WOODMAN Die Wette (UT 677)
DANIEL DEFOE Kapitän Singleton (UT 676)
RUDYARD KIPLING Genau-so-Geschichten (UT 675)
NAGIB MACHFUS Ehrenwerter Herr (UT 674)
JURI RYTCHËU Der letzte Schamane (UT 673)
SCHARUK HUSAIN (HG.) Von Hexen, Nixen und Feen (UT 672)
MITRA DEVI Das Kainszeichen (UT 671)
CLAUDIA PIÑEIRO Betibú (UT 670)
CLAIRE KEEGAN Durch die blauen Felder (UT 669)
GERMANO ALMEIDA Das Testament des Herrn Napumoceno (UT 668)

Im Appenzeller Verlag erschienen

Mitra Devi

Giftige Genossen

Mörderische Geschichten

11,7 × 19 cm, 208 Seiten, geb. SFr. 34.– /€ 29.60
ISBN: 978-3-85882-519-3
Appenzeller Verlag

»Das Kerlchen im Terrarium starrte mich mit wässrigen Glubschaugen an. Seine Haut schimmerte feucht, sein Atem ging schnell und flattrig. Als wüsste es, was ich plante. Dendrobates azureus – ich meine, lassen Sie dieses Wort einmal auf der Zunge zergehen. Zu Deutsch: Blauer Pfeilgiftfrosch. Ein wunderschönes Tier. Und ein tödliches. Ein vor Toxinen strotzendes kleines Killerchen. Ja, ich habe mich erkundigt. Wenige Mikrogramm seines Nervengiftes reichen, um einen Menschen zu töten. Muskelkrämpfe, Atemlähmung – fertig. Die ideale Methode für mein Vorhaben.«

Blaue Pfeilgiftfrösche als schaurig-schöne Killerchen, eine Fasnacht, in der ein Teufel unter der Maske steckt, eine romantische Domina, die sich ihrer Haut zu wehren weiss.
15 schwarzhumorige Kurzkrimis rund um Mord und andere Verbrechen: gefühlvoll, gnadenlos, unheimlich – aber immer mit Nonchalance.

»Ein humoriger Krimi, der mit überraschenden Wendungen bis zur letzten Seite spannend bleibt.«
Frankfurter Rundschau zur Titelgeschichte »Giftige Genossen«

www.appenzellerverlag.ch